イカロスの監獄

「李石基内乱陰謀事件」の真実

著者　文英心
監修　康宗憲
訳者　田中研一

同時代社

Igaroseu-e Gamok
by Mun Young Sim

Originally published 도서출판 말

目次

凡　例

一　本書は문영심지음『이카로스의 감옥「이석기내란음모사건」의 진실』（文英心著『イカロスの監獄「李石基内乱陰謀事件」の真実』）の日本語訳です。初版は二〇一六年、韓国の出版社・マルから刊行されています。

二　著者による原注は該当箇所にアラビア数字で、訳者による訳注はローマ数字で番号を振り、記しています。

三　国名・地域の表記・呼称については、政治的な意味をもつ場合もあるが、本書では日本で一般的な表記（「朝鮮半島、北朝鮮、米朝関係」など）で基本的に統一することとしました。

『イカロスの監獄』をお読みになる日本の読者のみなさんへ

著者・文英心《ムンヨンシム》

『イカロスの監獄』が日本のみなさんに読まれることになり、とてもうれしく思います。

本書は去る二〇一三年に韓国で起きたいわゆる「李石基《イソッキ》内乱陰謀事件」の顚末を明らかにしたものです。李石基氏は当時、統合進歩党所属の国会議員であり、党員一三〇余名を集めて、情勢講演をしました。国家情報院が統合進歩党党員に命じて録音した内容が内乱陰謀の嫌疑があるとして、李石基氏と講演参加者のうち九名が拘束され、実刑判決を受けました。現職国会議員である李石基氏に対する逮捕同意案が国会を通過するまでにかかった時間は、事件がマスコミに発表されてから、わずか一週間でした。その間、マスコミは李石基氏と講演参加者が北朝鮮と連携し、極めて危険な謀議をしていたと大々的に世論作りをしました。裁判が始まると、彼らが北朝鮮と連携していたという内容は起訴状からも消えました。大法院で内乱陰謀は全て無罪と宣告されても、講演参加者は国家保安法違反で懲役二年から四年まで宣告され、服役し、講演者である李石基前議員とこの講演を主催した金洪烈《キムホンヨル》氏は内乱扇動と国家保安法違反でそれぞれ懲役九年と五年を宣告され、いまなお服役中です。さらに、憲法裁判所はこの事件をもとに、六名の現職国会議員を有した院内政党である統合進歩党を解散させました。

日本の読者のみなさんは本書をお読みになられて、韓国でどうしてこんな事件が起きたのかよく理解できないかもしれません。韓国は一九四八年に南と北にそれぞれ体制が異なる政府が発足して以後、一九五〇年の朝鮮戦争を経て、七〇年間、分断国家であり続けています。この不幸な事件はまさにこの分断という特殊な状況のために起きたものです。国家保安法は北朝鮮を主敵と規定し、北朝鮮に追従すると疑われる個人や団体、政党まで査察し、思想検証することができる権限を国家情報院に与えています。過去七〇年間、国家保安法は独裁政権を維持するために悪用され、相当な数の無辜の国民を処罰してきました。韓国は一九八七年以後、手続き的民主主義を再び確立し、過去の政権でねつ造され、悪用された国家保安法事件に対して再審を通じて無罪を宣告しています。しかし、一方ではまだ李石基内乱陰謀事件のように、進歩政治勢力を弾圧するのに国家保安法を利用することが続いています。

世界人権宣言を読めば「何人も恣《ほしいまま》に逮捕、拘禁又は追放されることはない」(第九条)とあります。しかし韓国では「従北」という名で進歩政治勢力を攻撃し、処罰しています。「犯罪の訴追を受けた者は…有罪の立証があるまでは無罪と推定される権利を有する」という無罪推定の原則も世界人権宣言に出ていますが、韓国の刑事訴訟法でも保障されている国民の権利です。にもかかわらず、李石基内乱陰謀事件の被告人は事件が発表されてすぐに、有罪が宣告されたわけです。さらに何人かの人は満期出所した現在でも罪人の処遇を受けています。彼らがしたことは講演をして、講演を聞き、討論しただけです。講演と討論の内容は当時の情勢に対する自分たちの考えでした。「考えて、表現するのは自由」という世界人権宣言と、「全ての国民は良心の自由を有する」という大韓民国憲法の条文を徹底的に無視したメディアの行為と司法の判決は、批判されて当然です。

　私は統合進歩党を解散するために内乱陰謀事件がねつ造されたことを明らかにすべく、事件の背景と全貌を詳しく追跡し分析しました。裁判の過程で検察が出した証拠は講演の録音ファイル（音声）とそれを書き起こした録音記録、そして録音した国家情報院協力者の証言のみでした。裁判は検察が被告人の有罪を立証するのではなく、弁護人と被告人が無罪を立証する過程でした。本書はこうした裁判過程についても詳しく取り上げています。この事件のさらなる被害者である拘束者の家族と統合進歩党党員の傷についても記しました。この人たちが経験したことは、人間社会のどこにでも起こりうる差別と排除、そして疎外にほかなりません。

　この事件の被害者の無実を明らかにし、このような事件が繰り返されないようにするには、朝鮮半島に平和が定着しなければなりません。韓国と米国と北朝鮮が平和協定に署名し、国家保安法が廃止されてこそ、韓国で「良心囚」という名の被害者がこれ以上出なくなるのです。朝鮮半島に平和が訪れ、民主主義が花咲くことは日本の読者のみなさんにとっても喜ばしいことでしょう。日韓両国は歴史的にも政治的にも強い影響を受けざるをえないからです。

　韓国が安定し、民主主義が発展すれば、日本の民主主義も発展すると考えます。

　本書を翻訳して下さった康宗憲先生と田中研一さんに感謝申し上げます。出版をお引き受け下さった同時代社とスタッフの方々にもお礼申し上げます。

二〇一七年一二月四日

はじめに——それにしても、あんまりではないのか？

「李石基《イソッキ》内乱陰謀事件」に関する報道に接した時、最初に思ったのは「この人たちは狂ったのか？　今の世の中、私製爆弾を作って、銃を買って、暴動を起こす？　国家基幹施設を破壊して、石油タンクを襲撃する？　本当に正気の沙汰ではないな」というものだった。そんな無謀で暴力的なことを言うなんて！　現職国会議員ともあろう人がそんな集会に出て、そんな発言をしてそそのかすなんて話になるか？　そういう思いが立て続けに浮かんだ。

しかし、時間が経ち、少しずつ「これはあんまりではないのか？」と思い始めた。裁判の過程で講演の録音記録が歪曲されていたとか、つぎはぎだらけだったという主張が出て、講演参加者のインタビュー記事を見ると、その日の集会は講演を聞いて討論しておしまい、なにかの目的をもってその後行動に出たことは全くないというのだ。夜遅くからの講演だったせいで、講演の間じゅう、うとうとする人もおり、さらには子どもを預ける所がなくて、赤ん坊をおぶって来た母親もいたと言った。ともかく、国家を転覆する内乱を謀議するために集まった集会とみるには無理があるようだった。それはそうとしても、李石基前議員と集会参加者の発言はいくら考えても度が過ぎているように思われた。

『スパイの誕生』よりも悩んだ執筆受諾

この事件への関心が薄らいでいく頃、私は脱北者劉《ユ》ウソン氏についての本を書くことになった。劉ウソン氏はソウル市公務員として働いていたが、スパイ容疑を受けて捕まり、裁判を受けている間に、国家情報院の証拠ねつ造が明らかになり、無罪宣告を受けて釈放された。

その本を書きながら、刑事事件の被疑者に対しては「無罪推定の原則」を守ることが大切だと思うようになった。劉ウソン氏が国家情報院に逮捕され、拘置所に閉じ込められ、捜査を受けている時、国家情報院の懐柔にもかかわらず、無罪を主張して踏んばっているのに、ある日、ＴＶで自分の事件が報道されているのを見て、深い絶望に陥ったという話を聞いた。脱北者として最初に公務員になり、しっかりした青年と称賛されていた劉ウソン氏は国家情報院の話を鵜呑みにし、自分がスパイ行為をしたと大々的に報道されているのを見て、もう誰も自分の言葉を信じてくれない、失墜した名誉を回復する方法はないと思い、死にたくなったと語った。

刑事事件の被疑者になっても、有罪が確定するまでは無罪と推定して、その人の権利を保護しなければならないというのが「無罪推定の原則」である。進歩的な論客と呼ばれるある人は統合進歩党の不正予備選事態が起きた時、「有罪が確定するまでは無罪」という李正姫《イジョンヒ》前代表の主張に対して「くそったれの無罪推定の原則」と言い、この原則をひどく罵る言葉を述べたが、実際、韓国で最も容易に無視されるのが、この「無罪推定の原則」である。李石基事件でもメディアは李石基氏や、彼とともに拘束された講演参加者にも保護されるべき人権があるとは、別に考えていないようであった。

　劉ウソン事件についての本が『スパイの誕生』というタイトルで出版され、数ヵ月が過ぎた頃、その事件の弁護人の一人であった民弁（民主社会のための弁護士会）所属の弁護士から電話をもらった。「李石基内乱陰謀事件」の弁護団に参加した彼は、この事件の全貌を明らかにする本を書いてくれないかと言った。二つ返事で受けるわけにはいかなかった。ソウル市公務員スパイねつ造事件は国家情報院と検察の証拠ねつ造が明らかになり、すでに無罪が確定した事件だったので書くことにためらう必要はなかった。

　しかし「李石基内乱陰謀事件」は内乱陰謀の嫌疑は無罪であるが、内乱扇動では有罪判決を受けた事件である。李石基氏と弁護人側はこの事件がねつ造され、大統領選挙の不正を覆い隠すための陰謀であり、自主・民主・統一を掲げる進歩勢力を「従北」の名で抹殺しようとする目論見だと主張する。しかし大多数の国民の心の中にはまだ「そんな過激なことを言う人に国会議員の資格があるのか?」との疑問が残っている。私とて大差はない。しかし「過激な発言」をしたということが、懲役九年の実刑に処されるほどの犯罪行為なのかという、もう一つの疑問もやはり看過できなかった。過激な言葉を使ったということのほかに、それほどの重刑に処されるどんな過ちがあったのか、明らかにしてみたかった。

進歩党の人々がユダヤ人として扱われる理由

この本を書くために裁判記録を読み、講演参加者とかつて統合進歩党で京畿東部連合と呼ばれていた人々に会い、取材した。国会議員になる前に李石基氏が経営していた会社で働く社員にも会った。李石基氏に直接面会することもした。裁判のたびにほとんど欠けることなく、傍聴に出かけた青年党員三人にもインタビューした。李石基氏とともに拘束された人の家族にも会ってみた。

残念ながら、私が会った人々の大部分は本で自分の実名を書くことを許してくれなかった。実名を書かなくても、内容を見ればだれのことかわかるような人でも、実名を書かないでほしいと言った。すでに報道された内容が大部分であるのに、どうしてそれほど名前を出すのを憚るのかと聞くと、拘束者家族の一人が「やられてみなければ、わかりませんよ」と言った。「李石基内乱陰謀事件」と統合進歩党解散過程で負った傷が深いようだった。いわゆる「従北」と烙印を押された人々への人権侵害がどれほどのものなのか、うかがい知れた。

李石基前議員をはじめとする被告人らに家宅捜索令状が執行される過程で起きた、ありとあらゆる違法行為と過剰捜査、恐怖感造成と威嚇などの人権弾圧行為について報道したり、注目したりしたメディアはなかった。総編放送[i]は魔女狩りを率先するために、国家情報院の過度な行為をさらに誇張し、扇情的に報道することに熱を上げた。被告人らが家宅捜索され、拘束される過程で家族らが経験した苦痛は「この国の自由民主主義を守るために、こういう騒ぎを起こした」という検事ら

〔訳注〕i　総編は総合編成チャンネルの略称。従来の地上波放送に対し、二〇〇九年、新聞社による放送局経営が許可され、新しく開局した朝鮮日報の「TV朝鮮」、東亜日報の「チャンネルA」、中央日報の「JTBC」、毎日経済新聞の「MBN」を指す。

の主張が信じるに値しないものであることを示している。憲法に明記された国民の基本権を踏みにじる国が自由民主主義国家なのか？　さもなければ、拘束者家族が冷笑的に話したように、この人たちは大韓民国の国民ではない、ユダヤ人なのか？

資料を集め、取材し、調査している間に、心の中に疑問が膨れ上がった。一体、李石基前議員と統合進歩党の人々はなにをそれほど誤ったというのか？　政府と既得権勢力はなぜ彼らをこれほど憎むのか？　同じ進歩陣営に属している人々と進歩言論従事者たち、いわゆる進歩的論客の中にもなぜ彼らを嫌う人が多いのか？　私が見つけた答えは、彼らが韓国で唯一、北との対話と疎通を願う政治勢力であるためだというものであった。解放以後、七〇年近く分断イデオロギーが支配してきた韓国において彼らは永遠の「異教徒」たらざるをえないとでもいうのだろうか？

もちろん、皆がそうではなかった。裁判の過程で専門家証人として出て、正義と真実を見いだそうと、誠心誠意証言した人もいた。しかし、李石基氏と被告人らはみな有罪で重刑を宣告され、統合進歩党は憲法裁判所の決定で解散の運命を迎えた。

民主主義は多数決により機能する制度である。しかし、少数者の声を尊重し、多様性を認めることも民主主義の重要な条件である。その意味で、韓国の政党の歴史において一五年間苦労して育んできた進歩政党の芽が摘まれてしまうことは惜しまれる。それゆえ「李石基内乱陰謀事件」と、その余波で起きた統合進歩党解散の過程で誤った点はないのか、必ずそうでなければならなかったのかについて、一つひとつ調べて見ようと思ったのである。

内乱扇動有罪に反対意見を出した大法官の論理

李石基氏と拘束者らは講演をし、講演を聞き、討論をしただけで、内乱を起こしたのでもなく、内乱を陰謀したのでもない。李石基氏が内乱を扇動したというが、講演を聞いてから、李石基氏自身を含めて、だれも暴動を起こすことなど夢にも思わず、いつもどおりの日常を営んでいたにすぎない。彼と講演参加者がいくら過激なことを言ったとしても、言葉だけで内乱を起こすことはできない。それなのに李石基氏は内乱を扇動したとの罪で九年刑を宣告され、すでに丸三年を監獄に閉じ込められて過ごしている。法学者らは最初に内乱陰謀罪が適用されず、内乱扇動罪のみが適用されていたならば、起訴さえ難しかっただろうと言う。

大法院判決で内乱扇動有罪に反対意見を出した大法官たちの論理を聞いてみよう。

自由民主主義国家である大韓民国を守る方策は内乱と関連した犯罪の成立を緩和したり、拡張して認めたりすることで、不穏であるとか、不純であるとかいう思想、態度、行動を容易に処罰することにあるのではない。わが憲法と刑法が志向する罪刑法定主義、責任主義、比例の原則を厳格に適用することで、憲法上保障された良心と表現の自由などが不当に委縮しないようにし、憲法前文が闡明《せんめい》しているように、自律と調和をもとに自由民主的基本秩序を確固たるものにすることこそ、大韓民国体制の優越性を証明し、これを守るまっとうな方法である。

これはなんと賢明な判断であろうか？　自由民主主義を守るという美名の下に憲法に明示された基本権を侵害する判決を下すことがはたして正しいことなのか？　李石基前議員とともに、内乱扇動罪などで五年刑を宣告された金洪烈氏夫人が言うように「五分発言したことで五年監獄に閉じ込める」なんて、話になるか？

おそらく国家情報院や検察でもこの人たちを処罰することは無理だとわかっていたのだろう。さもなければ、RO（いわゆる地下革命組織）のメンバーだと彼らが主張する講演会参加者一三〇名余りを皆拘束するのが常識的である。検察の起訴状によれば、彼らは暴動を陰謀した革命組織の一員であるのに、捜査も拘束もしないのは、国家情報院と検察の職務放棄であると言わざるをえない。一九七四年の民青学連（全国民主青年学生総連盟）事件の時には二三〇名余りも拘束したのに、どうして内乱を陰謀した一三〇名余りのROメンバーを拘束しないのか、ということである。

私は統合進歩党の党員ではない。民主労働党に加入したこともない。国会議員選挙に政党投票制度ができて以来、民主労働党や統合進歩党に投票したことがあるだけである。二大保守政党制の政治構図の中で、進歩政党の果たす役割があるとは思っていた。しかし、統合進歩党が活動していた時は、その政党の存在感をさほど感じなかったのも事実である。統合進歩党が解散されてから、なくてはならない政党だったとの思いに至った。分断を克服し、統一に向かうためには北朝鮮との敵対的な関係を解消しなければならないという彼らの主張に同調できるところもあるし、できないところもある。しかし、そうした論議さえできないように、口を塞いでしまうことがはたして正しいことなのか、という点については疑問を持たざるをえない。

「大切なことは民主主義を絶えず民主化することである」

これは英国の社会学者、アンソニー・ギデンズの言葉である。

一九八七年六月の民主抗争で韓国は「民主化」されたという。しかしそれから三〇年が過ぎた今、韓国の民主主義がきちんと機能しているのか疑問である。苦労して手に入れた民主主義を民主化するどころか、再び権威主義時代に後退しているのではないかと心配する人が多い。

信頼に値するメディアを求め難いことが、韓国の民主主義を後退させることになった理由の一つである。ニクソンのウォーターゲート事件当時、『ワシントン・ポスト』の編集人であったベン・ブラッドリーは「新聞というのは、調べて、取材し、検証し、書き、報道することである」「真実というのは明らかになるものであり、真実が明らかになることこそ正常かつ重要な民主主義の過程である」と言った。

韓国の新聞は「取材せず、検証しないまま」聞きかじった情報を書き、報道することにのみ熱を上げる奇異な姿を見せている。大部分の新聞は国家情報院が流した情報を聞き書きし、当事者である李石基氏や統合進歩党党員、会合参加者に事実関係を確認する考えもなかった。新聞諸紙のこうした姿は「これが新聞か？」という慨嘆とともに「マスゴミ」という恥ずかしい呼称を生みもした。

客観的な距離を置くことが難しかった執筆

李石基前議員とこの事件の被告人たちは、法廷に立つ前に世論裁判と魔女狩りで踏みにじられた。世の中全てがよってたかって彼らを殴り、かみついた。彼らを冷たく非難する声は、あふれかえっていた。彼らとは客観的な距離を置けとか、公平を維持せよとかいう忠告に従うには、彼らに対する一方的な攻撃と罵倒があまりにもひどかった。そのため私は事実をもとにして、彼らの立場を擁護することに最善を尽くした。

大韓民国のメディアが公正であると思う人は、この本を読む必要はない。大韓民国の国家情報院と公安検察、そして司法府が十分に信ずるに値すると思う人も同様である。韓国が自由民主主義国家として国民の基本権がよく守られている国だと思う人は、これからもずっとそのように信じて生きて行かれることを心から望む。この国が明らかに間違った方向に向かっていると思う人には、この本を読んでみることを勧める。

実のところ、最初の原稿を完成したのは昨秋（二〇一五年）だった。本を書き始めてから出版社を探したが、手を挙げてくれる出版社に出合うのが難しかった。原稿が完成してからも、一年近く出版社が見つからなかった。筆者が名のある作家ではないからかもしれないが、まだ私たちの社会が表現の自由、思想の自由を十分に保障していないことが主たる原因だと考える。

最後に、李石基前議員が好んで暗誦するという英国の詩人であり、画家であるウィリアム・ブレイクの詩「地獄の格言」に出てくる言葉を紹介する。分断を克服し、進歩的な民主主義を実現するため愚直に一筋の道を歩む人々にふさわしい言葉だと思う。

愚者もその愚に徹すれば賢くなるだろう。[ii]

どうか、読者が本書を読み、今、賢く見える人たちが愚かな人たちであり、今、愚かに見える人たちが賢明な人々であるかもしれないことを、一度考えて下さることを願う。

付記

金載圭《キムジェギュ》評伝『風のない天地に花が咲くか』を書いた時から耳にしつづけた質問について、答えておこうと思う。ストーリー・テリングの形式を借りてドキュメンタリーを書くので、本書が虚構と事実が混ざった「ファクション」（実録小説）ではないのかという問いであるが、本書を含め私が書いた本は全てドキュメンタリーであり、ファクションではない。事件を理解しやすく、読みやすいようにするために、取材を通じて知った事実をもとに内容の一部を物語形式で再構成したものである。放送ドキュメンタリーで使う「再演」という方式のようなものだと思って頂きたい。

〔訳注〕ii　日本語訳文は松嶋正一編『対訳ブレイク詩集』（岩波文庫、二〇〇四年）

推薦のことば――私たち皆が石を投げた加害者

咸世雄《ハムセウン》神父

寝床のなかで不義を計り、悪を行う者は災いである。彼らはその手に力あるゆえ、夜が明けるとこれを行う。

――「ミカ2章1」より

「李石基内乱陰謀事件」に連累した若者たちの救援運動に参加することを求められ、私はごく短い時間でしたが、躊躇し、お祈りをしました。その時、文益煥《ムンイッカン》牧師に会いました。他の人には寝言のようにしか聞こえない声でしたが「平壌に行く汽車のキップを下さい！」と、少年のような顔で統一と民族の和解を夢見た牧師でした。牧師は私におっしゃいました。

「過去七〇年間ねつ造されたスパイ事件で、容共で、どれだけ多くの無辜の命が拷問と不法で独裁の犠牲羊になったことか？　あの若者たちが何をもって国を転覆し、どうやって内乱を起こすことができるというのか？　私たちも一時、同じ罪名で監獄に行ったが、咸神父、何を躊躇しているのですか？　彼らがこの時代の十字架であり、復活です」

「李石基内乱陰謀事件」は今日、私たち共同体構成員皆が彼らに石を投げた加害者であると告白し、心から悔い改めなければならない事件です。文英心作家の苦悩に満ちた率直な表現と「李石基」個人が背負って行くにはあまりにもつらく、恐ろしいわが時代の話を、私は怒りと希望が入り混じった気持ちで読みました。

去る九月二二日、ソウルのミレニアム・ヒルトンホテルで開催された第一四回「韓米親善の夕べ」という行事で国家報勲処長・朴勝椿《パクスンチュン》がサード・ミサイル配備に対する国民の反発について米国に謝罪し、外交部長官・尹炳世《ユンビョンセ》が国民の血税で世界各国を歴訪して、北朝鮮をやっつけてほしいとお願いをして回った姿に、朝鮮時代の末期、清と日帝を呼び寄せて、国を売り払った親日売国奴を思い出しました。

「李石基議員内乱陰謀事件」被害者韓国救援委員会

文英心作家が心で書き下ろしたこの文を多くの方々が読み、権力を掌握するために歴史と民族に背き、私たち共同体構成員を残らず敵にする親日と独裁政党の実体を知り、彼らに立ち向かい、統一と民主主義が実現された美しい民族共同体を作るきっかけになることを願い、お祈りします。

この一冊の本が、悔しい罪名で監獄にいるわが時代の全ての良心が一日も早く日常に戻り、李石基前議員とともに苦痛を受けた全ての方々に慰めと激励の贈り物になることを願います。

プロローグ　一九五八年進歩党司法殺人、そして二〇一三年統合進歩党殺し

一九五九年七月三一日午前一一時。

ソウル刑務所（旧西大門刑務所）のポプラの木の下、こぢんまりとした木造建物で、一人の男の首が虚空にぶら下がった。独立運動家であり、農林部長官、国会副議長を歴任し、三代大統領選挙で国民の烈火のような声援で独裁者李承晩をもう少しで打ち負かすところだった男、曺奉岩《チョボンアム》。国家権力により殺された時、彼は齢六〇だった。

「投票で勝ち、開票で負けた」という韓国選挙史上最高のキャッチ・コピーを作り出した著作権者。金大中前大統領が何度も言われ続け、二〇一二年の一八代大統領選挙直後から今日まで絶えず人口に膾炙したキャッチ・コピーだ。

曺奉岩は韓国で初めて結成された進歩政党の党首だった。絞首台の縄の下に立った時「勝者により敗者が殺されることはよくあることだ。ただ私の死がむだにならず、この国の民主主義の発展に役立つことを望むだけだ」と言ってのけた、男の中の男。曺奉岩の罪名は「国家保安法上の国家変乱目的団体の結成とスパイ嫌疑」である。

五二年ぶりにあの世で無罪判決文を受け取った曺奉岩

二〇一一年一月二〇日、大法院全員合議体は曺奉岩事件に対する再審宣告において、大法官一三名全員一致で無罪判決を下した。曺奉岩は五二年ぶりにあの世で無罪判決文を受け取ったのである。当時、曺奉岩に有罪判決が下された嫌疑は三つであった。一つは国家を変乱する目的で進歩党を結成し、中央委員長に就任したこと（国家保安法違反）、二つは陸軍諜報部隊（ＨＩＤ）工作要員を通じて北朝鮮から金品を受け取り、韓国の情報を提供したこと（刑法上のスパイ罪）、三つは当局の許可なく拳銃と実弾を所持していたこと（軍政法令違反）である。

大法院はこのうち武器所持の嫌疑についてのみ有罪を認め、刑の宣告を猶予しただけで、死刑にいたった国家保安法違反とスパイなど二つの主要嫌疑には無罪を宣告した。進歩党を国家変乱を目的とした団体と見ることはできず、曺奉岩のスパイ嫌疑を立証する証拠が軍部隊の令状のない逮捕と不法監禁を通じて得た証人陳述のみであったことが無罪判決の根拠である。大法院は進歩党の統一政策であった平和統一論を北朝鮮の偽装平和統一論と同じと見る証拠がない点も明示した。

大法院はなぜこのような公正な判決を下したのか？　罪なく死んだあの男が生きて戻ってくることはできないが、私たちは韓国社会の未来に若干の希望でももちうるように、ということか？　本書を書き終えるまで私の判断は保留しておくことにする。「死んだ進歩」には寛大で、「生きている進歩」に対してはとてつもなく苛酷だという、合理的な疑念をまだ払拭できないためである。「死んだ進歩」は生きている権力にとって脅威とはならず、その名誉を回復させることで、韓国の民主主義がここまで発展したという幻想を国民に植え付けることができるのではないか。しかし「生きている進歩」は放っておくわけにはいかない、というのが、奴らの考えではないのか。

曺奉岩の首に縄をかけた者たちの「仕業」がどのように行われたのかを検討してみよう。

一九五六年五月、三代大統領選挙で曺奉岩は無所属で出馬して二一六万票を獲得し、有効投票の三〇％に達する票を得た。これ以上ないほどに不正が行われた選挙で得た成果であった。腐りきっていた韓国政治に新しい風を起こすのに十分な快挙だった。当時、民主党の候補であった申翼熙《シンイッキ》が遊説途中に急死する事故が起き、進歩党の創立を準備しつつ、申翼熙の選挙を応援していた曺奉岩が突如、無所属で出馬して得た成績であったことからして、政権交替への国民の熱望がどれほどであったのかを斟酌しうる。曺奉岩は暗い世の中にあって、一筋の光であったといっても言い過ぎではないほど、当時、最高の政治スターとして浮上したのである。指導者に恵まれないわが国民の胸に希望が芽生えた時であった。

李承晩政権の「曺奉岩と進歩党殺し」

李承晩政権がこれを放っておくはずはなかった。一九五八年一月一一日、趙寅九《チョイング》検事が「進歩党の平和統一論は北傀（北朝鮮に対する敵対呼称）の南侵スローガンだ。これを厳しく断罪する」と恫喝し、「曺奉岩と進歩党殺し」の火ぶたを切った。保守系メディアが待ってましたとばかりに、これに呼応して煽り始めた。

「曺奉岩が北傀より工作資金として人参が入った箱を受け取ったが、その中に入っていた傀儡の指令文を見て焼き捨てた」
「曺奉岩の家から不穏文書を探し出した」
「金日成の指令を実践するための七人委員会を組織した」
「スパイと連絡をとり、内通した事実を曺奉岩が認めた」
「曺奉岩の家から金日成に宛てた自筆の手紙が発見された」
「『東洋通信』記者であった鄭太栄が作成したメモ『講評書』は北朝鮮から送られてきた秘密指令書」

マスコミがハイエナの群れのように飛びつき、食ってかかった、いわゆる「講評書」の真実はなにか？　鄭太栄《チョンテヨン》は鄭ドンファという仮名で進歩党に秘密党員として入党し、その直後『東洋通信』外信部記者になった。鄭太栄が曺奉岩に提出したという「講評書」は、彼が進歩政党の活動をしながら感じた点と建議事項を記した、一種の個人意見書であった。大学を卒業したばかりの知識人がそれなりに進歩政党に対する愛情を傾けて、政党の基本的方向から具体的活動内容まで詳細に建議した文献である。生硬な語彙を動員し、未熟な主張がありはするが、北朝鮮とは全く関係がなく、指令といえるような内容もない。鄭太栄が主導したという「七人会」は捜査機関が付けた名前であり、秘密組織ではなく、学習会のような集まりである。鄭太栄はソウル市党委員会常務委員であった。

曺奉岩や進歩党に関する当時のマスコミの報道で、真実として明らかになったものはない。それでも、その後も訂正報道はなかった。韓国で記者稼業は実に楽なものだ。ただ「物書き」の基礎は少し学ばねばならない。蓋然性や必然性を欠いた「三文小説」の書き方を二、三時間勉強すればよいのである。

一九五八年一月一三日に曺奉岩は国家保安法違反嫌疑で拘束された。翌日、この事件の報告を受けた李承晩は「曺奉岩は今や処置されねばならない人物だ」と語った。確認されてもいない事実をまき散らして、大々的な「世論裁判」をした後、同年二月二五日、呉在環公報室長が進歩党の登録取り消しを発表した。曺奉岩に対する裁判が始まる前のことであった。その当時は政党登録を政府が取り消すことができた。一九六〇年四月革命以後に政党解散要件を厳格にし、それを一九八七年六月抗争以後、憲法であらためて強調し、政党をむやみに解散できないようにした。しかし二〇一四年一二月一九日、憲法裁判所は統合進歩党の解散を決定した。

五五年ぶりに復活した「反人権的政治弾圧・容共ねつ造司法殺人」

一九五八年七月二日、曺奉岩事件に対する一審判決が下された。曺奉岩懲役五年。

曺奉岩被告人がスパイであると認めるべき証拠がなく、平和統一論が国是に背き、傀儡集団と内通、国家内乱を企図したという公訴事実を証明する根拠がない。

柳秉震《ユビョンジン》判事は判決文で宣告理由をそのように述べた。この一審判決が出た後、大騒ぎになった。

「スパイ曺奉岩を処罰せよ」
「親共判事柳秉震を打倒せよ」

一九五八年七月五日、大韓反共青年会所属の三〇〇名余りの怪しげな男たちが裁判所に乱入した。柳秉震判事をはじめとする裁判官は家を出て、数日間身を隠していた。当時の与党であった自由党はこの事件の真相調査を拒否し、それどころか「親共判事糾弾対策委員会」なるものを結成させた。民主党もこれに同調した。柳秉震判事は一九五八年末、裁判官再任用審査で脱落し、法服を脱いだ。

曺奉岩を監獄に閉じ込めて行われた一九五八年五月の民議院選挙は大々的な不正選挙だった。五・二選挙が行われた三日後、ある新聞の社説が「どうして天が無関心であろうか」という見出しを付けたほどである。この選挙であまりに多くのテロが起きたため、ある野党議員は「主権在民ではなく、主権在警、主権在奸だ」、と皮肉った。「警」は警察を、「奸」はヤクザを指す。「警察が国会議員製造業を請け負わされた」と言った人もいた。

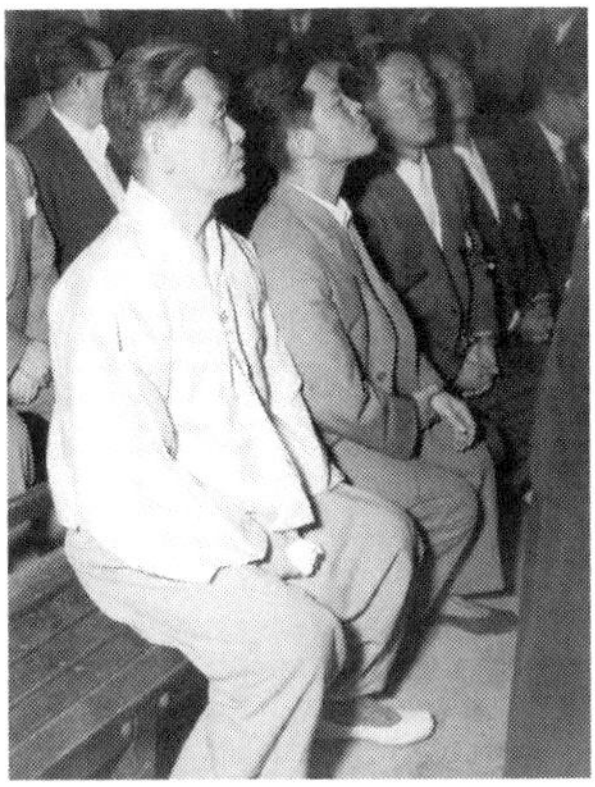
曺奉岩と進歩党事件の法廷

恐怖の雰囲気のなかで二審裁判が進められ、判事は検察の起訴事実を全て事実として認めた。二審判決で曺奉岩の刑期は懲役五年から死刑に化けた。平和統一論自体が国家保安法違反であり、公訴事実にもなかった「革新政治実現」と「収奪なき経済体制」も有罪の証拠とされた。

一九五九年二月二七日、大法院の確定判決が出た。同年七月三〇日、大法院で再審請求が棄却され、すぐ翌日の七月三一日午前一一時、曺奉岩は絞首刑に処せられた。

「韓国社会の卑怯な沈黙のなかで行われた反人権的政治弾圧・容共ねつ造司法殺人」

二〇一一年一月二〇日、再審で無罪宣告が出された後、国会放送で制作された曺奉岩についての映像に登場するテロップである。今もなお、それらの単語にぎこちなさが感じられないのはどういうことだろうか？　曺奉岩事件のようなものは五〇余年前には可能であっても、今はその当時とは違うと自信をもって言える人がいるのか？

1　10×3＋9

皆が病んでいるのに、だれも痛がらなかった。

——李晟馥・詩「その日」の中から

囚人番号「ナ六二一一五」

ここに一人の男がいる。彼の胸には「ナ六二一一五」という囚人番号が記されている。その囚人番号の後ろには目に見えないもう一つの名札が付いている。「従北」という名札である。二〇一二年から二〇一五年にかけて各種メディアに最も多く登場した男、彼の名は李石基《イソッキ》。

李石基が閉じ込められている場所はビル型の拘置所で、運動場がない。外の空気を吸うことができるのは一週間に一度、運動時間に屋上に上がる時だけである。李石基は、休みがとれる時には必ずといってもいいほど山に登る山好きだった。閉じ込められている苦痛の中で、最も深刻なのが山への恋しさである。屋上に上がれば、空を仰いで、習慣的に「山に行くのにいい天気かどうか」を考える。彼が屋上でできることは簡単なストレッチ体操だけである。

彼は屋上から戻ると、狭い寝床の上に腰を伸ばして、正座して瞑想を始める。頭を空っぽにしようと、数回深呼吸をする。いくら頑張っても次から次へと湧き上がる想念を振り払うことは難しい。何度もめぐらせた考えが、また頭の中に浮かんでくる。自分に一体なにが起きたのか？　二〇一五年一月二二日、大法院の内乱扇動有罪判決確定。自由民主主義国家といわれる大韓民国で、どうしてこんな判決が下るのか？

李石基は机の前に座った。名前こそ机であるが、実際は空き箱を積んで作った台のようなものである。李石基はノートを広げてペンをとった。彼は一つの数字をノートに書きとめた。一〇。その数字をしばらく見つめていたが、その横にまた一〇という数字を一つ書き足した。そしてもう一つ一〇。最後に彼は九という数字を書いた。李石基はその数字を組み合わせて一つの数式を作った。一〇×三＋九という数式である。数式を見つめていた李石基はにこりと笑みを浮かべた。国家情報院（国情院）の連中が見れば、これはなにかの暗号かと思うだろう。残っているROメンバーに送る指令だと思うかもしれない。しかしこれらの数字は自分の人生を表したものに過ぎない。

大学に入学してすぐに始めた一〇年間の民主化運動。一〇年間の指名手配と投獄。出獄後一〇年間、会社を経営しながら、進歩陣営を手助けしたこと。そして今や「内乱陰謀事件」で宣告された九年という刑期。そんなふうに約一〇年周期で人生の転機が訪れた。刑期をみな務めれば彼は二〇二二年に出獄することになる。その時、彼は六〇代になっている。二〇代から始めた民主化運動と進歩政治への投身は四〇年間、彼にいばらの道を強いてきた。

「李石基って誰？」

李石基が二〇一二年統合進歩党比例代表予備選挙に候補として出ると、党内部からさえそうした声が聞かれた。彼は一〇年間、進歩政治をしている人たちの背後で彼らを助けてはきたが、いざ自分が政治の前面に出ると決心したのは二〇一一年末頃だった。後輩たちが彼にそろそろ後ろで助けるのではなく、国会に入って仕事をする時だと背を押したのだった。

「言ってくれる者はいないか。私が何者であるかを」[i] シェークスピアが『リア王』でそのように言ったのだったか。しかし政治に携わる人は常に自分が何者であるかを語ることができなければならない。彼は数多くの人々の選挙を引き受け、支えてきた選挙専門家ではないのか？

彼は直接、自分を紹介する広報用映像のキャッチ・コピーを書いた。

一〇年
山河も変わるという一〇年
指名手配・投獄一〇年
思想犯という枷
三〇代で家を出て
四〇代になり
家に帰ることができた人
若い頃の平凡な写真が一枚もない人
いつか農民闘争の最中に

〔訳注〕i　日本語訳文は斎藤勇訳『リア王』（岩波文庫、一九四八年）

通りで偶然に会ったこの人
「どうして一〇年ものあいだ…つらくないですか?」
ただ言葉もなく明るく笑っていた人

――二〇一二年統合進歩党比例代表候補広報用映像から

李石基は拘置所に入ってから、一九九〇年代末と二〇〇〇年代初めに、国家保安法違反嫌疑で指名手配され、逃げ回っていた頃のことをよく思い出す。その指名手配生活の後に投獄されたためかもしれない。独房に閉じ込められているので、既視感があるのか。その頃、彼はもう一度自分が投獄されるとは考えてみたこともなかった。一九八七年六月抗争以後、民主主義は少しずつ発展していると信じていた。

しかし今、李石基は拘置所の独房に座り、「民主主義は政治の体制であるよりは、社会の状態を意味する」という一九世紀フランスの政治哲学者トクヴィルの言葉をかみしめていた。

二〇〇〇年夏、智異山にて

「悟りを得た王はいったい誰か?」韓永錫《ハンヨンソク》(仮名)は華厳寺覚皇殿の台石の前に立ち、考えた。仏とは悟りを開いた王という意味なのか? しかし悟りと王は似合わない。悟った者は権力に耽ることもないはずだから。扁額の文字は力強く美しかったが、その意味はどこかはっきりしなかった。

「何をそんなに考えているんだい?」李石基だった。まるで地面から吹き出してきたかのように、にゅっと現れた彼は、永錫の肩を熱っぽく抱いた。二人は力いっぱい抱き合った。

「ずいぶんやつれたな」李石基が永錫の顔を見ながら、すまなさそうに舌打ちをした。

「自分のことを棚に上げて。兄貴が俺よりもっと痩せたさ」永錫が言った。

永錫より頭一つ大きい李石基は元々痩せた体格であったが、指名手配生活をする間にさらに痩せたようだった。それでも口元には明るい笑みをたたえていた。李石基は口を大きく開けると、目がすっかりなくなる特有の笑みで有名で、「満面の笑顔」というあだ名をもっていた。

「ところでさっきは何を考えて、そんなにぼーっとしていたんだい?」

「覚皇殿ってどういう意味かと思って。仏とは悟りを開いた王という意味なのかな?」

「うーむ。この殿閣を建てた時に伝えられる話に由来する名前とかいうんだが。でも、仏様は王という名前が気に入らないだろうな。王子として生まれたが、王宮を捨てた方だから」

「みな人間のたわごとにすぎないさ。仏様が華麗な寺を建てろと言ったことはないじゃないか。仏様はたぶんこういう殿閣を建てる金があれば、腹をすかせた衆生に飯を食べさせろとおっしゃるさ。さあ、行こう。暗くなる前にもう少し行かなければ」

李石基はそんなふうに付け加えながら、リュックを持ち上げて、先に立って寺の庭をつかつかと歩き始めた。韓永錫も覚皇殿の前で下したリュックをまた肩に掛けて、李石基の後に続いた。

西側に半分ぐらい傾いた日差しで、覚皇殿の影が華厳寺の庭の真ん中まで長く伸びていた。二人は円通殿と大雄殿の前を通り過ぎて、寺の庭を出た。渓谷を渡り、老姑壇に向かう登山路に差しかかると、すぐに薄暗い森の木陰が現れた。

李石基と韓永錫は登山路に差しかかり、華厳寺境内を完全に通り抜けた後は、まるで行軍する軍人のように、黙々と歩くことに没頭した。世の中を騒がせた民族民主革命党（民革党）事件の指名手配者である二人は逃亡生活をしながら、激しい精神的、肉体的疲労を感じていた。指名手配生活中に何か当てなどあるはずもなかったが、会って、息苦しい日々の憂さ晴らしでもしようかと、どうにか約束をしたのだった。

二人とも山好きなので、智異山で会うことにした。智異山の広大な空間の中で二人の存在は一滴の雫にすぎない。二人は山の中で思う存分鬱憤をはらし、討論し、対策を研究してみようと、智異山の懐に入ったのである。

分断祖国に生まれた罪

老姑壇を一キロほど前にして暗闇と急な坂道が同時に押し寄せた。李石基と韓永錫はヘッドライトを点けて足早になった。宿泊施設の予約ができない立場では、ビバークするほかなかった。登山客で賑わう老姑壇待避所を通り過ぎ、智異山の主登山路を暗闇の中、一時間ほど歩いた。

二人はピアコル三叉路付近で周囲を見渡しながらも、こぢんまりした森のすそを探し、ビバークの準備をした。といっても実際、大して準備するものもなかった。地面を平らにならして、リュックから寝袋を取り出して広げれば、それでおしまいであったから。

キムチの一かけらもなく、ラーメンをゆでて夕食をすませると、李石基と韓永錫は坂の上に並んで座った。二人の姿は間違いなく六〇年ほど前、孤立無援のパルチザンが飢えと討伐隊の圧迫に震えながら、もの悲しい夜を過ごした、その光景に似ていた。

永錫が取り出した紙パック焼酎を受け取りながら、李石基は何か言った。二人はパックにストローを刺して、焼酎を吸い、何口か飲んだ。二人は大自然の荘厳な景色に圧倒されて、言葉を失った。こんなにたくさんの星が瞬く夜空なんて！　山でビバークするのは初めてではなかったが、今夜のように多くの星を一度に見たことはなかったと思う。美しくも悲しい野営であった。

韓永錫は焼酎を何口か飲むと、もどかしさと鬱憤、悲しみが混じりあって一気にこみ上げてきたかのようだった。彼が突然、獣のような声を上げて、大きくうめいた。

「あああ！」

「ううう！」李石基も狼のようなうめき声を出して相槌をうった。永錫が言った。

「兄貴、俺たちいつまでこうして逃げ回るんだ？」

「…」

李石基は天の川が流れる夜空を仰ぎ見ながら、言葉が出てこなかった。

「俺たちがどんな過ちを犯したからと、こんなふうに逃げ回らなければならないんだ？」

韓永錫がまただだをこねるように言った。

「過ち？　過ちは多いさ。分断された祖国に生まれたのが根源的な過ちさ」と李石基が言った。

「それがどうして俺たちの過ちなんだ？　誰もここで生まれたいといって生まれて来たのではないのに…」韓永錫が愚痴っぽく言った。

「そう。お前の言うとおりさ。過ちというよりは、キリスト教式に言うなら原罪とでもいうべきか、そういうものじゃないか？」

李石基が焼酎パックを持ったまま仰向けになり、最後の一口を飲み干しながら言った。韓永錫は胸が詰まり、李石基と同じように仰向けになり、焼酎を飲み干した。夜空いっぱいに埋め尽くした星が顔面に降り注いでくるようだった。

「原罪。そう。分断された祖国に生まれたこと。それが問題なんだ」

「兄貴はこのまま逃げ回る気なのか?」

「ああ。逃亡も闘争の一つの過程だと思っている。不当な公権力行使に易々と屈服したくないんだ」

李石基は韓永錫の大学二年先輩だ。韓永錫にとって李石基はどんな悩みでも打ち明けることができ、どんな問題を出しても合理的な答えを示してくれる人だった。

韓永錫は大学を卒業してから、地域で社会運動をしていた時も、どうしてよいかわからない問題があれば、李石基を訪ね、助言を求めた。韓永錫にとって、李石基は碁を打てば、いつも三手か四手先を見通し、石を置く高段者のようだった。李石基は指名手配生活中にも合法政党、進歩政党運動について考えをめぐらせていた。

選挙を通した革命は可能だ

「永錫、俺たちがなぜ一九八七年六月抗争の後、地域で市民社会運動を続けることにしたのか覚えているか?」

「もちろん覚えているさ。学生と労働者の血を捧げて成し遂げた民主主義が保守独占の政党体制の中で権力分配に帰結したことを受け入れられなかったから、自分たちの力で正しい社会変革運動の路線を決めて、活動することにしたんじゃないか」

「そうだ。漁夫の利を得るとはまさにこのことで、民主勢力が命を捧げて大統領直選制改憲を勝ち取ったのに、政治と社会を変化させることから民主勢力は排除され、その結果として階級問題や民族問題は少しも解決しなかったからだ」

「そうとも。不平等な構造は深まりこそすれ、なくなることはなかった。金大中政権は太陽政策とか何とか言うが、実質的な統一への展望なんてまだはるか先の話さ」

「そうさ。だから当然、俺たちがやろうとしたことを続けていかなくては。世の中が前より悪くなっているのに、世の中を変えようと始めたことを止めるわけにはいかないじゃないか。永錫、俺たちはどのみち、社会変革運動を続けながら、今は政党政治を通して民衆が主人公になる世の中を作らなければならない」

「この前も話したが、兄貴は俺たちも皆制度圏政治に入らなければならないと考えているのか?」

「社会が発展すれば、その社会を変える方法も発展するんだ。俺は今、選挙を通して革命が可能だと見ている」

「今のような保守政党中心の政治構図の中でそれができるか?」

「とにもかくにも、一九九七年にＤＪ（金大中）は政権交替を達成したじゃないか」

李石基の言葉に、永錫が首を横に振った。

「ＤＪは進歩ではないだろう。保守野党の中で政治をしてきた政治エリートにすぎない。俺たちとは根が違うんだよ」

「すぐにはできないだろうが、時間をかけて制度圏の中に進歩政党の議席を増やしていけば、できるんじゃないか？　一〇年頑張ればできると思う。俺たちはまだ若い。同志がみな力を合わせて制度圏進入のための基礎を築こう」

李石基の言葉に永錫がうなずいた。

「目の前のこの事件はどうするんだ？」

「一つの時代が終わり、新しい時代を迎えようとするなら、そこには通過儀礼が必要じゃないか？　払わねばならないものがあれば払い、乗り越えていくしかない。このことが俺にとってはけじめをつけることであり、お前には無事であることを祈るが…」

李石基が韓永錫の目を見つめながら言った。永錫は仰向けになりながら、果てしもなく広がる星空の中に天の川を探した。李石基が覚皇殿の話を持ち出した。

「さっき、華厳寺で覚皇殿について聞いただろう？」

「ああ、それがどうした？」

「覚皇殿を建てることになった背景、説話みたいなものがあるんだ。話してみようか？」

「実事求是」と「正義は勝つという信念」

李石基は、韓永錫に覚皇殿の改築にまつわる話をし始めた。

覚皇殿の元の名前は丈六殿であった。桂波禅師が仏事を興すため、大発願の祈祷をして一〇〇日目に夢に文殊菩薩が現れた。文殊菩薩のお告げのとおり、化主僧（高徳の僧）には、多くの勉強をした僧侶ではなく、一〇年間雑用ばかりしていた供養主僧が選ばれた。その供養主僧の夢に、文殊菩薩が現れた。文殊菩薩のお告げのとおり、朝、最初に会った人に布施を勧めようと、出かけた。

化主僧が最初に会ったのは、穴倉に一人暮らしながら、寺に来て働き、食事をもらう乞食の老婆であった。化主僧は文殊菩薩のお告げを思い出し、老婆に礼をして、丈六殿を作ってくれるよう、頼んだ。どうしてよいかわからない老婆は華厳寺に向かい、「この体が滅び、王宮に生まれ変わって、大仏事をなすゆえ、文殊菩薩様、ご加護を！」と願をかけ、数十回拝んだ後、沼に身を投げてしまった。化主僧はあまりに突然のことに驚き、そこから逃げ出してしまった。

その後五〜六年の月日が流れた頃、漢陽城の昌徳宮前を歩いていた化主僧は幼い姫に出くわした。すると、姫は「お坊様！」と化主僧にしがみついた。この姫は生まれつき片方の手が握ったまま開くことができなかった。化主僧がぎゅっと握っていたその手を揉んでやると、姫の手が開いた。その手のひらには「丈六殿」という三文字が書かれてあった。

この知らせを聞いた粛宗大王は化主僧を内殿に呼び、一部始終を聞いて感激し「なんと、素晴らしい！　老婆は清い願いでこの姫として回生したのだ。その願いを成就しなければならない」と言って、丈六殿建立の大誓願を発した。こうして国から姫のために丈六殿を改築する費用が下賜され、丈六殿が完成すると、賜額を掛けて「覚皇殿」と名付けた。

李石基は昔話をするように、長い話を聞かせた。永錫は李石基がなぜそんな話をするのかわからず、ただしきりにうなずきながら聞いていた。

「さっき話したように、殿閣を建てるのは仏様の意志と関係ないことだとしても、仏教や寺が民衆に大きな精神的慰安を与えるのも事実だ。なにより、この話には大事な教訓が込められている。それはなんだと思う？」

李石基は韓永錫を見つめながら、問いかけた。永錫はなにか大切なことがあるという感じはあったが、それをはっきり言葉にして説明することは難しかった。

「一つ目はなぜ供養主僧が化主僧に選ばれたのかという点だが、木鐸を叩いて、経を覚えて修行し、説法をする僧侶よりも、一〇年間飯を炊き、人々に食べさせた人の方がより多くの功徳を積んだ人だと、大切なことをやってのける人だという意味だろう。二つ目は乞食老婆の信念がどれだけ強いものだったかということだが、自分が信じるもののために命を差し出すその勇気がすごいじゃないか。俺たちが運動する時、こういう精神が必要なんだ。人が実際に必要とすることを助けてやり、その人たちの中に入って誠意を尽くすこと、そして自分たちが正しいと信じるもののためには命をも差し出すことができる勇気。この二つがあればできないことはないというのが俺の考えだ」

覚皇殿にちなむ二つの教訓は、李石基が民主化運動をしながら、いつも強調している方法と価値観だった。「実事求是」と「正義は勝つという信念」。この二つを忘れるなと言った。韓永錫はその後、社会変革運動をしながら、この日聞いた「覚皇殿の教訓」をしばしば思い出した。

二人は、ラーメンだけ食べて、ピアコルから天王峰にいたる智異山縦走を敢行した。チャントモク待避所付近でもう一泊し、天王峰に登ってから別れた。彼らは写真一枚残さない智異山縦走を終えて、天王峰で最後の会話をした。

「これからどんなことが待ち受けているかわからないが、健康に気を付けて、俺たちが抱く志を絶対に忘れずにいよう！」

「兄貴、元気で」

二人は最初会った時のように、しっかりと抱き合い、そして別れた。李石基は白武洞渓谷から下山し、南原からソウルに戻り、韓永錫は中三里から下山して、晋州を経て釜山に向かった。万が一、跡をつけられているかもしれないという思いから、帰り道をそれぞれ別にしたのである。

暗闇の中に瞬く星を見ながら、寝起きしたあの二泊。李石基と韓永錫は多くの話をした。統一に対する熱望と労働者、農民など、社会的弱者が正当な待遇を受け、暮らせる国を作らねばならないという決意を固め、それには具体的にどんな活動が必要なのか、社会変革運動の内容について話をしたのだった。

2　合法政党、選挙革命路線に

勇気と信念に基づいた数限りない行動によって人類の歴史は形成されていく。ひとりの人間が理想のために立ち上がり、不正を攻撃し、苦しんでいる人々のために行動を起こす度に、彼は希望のさざ波を送り出している。一〇〇万人が行動を起こせば、それらのさざ波は、いかなる迫害、いかなる抵抗をも突き破る津波となり、歴史をも変えてしまうエネルギーとなり得るのだ。

——ロバート・F・ケネディ[i]

「捜査記録に名前一つ、指紋一つ残さなかった人」

李石基は、智異山に行って二年後の二〇〇二年五月に逮捕され、懲役二年六ヵ月を宣告された。そして二〇〇三年八月一五日の光復節特赦で釈放された。

当時、裁判官は李石基に国家保安法（反国家団体結成など）を適用し、有罪を宣告した。しかし李石基は国家情報院と検察の捜査を受けた時や、裁判を受けた時に、一度も自らの容疑を認めなかった。比例代表予備選広報映像に「捜査記録に名前一つ、指紋一つ残さなかった人」という文言があるが、それはそのことを指している。

民革党事件は、マスコミが「主思派（主体思想派）の親玉」と呼んだ金栄煥《キムヨンファン》が転向した後、自らが主導的に組織した民革党について自白して、一九九九年に摘発された大型公安事件である。当時、民革党関連者のうち、金栄煥らは転向意思を明らかにし、河永沃《ハヨンオク》と沈載春《シムジェチュン》らは容疑を否認した。李石基も容疑を否認した。

民革党事件の真相は、まだ多くが互いに食い違う陳述の中に埋もれている。民革党関連者の中で二度も密入北して金日成に会い、工作資金まで受けとっていた金栄煥は同志を売った対価として処罰を免除された。

当時「同志」を裏切った金栄煥は、二〇一四年「統合進歩党解散審判」の裁判で証人として出廷した。一九九九年の裁判の時の自分の陳述を繰り返して、李石基はもちろん、その当時は名前も知らなかった統合進歩党の人たちを民革党関係者だと証言した。金栄煥はその事件以後一七年間、彼らに一度も会ったことがないと認めながらも、当時、主体思想を信奉していた彼らは今も「主思派」に間違いないと断言した。

マスコミから主思派の元祖、主思派の親玉と呼ばれた金栄煥は考えが一八〇度変わったのに、なぜ彼らは少しも変わらなかったのか、その理由は明らかにされていない。金栄煥は人の心を読む読心術を会得しているかのようだ。後三国時代の弓裔のようである。

〔訳注〕i　日本語訳文は落合信彦『ケネディからの伝言』（小学館、一九九三年）

民革党事件は、事件が起きた微妙なタイミングのために様々な疑惑を呼び起こした。当時の国家情報院の捜査発表を読んでみれば、国情院ではすでに一九九七年頃に金栄煥と河永沃ら、この事件の関連者の容疑を把握していたというが、それでは、なぜ一九九九年まで待ったのか？『新東亜』のキム・ダン記者が取材した「民革党事件深層取材」という記事に次のように記されている。

さらに民弁は金大中大統領の国家保安法改正発言以後、良心と表現の自由を脅かす国家保安法の改廃に総力を傾けることに、すでに内部的に意見を取りまとめていた状況であった。従って一部では金栄煥氏の事件は「民弁」と在野市民人権運動団体の国家保安法撤廃運動に危機感を感じた公安・捜査当局が、この運動に冷や水を浴びせるために意図的に事件を拡大、ねつ造したか、少なくともタイミングを合わせたのではないかという疑惑を抱いていたのが事実である。

周知のように、大韓民国ではまだ国家保安法が厳然と生きている。生きているという程度ではなく、維新時代よりさらに強力に人々を捕え、閉じ込め、頭の中の考えまでのぞき込んで処罰する超能力を発揮している。国家保安法は民主主義の根幹である自由主義的価値を大きく毀損している。

全民抗争路線から合法政党路線へ

二〇一三年九月、李石基は拘束され、裁判を受ける過程で、民革党事件で拘束された前後のことを頻繁に思い出した。法廷では全民抗争路線についての論争が絶えず起きた。検事は李石基と彼の仲間たちが非合法的なやり方で、内乱という暴力的方法で政権を転覆しようとしたと主張し、なんとかしてそれを証明しようと必死になった。全民抗争するのか、しないのかというのは、運動圏内部で起こされた古臭い論争である。彼らはその時すでに熾烈な討論と論争を通して、合法政党路線を選択した。そして一〇年を超えて合法政党として活動し、国民の支持を引き出し、選挙を通して議席を増やしていった。そうした彼らを無理矢理に過去に縛りつけ、不法集団としての烙印を押そうとしたのが今回の裁判であった。

事実、一九九〇年代中盤と後半に、進歩陣営の合法政党建設論争は極めて広範囲に起こされた。今日のような進歩政党路線は空から落ちてきたものや、誰かが教えてくれたものではなく、現実の変化に適応しつつ、実践を通して路線を定立し、検証する過程で得られたものである。李石基は民主労働党創立前の一九九八年に水原《スウォン》の労働運動家Kと交わした話を回想しながら、全民抗争路線と合法政党路線に対する当時の論点を振り返ってみた。

K　昨年末、大統領選挙で権永吉《クォンヨンギル》が大統領候補として出馬し、今、合法政党を作ろうという動きがあります。私はこうした動きを理解することはできますが、一方では全く気に入らないのです。はたしてこの社会で合法政党が可能なのか。合法政党活動をするというのは、結局、根本的な改革を放棄するものではないか、という疑念を抱くのです。

李石基　私は長く見れば一九八七年以後の変化、そして短く見れば昨年初めの労働法改悪反対ゼネストのことをよく考えてみなければならないと思います。一九八七年以後、私たちは広範囲に労働組合を作りました。御用労組をひっくり返しもし、民主労組を新たに作ることもしました。

ところでどんなやり方で労組を作っても、結局、選挙を経て新しい執行部を立てなければなりません。それが法的要件だからです。組合もそうですが、国家はどうですか？　合法という言葉に拒否感をもつ必要はありません。制度的に合法であることも重要ですが、本当に重要なことは組合員であれ、国民であれ、私たちを認めることが重要です。今、選挙なしに、どんな革命が可能でしょうか？　四・一九革命や六月抗争もその成果の上に立って、改めて選挙をしました。こうした手続き的正当性を経なければ、目的がいくら正当でも、大衆的同意を得ることは難しいのです。

K　それで政党を作り、選挙革命をしようというのですか？　それはすでに世界的に全てだめだという結論が出た合法主義、改良主義ではないですか？　私たちが権永吉を前に出して大統領選挙に出たのは、選挙という開かれた空間で私たちの主張を広めようというのであって、選挙で当選した者を認めるのではないことは、同志もよくご存じでしょう。

李石基　そうした考えが運動圏内に多くあることは私もよく知っています。しかし、そうした考えを一般の人々に語ればどうでしょうか？　私たちがだましていることになります。民衆をだましてはだめです。いいものはいいと言って、だめなものはだめだと言わなければなりません。八七年に私たちは路上で闘いました。なぜなら、私たち国民に権力を変える機会自体がなかったからです。今、奴らは過去のように露骨に不正選挙をすることもできず、選挙自体をなくすこともできません。たとえ私たちが四・一九や六月抗争のように政権を倒したとしても、改めて公正な選挙を通して国民の声を確認しなければなりません。これを準備せずに、路上でのデモだけで権力を変えることができると見てはいけません。同志もよくわかっているでしょうが、今、路上でのデモをやめようというのではありません。私たちがいずれ出くわす闘争、選挙闘争を準備しなければならないと、そしてそうしようとすれば、政党を作らなければならないのです。

K　同志も過去、民衆党が現れた一九九〇年代初めには合法政党に懐疑的な立場ではなかったですか？

李石基　それは準備不足だったためです。合法政党は無条件にだめだとか、合法政党運動は必ずしなければならないとかいうのではありません。なにか不変の路線や原則があるのではありません。考えてみましょう。一九九〇年、九一年に盧泰愚政権の下で合法政党を作ることにはたして意味があったでしょうか？　私は今、法や制度のことを話しているのではありません。民衆の状態を話しているのです。その当時、私たちと最も近いといえる労働組合員、農民会員がはたして政党を結成しよう、政治をしよう、選挙で私たちが勝てる、こういう言葉に容易に同意したでしょうか、ということです。どんなことをするにしても、大衆が主体になりうるかどうかを見なければなりません。労働者に準備ができていなくてはなりません。進歩政党運動、合法政党運動が今まで失敗した理由がそれです。準備程度が低いのに、無理に闘争してはだめだということは同志もよく知っているでしょう。世の中の全てのものは変化します。民衆の考えも変わります。それを少し先駆けるのが私たちのような人の役目です。その時は困難であっても、今は可能です。私たちは民衆を主体に見なければなりません。覚醒したインテリだけが集まって、進歩政党、合法政党運動をすることはできません。しかし今や民衆が変化しています。過去の失敗を憂慮する必要はありません。

K　合法の枠に縛られるようになれば、果敢な闘争ができません。選挙は奴らに有利な土俵です。

そこで進歩的見解をもった政治家が生き残れると思いますか？　私たちは自分たちが得意な場所で勝負しなければなりません。奴らが金と地方利益で汚染しておいた場所で私たちが勝てると思うのは正しくありません。

李石基　いいです。それでは、あとは実践でしょう。思想のみについて、甲論乙駁する必要はありません。私はどんな路線が正しいのか、正しくないのかは結局、実践を通して是非を判断すべきものと思います。同志との討論は有意義でした。今後、私たちが経ることになる問題になるでしょう。一旦、それぞれの現場で最善を尽くし、また会って検討してみましょう。

あまりに性急に結果を得ようとしたのではないか？

李石基とKは、それぞれの現場で自分たちが正しいと信じる価値を実現しようと最善を尽くした。そして今、李石基は監獄の中でこれまでの選択と実践について一つひとつ振り返り、省察する時間をもとうと努力している。進歩政党が選挙で勝利できるよう、科学的な選挙戦術を導入して、選挙運動をし、民衆の中に入り、統一運動への参加を引き出し、党員の数を増やしつつ、参与度を高め、進歩統合で政権交替のグランドデザインを描きだすのが彼の選択と実践であった。彼は楽観論でその全ての過程を引っぱってきたが、今、彼は拘置所の独房に閉じ込められている。どこから、なにを誤ったのか？　あまりに性急に成果を得ようとしたのか？

二〇〇〇年代に学生運動を経て、青年運動をしていた後輩Mとの対話を通じて、李石基は民主労働党が創立された後の苦悩を振り返った。

M　民主労働党が創立されました。気になることが多いのですが、ここにみんな一緒に合流しなければならないのでしょうか？　全国連合では依然として両翼論が主流をなしています。戦線と党を二つの翼として前進するというものですが、ご存じでしょう？

李石基　「三年の計画。一〇年の展望」のことを言っているのでしょう？　私も読みました。戦線も重要で、党も重要だということですが、それ自体は別にどうということはないです。より正確に言えば、大衆組織が重要で、戦線が重要で、党が重要です。ところで、今、運動についてみれば、やはり労働組合と政党が両軸をなしています。憲法に出ている組織で政府組織を除くと、二つの組織が残る。それが労働組合と政党です。これらの連合体が戦線で、私たちの労働組合が市民権を得たのが一九八七年でした。その前は労組もみな不法団体です。暴力組織でした。今や私たちの政党が市民権を得ることができる時になった。そうすれば、私たちがこれまでやったことがない多くのことをやらねばならない。選挙法も知らねばならず、政党法にも習熟しなければならない。

M　労組、農民会、学生会、そして戦線。これは慣れていますが、政党はまだ慣れていません。一緒にやる人も見知らぬ人で。選挙もいざしようとすると、ぎこちない感じです。

李石基　私たちにとって、なぜ政党が必要で、政治勢力化が必要であるのかをはっきり自覚するのが先です。これを理解してこそ、目新しくしっくりこないことも克服して行く力が生まれるわけです。一九九六年末に労働者がゼネストを起こし、金泳三政権をノックダウンし、労働法改悪を防いだ。ところが一年後、その法律は金大中政権の下で、そのまま通過した。ゼネストは私たちがなしうる最善でしたが、結局、整理解雇がやってくるのを防ぐことができなかった。政治をしようとすること、政党を作ろうということは自然に出てくるほかなかったことです。労働者がこう考えたことをよく見なければなりません。これはレーニンだとか、毛沢東だとか、北だとかに関係なく、教科書で学ぶ話ではありません。私たち自身が克服して行かなければならない新しい道です。そのことをまず深く胸に刻まなければなりません。選挙なんて大したことじゃないよ。集会やデモに費やした労力を選挙にも費やせばよいだけです。すでに蔚山では金昶亨が道議員を経て、区長に当選した経験もある。城南の鄭亨周も無所属で八％の支持を得たことがあったじゃないか。現場の多様な流れが労働組合に集まり、地域の草の根がすでに地方議会に進出している。これらが集まれば政党であり、政治だ。難しいことではない。

M　ところで本当に私たちの国会議員が出るでしょうか？

李石基　今回はわからないが、次には間違いなくいける。すでに地方選挙でやったじゃないか？地方選挙はいけたのに、国会議員選挙はだめか？　そんなふうに考える必要はない。

李石基は、目をパチクリさせながら「わが党から国会議員が出るのか」と問うたMのあどけない顔を覚えている。彼らはやりとげた。その見知らぬ、ぎこちない、不慣れな選挙の土俵で勝利を勝ちとった。民主労働党が選挙を通じて初めて大衆の支持を得るようになったのは二〇〇二年であった。その時、地方選挙で区長が二名当選し、地方議会に八〇余名が進出した。この時から党員は「ああ、俺たちにもできるんだ」と安堵した。その時までは一部の覚醒した人々が、民主労総（全国民主労働組合総連盟）がやろうというから、はっきり確信をもてないままに付いて行った側面もあったが、二〇〇二年からはだれも疑わなかった。多少微温的な態度を見せていた在野の進歩勢力も党に合流した。

こうした変化を引き出したのは経験であった。実際に選挙で勝つのを見て、本格的に走り出したのである。人の考えはそう簡単に変わるものではないが、実践は人の考えを変える。実践が中心だ。現実が考えを引っぱっていく。李石基は自らの長い間の信念をその時、再確認した。

3　二つの刃、「不正選挙」と「従北」

騒ぎはこうして起きた。教養と誇りと美をそなえたひとりの女性が、こんな場所に足を踏み入れたせいで、男たちは自分が失ったもの、決して手にすることのなかったものの存在を垣間見てしまう。男たちは、そもそも自分たちをこんなゴミ溜めに流れつかせるようになった、そうした特性のなさを直視させられる。憎しみ、そねみ、そして後悔が、彼らの発達を止めた脳みそをいちどきに直撃する。そして彼らは、その女性にも後悔させてやろうと決める。自分の教養や、美しさや、とりわけ自分の誇りを。彼らは襲いかかり、女性をカウンターに押しつけ、吐き出し、むさぼろうとする。

――デニス・ルヘイン『愛しき者はすべて去りゆく』より[i]

一九代国会議員当選の翌日、北漢山に登る

山の頂にはまだあちらこちらに雪が残っていた。四月、それも一二日、新芽をつけた木々とそこ

かしこに咲いた野花で、森は新鮮で美しかった。頂上まで登ったので、背中に汗をかいた。涼しい風が吹き、ほてった顔を冷ましてくれた。李石基は、二〇一二年第一九代国会議員選挙が終わった翌日の四月一二日木曜日に、一人で北漢山を訪ねた。夜がまだ明ける前、薄暗い未明に家を出た。

　三時間、休まずに歩いた。選挙運動のためしばらく山に登ることができなかったせいか、初めは少し足が重かったが、三、四〇分過ぎると、体もほぐれ、足取りも軽くなった。李石基にとって、山登りは一種の瞑想である。李石基は初め智異山に行先を決めたが、心変わりして、北漢山に向かった。今ソウルでは、自分を訪ねて来る人が多いだろう。彼らをあまり長く待たせるつもりはない。しかし、少し時間を稼ぎたかった。一人になって、考えを整理する時間が必要だった。家を出てから、電源を切った携帯電話を登山リュックの奥深くにしまった。山から下りて汝矣島《ヨイド》にある会社に戻れば、また電源を入れるつもりだ。

　二〇一二年四・一一総選挙の成績は悪くなかった。地域区で七名が当選し、比例代表当選者六名が確定した。李石基は党内予備選で比例代表全体順位二位、一般名簿一位を占め、国会議員に当選した。過去一〇年間、実に多くの選挙を戦った。二〇〇三年に監獄から出た時、李石基はすでに自分のなすべき仕事を決めていた。選挙革命を通して自らの信念を実現することにした以上、選挙に勝つための具体的方法を探さねばならなかった。彼は選挙戦略と広報を担当する会社を構えて、同志の選挙を助け始めた。「進歩勢力の選挙は李石基以前と以後に分かれる」という言葉が生まれるほどに成果を出した。

〔訳注〕ｉ　日本語訳文は鎌田三平訳『愛しき者はすべて去りゆく』（角川文庫、二〇〇一年）

今回の選挙は、この一〇年の経験と力量を総動員して懸命に走り回った。比例代表候補として出馬したが、自分の当落にはさして気を使わなかった。見込みがあったからでもあるが、地域区選挙が極めて重要であったからでもあった。李石基は民主労働党党権派と呼ばれる自分の党派から出た唯一の比例代表競争部門候補だった。国民参与党や新進歩統合連帯（進歩新党脱党派）、民主労総などの陣営が数名の候補を出したことを勘案すれば、李石基が一位か、二位を占めるのは自然なことだった。

民主統合党との野党候補一本化で出馬が確定した統合進歩党地域区候補のうち、李石基が選挙運動を担った城南中院の金美希《キムミヒ》、冠岳乙の李相奎《イサンギュ》、全南順天谷城の金先東《キムソンドン》、光州西区の呉秉潤《オビョンユン》、みな苦しい選挙を戦った。選挙というのは勝敗が分かれる瞬間、運命が変わる厳酷な競争の場である。

李石基は、今回の選挙に全てを賭けた。自分の体を四つに分けたかったが、そうすることもできず、自らは金美希の選挙に集中した。李石基の分身のように走り回る職員たちがいて、他の選挙区も滞りなく戦うことができた。李石基が手伝った地域区の候補はみな当選した。彼はこの三〇年間の献身が同志だけでなく、有権者である国民にも認められたような達成感を感じていた。

統合進歩党は、一九代総選挙で地域区七名、比例代表六名で総一三議席を得た。しかし、統合進歩党指導部は選挙結果が出てから、国民の前に首を垂れて謝罪した。統合進歩党が野党連帯をしながら、目標に掲げた二〇議席にはるかに及ばず、院内交渉団体になれなかったことを敗北と認め、頭を下げたのである。

李石基は、こうしたジェスチャーに共感できなかった。一八代総選挙で民主労働党は五議席を得ていた。その後に補欠選挙と党統合で七議席に増えた議席が一九代になって六議席増え、一三議席になったのに、どうして敗北と言えるのか。政党得票率は一八代より四・六%も上がって一〇・三%だった。李石基は、今回の選挙で一八代よりはるかに多くの支持を送ってくれたことに対して、有権者に感謝の挨拶をするのが正しいと思った。

二〇議席は、最初から無理な目標だった。新進歩統合連帯の沈相奵《シムサンジョン》と魯会燦《ノフェチャン》、国民参与党出身の姜東遠《カンドンウォン》がそれぞれ地域区で当選したが、国民参与系はソウル恩平乙から出馬した千皓宣《チョンホソン》をはじめ、首都圏出馬者全員が落選し、衝撃を与えた。民主労総国民派の場合、地域区出馬者はなく、総選挙に先立って進められた党内比例代表予備選に羅順子《ナスンジャ》、李瑛煕《イヨンフィ》らの候補が出馬したが、当選圏に入ることができなかった。選挙結果を受け入れた参与系と民主労総系、新進歩統合連帯の雰囲気は重く沈んでいた。非党権派の候補と党員の間から不満の声が溢れだした。

李石基は深呼吸をしてから、軽く体操をして、体をほぐした。平日ということもあってか、あまりに早い時間であるせいか、登山客はさほど多くなかった。遠くソウル市内が見下ろせた。あの下では今、地域区と比例代表で出馬した多くの国会議員候補が悲喜こもごもの時間を過ごしていることだろう。李石基は改めて自分が国会議員に当選したことを思い起こした。もちろんうれしかった。

統合進歩党の比例代表予備選は党員の直接投票で党を代表して、国会に入る人を選ぶものである。統合進歩党では直接有権者の選択を受ける地域区国会議員に劣らず、党員の手で選ぶ比例代表候補に対する期待と信頼が大きかった。統合進歩党は困難な与件の中でも、党費を出し、情熱的に活動する真性党員(党費を納付する平党員が代議員を投票で直接選び、党の重要な意思決定を統制する党運営体制)の力で引っぱっていく政党である。選挙の時、急に党員を募集し、日当を出して動員する党員が大半の保守政党とは異なる。

「見ていなさい、後で後悔することになるから」

李石基は岩の上に腰を下ろして、同志たちのことを考えた。李相奎と金美希は有権者に会い、当選の挨拶回りに忙しいことだろう。

民主労働党結成時より、党のために働く熱心な党員の中には民主労働党が国民参与党、そして進歩新党脱党派である新進歩統合連帯と合党することに反対する人たちがいた。二〇〇八年に一度、党の分裂状態で傷を負ったことがあったためである。

「進歩新党脱党派は『従北』という言葉を作り出し、同志を誣告し、党を壊していった人々です。進歩新党でも統合に反対する党論にもかかわらず、国会議員バッジをつけるため、そちら側からまた党を壊して出た人々です。そのように信義がない人々をどうして信じられますか?」

民主労働党党員たちの中で、進歩新党脱党派に対する感情のわだかまりが深い人々は、彼らに対する不信をあらわにした。

「柳時敏《ユシミン》は進歩とは言えないですよ。厳密に言えば中道右派程度と言えるでしょう。柳時敏は民衆党出身の李在五や金文洙と似た性向のエセ進歩です。見ていなさい、後で後悔することになるから」

「柳時敏の国民参与党は進歩政治ができない」と言って、予言者のように分裂を予言する人々もいた。民主労働党内部にはこのように三党合同に反対する人々が多くいたが、李石基は将来、政権交替を成し遂げるためには「大衆的進歩政党」路線を選択するのが正しいと信じた。

　李石基は比例代表広報映像で明らかにしたように、グランドデザインを描いていた。彼の目標は保守野党と保守与党が権力を分け合う二大保守政党体制を壊すことであった。現在の与党と野党は、社会的基盤がない政党であるというのが、李石基の考えであった。庶民と労働者を排除して、社会的葛藤が表出するが、彼らを代弁し得ない二大保守政党体制は、選挙の時だけそれらしい政治的修辞を動員しても、適切な対案を提示できなかった。

　李石基は、堅固な二大保守政党体制を壊すためには一旦、様々な政治勢力と結合して、大きくならなければならないと考えた。総選挙で野党連帯によって進歩政党の力を育て、その余勢を借りて大統領選挙で民主党が政権交替できるように力を蓄えるつもりだった。今回の選挙でそのような体力を養えば、将来、統合進歩党が政権交替の主役になりうるというのが彼の考えだった。

　李石基が比例代表候補として出馬するという話が出ると、党内で反対する人々がいた。彼らの論理は「民革党と関連があった李石基が比例代表に出るのは、現実政治で攻撃の口実を与えるものであり、時期尚早だ」というものだった。そうした話は彼が候補登録をしてからも、絶えず付きまとった。主に国民参与党から入ってきた人々がそうした話を多くした。合党に反対していた党員の中の一人が李石基を訪ねてきて言った。

「代表、私がなんて言いましたか？　もう今から主思派だと噛みついてくるのを見てください。金泳三は言うまでもなく、金大中も、盧武鉉も、みな保守勢力を引き入れて政権樹立したものの、その後どうなったかご存じでしょう？」

李石基は、ゆっくりと山を下りていった。一時間ぐらい下りて、汗をひかせるために、渓谷の横の岩の上に腰を下ろして休んでいると、岩の隙間から彼に明るい微笑を送る白い顔があった。李石基が山で見る花で、最も好きなイワヤツデである。イワヤツデはたいてい岩の表面にへばりついて育つ。太く巻き付いた蔓が、岩の隙間をかき分けて葉を付け、花茎が伸びてくる。か細く白い花々が数多く集まって、円錐形に咲きながら、素朴な美しさを見せている。

李石基は、荒々しい場所にしっかりと根を下ろし、ついに明るい花を咲かせるイワヤツデの姿に自分が愛する民衆と同志の姿を見る。生命力、そして希望。イワヤツデの花言葉だ。大きな木の間で苦労して根を下ろすイワヤツデもあった。生き残ろうとする意志一つで、どんな困難な与件も克服する植物の姿は感動的だ。李石基はイワヤツデを見ながら、こぶしをぐっと握りしめた。

参与系の不満と党内予備選不正論難

選挙結果に対する不満は、統合進歩党の比例代表の順位を決める党内予備選挙で不正があったという論難に飛び火した。参与系の呉沃墁《オオクマン》候補はオンライン投票で女性名簿一位を占めたが、現場投票で尹今順《ユングムスン》候補に押され、九位に下りた。呉沃墁は投票結果に対して異議を提起し、慶北地域の現場投票で不正があったとして、党に真相調査を要求した。参与系の盧恒来《ノハンネ》候補（八位）と李瑛熙候補（一〇位）の間には巨済《コジェ》のある投票所で発見された選挙管理人の署名が抜け落ちていた投票箱を無効処理する問題についていざこざがあった。

比例代表予備選当時、統合進歩党の党員構成を見れば、民主労働党系が一〇万余名、国民参与系が八〇〇〇余名、進歩新党脱党派が三〇〇〇〇余名であった。人によって提示する数字が少しずつ違うが、その理由は党内選挙を前にして、各政派でそれぞれ党員数を増やそうと加入を勧誘し、一部では党費を代納して、党員数確保に出たためであるという。

当時、統合進歩党は李正姫《イジョンヒ》、柳時敏《ユシミン》、沈相玎《シムサンジョン》、趙俊虎《チョジュノ》四人の共同代表体制で運営されていた。党の代表団は、二〇一二年四月一三日に趙俊虎を委員長とする真相調査委員会に党内予備選に対する調査を依頼した。真相調査委員会に全権を委任し、早期に問題になった選挙区と候補に対する調査を終えるようにした[1]。趙俊虎の要求に従い、呉沃墁の選挙本部で働いた高某氏と尹今順が推薦した辛某氏が真相調査委員に参加した。盧恒来側の朴某氏と李瑛煕が推薦した厳某氏も真相調査委員になった。

趙俊虎の真相調査委員会が活動していた間、李正姫は釜山のある療養所で奉仕活動をしていた。一九代総選挙でソウル冠岳乙の野党単独候補として選出されていた李正姫は世論調査ねつ造疑惑に巻き込まれて候補から退いた。側近の過ちで起きたことが明らかになったが、総選挙が終わっても李正姫は心穏やかではなかった。李正姫は後日「至らない私自身を深く反省し、新たな出発を準備するために」ソウルを離れていたと語った。二〇一二年四月二九日に真相調査が終わったとの連絡

〈原注〉1　後に李正姫代表はこの決定が大きな過ちであったと後悔した。党規により中央選管委でこれを処理しなければならなかったのに、呉沃墁候補側が検察に捜査を依頼するという強硬な態度をとり、柳時敏代表が検察捜査を防がねばならないと説得したために、政治的解決を模索することになったが、党代表間の合意で真相調査委員会に全権を委任し、調査するようにしたことは自分の過ちであり、自分を党紀委員会に回付してくれと述べた。

を受けて、ソウルに戻った李正姫は真相調査委員会の調査報告書を受けとって検討した後、何かが大きく誤ったことを予感した。

真相調査委員会は、当初から委員会設置理由であった四候補間の紛争解決のための調査には着手せず、代表団に報告もしなかった。ただ現場投票とオンライン投票全体の規定違反とねつ造可能性を広範囲に調査していた。盧恒来候補が推薦した朴某委員は巨済投票所についてはいかなる調査もしないまま、オンライン投票を専ら調査していた。

趙俊虎真相調査報告書の陰謀

真相調査委員会は特に、李石基が不正を犯したという証拠を探すことに集中した。彼らは全投票者の中から李石基を選んだ党員の情報を分類し、そのうち同一IPで投票した六〇〇〇余名を探し出し、住民登録番号と所属地域委員会を確認して、個人名と電話番号までもつきとめた。さらに調査委員は九〇票をサンプルとして抽出し、党員であるか否か、現場投票をしたのか、インターネット投票をしたのかについて、電話面接調査をした。電話面接調査のいい加減さについては、全国運営委員会でいくつかの事例が指摘された。真相調査委員会の報告書で幽霊党員として記載された忠北道党委員会の党員に会った結果、「早朝勤務をしていて寝なければならないのに、夜遅くに電話がかかってきたので、腹が立って『党員ではない』と言った」ということである。

こうした事例を指摘すると、真相調査委員はその党員が事実と違うことを言ったのに、我々がなぜ責任をとらねばならないのかと答弁した。六〇歳を超えるある党員は電話面接調査で総選挙の時、どのように投票したのかと聞かれたと思い、「投票場に行き、投票した」と答えたということである。党内の予備選挙ではオンライン投票をしたが、質問の趣旨がよくわからず、そのように答えたという。しかし、この人は代理投票事例として挙げられていた。

李正姫は、全候補を対象に調査したり、同一IP比重が最も高い候補群を対象に調査したりしたのではなく、李石基だけを調査したのは、李石基に投票した人の中から幽霊党員や代理投票を探し出すための意図だと指摘した。

有線・無線共有機を使用した場合、同一IPで集計されるために、同一IPを使用したことだけをもって、重複投票と断定することはできない。さらに、同一IPで投票した得票数が最も多いのは、羅順子候補であり、一〇人以上同一IPを使用した得票数を基準に見れば、李石基は六位にすぎない。それでも、真相調査委員会は李石基に対してのみ調査し、他の候補の同一IP比率についてはいかなる調査もしなかった。

趙俊虎は、このように狙い撃ち調査をした内容をマスコミに知らせ、李石基が不正選挙で当選したかのように報道させた。真相調査委員会が出した資料は、「李石基当選者崖っぷちに」「李石基得票六〇%がIP重複投票」などの見出しで大々的に報道された。

また趙俊虎真相調査報告書は、投票所二一八ヵ所中一二八ヵ所で選挙人名簿がねつ造されたと発表した。具体的な事実確認の結果、二本の傍線で消された痕跡や、ボールペンの上にサインペンで署名したものなどは全て本人が直接投票したものと確認された。報告書で現場投票所において問題があったとした数値には、中央選管委ですでに投票名簿と用紙確認の後、異議を棄却したり、甚だしくは関係者が二回選管委に釈明書を出し、釈明がなされたりした場合まで含まれていた。報告書に記載された内容は、選管委と投票担当者に確認さえなされていなかったことが明らかになった。それでもマスコミでは報告書の内容のみを信じ、「最悪の不正選挙…進歩党岐路」「投票所二一八ヵ所中一二八ヵ所でねつ造疑惑」などと報道された。

そのほかにも、報告書は住民登録番号の後ろの番号が同じ党員が多数発見されたとか、住民番号一六桁が一致する事例が発見されたとかと言って、幽霊党員による不正予備選挙であると発表した。出生地など一連の番号が一致する事例はサンプルテストの結果、異常がなかったことがわかり、事実確認の結果、同一住民登録番号の重複投票は一件も発見されなかった。

オンラインプログラムのソースコードが開かれた後、李石基の得票率が垂直上昇したという発表も事実ではないことが確認された。ソースコード開封時点で、李石基の得票率はむしろ低下していたことが明らかになった。選挙管理を担当した業者は、ソースコード閲覧はオンライン投票時に認証番号の誤謬が出たため、管理者が党員の電話を受けて確認しようと開けてみたものと説明した。

「中世の魔女狩り、党と同志に対する誣告」

共同代表趙俊虎は、報告書の内容をマスコミに流し続け、予備選が「総体的不正・不実」であったと主張した。常識的に考えた時、党内の予備選で不正選挙と疑われる状況が現れれば、一旦は党内で解決するのがまず先である。普通は外部に知らせるべきかどうか慎重になり、口を閉ざすのが当たり前だと思われるが、趙俊虎はこれをマスコミに知らせ、あっという間に全国的なイシューにしてしまった。

京畿道党委員会の党員C氏は趙俊虎の真相報告書に記された「総体的不正・不実」という表現について次のように批判している。

「総体的不正・不実」という言葉を使うなら、調査方法が実証的で、調査対象と範囲も全般的でなければならない。真相調査は短期間になされ、その範囲と対象も客観的基準なしに任意に実施された。真相調査委員会が、調査対象になった当事者に釈明の機会を与えなかったのも問題だ。不正行為の当事者として目をつけられた人々が「自分に問われればいくらでも不正行為ではないと証明できるのに、電話一本もなかった」と言った。

李正姫もまた調査の原則は調査の争点を知らせ、これに対し釈明させるべきであるのに、釈明の機会も与えられなかったことを事実として発表してはならないと主張した。

真相調査委員会が最低限の釈明機会も経ずに下した結論は、全国一二〇ヵ所の投票所、現場投票八〇~九〇%で問題があり、不正事例も続出したという、おぞましい不実と不正としてマスコミに大々的に発表された。集計を下したなら、どの投票所でどんな問題があったのか、目録が作成されているだろうに、真相調査委員長は五・七代表団会議で、どの投票所でどんな問題があったのかについての情報公開を要請してきた各広域市道党委員会の要求さえ拒否して、関連特別委員会の組織以後に全てを先延ばしにしている。…現場投票関連調査結果の発表と報告書は全国の統合進歩党幹部と党員を、一度の確認もなく、不実と不正の塊にして世論裁判の生贄に捧げたの

である。(2)

李正姫は真相調査委報告書検証公聴会を終えて、次のように語った。

「中世の魔女狩り、党と同志に対する誣告、事例として出た一人にだけではなく、党全体に対する誣告、統合進歩党の内部からの没落、野党連帯による進歩政権樹立可能性の消滅、これが今この事態の本質と現象です」

陳重権《チンジュンクォン》は、李正姫が単独で進めた「真相調査委員会報告書再検証のための公聴会」を、「エセ宗教集団のお笑いショー」だと批判した。「有罪の証拠なしには無罪だ。そのくそったれの『無罪推定の原則』がまたまた繰り返されている。証拠を突きだせば判決なしには無罪だと言い、判決がでれば同志より敵の法廷を信じるのかということ」だと皮肉った。

李正姫は、「最低限の釈明と反論の手続きも経ていない疑惑を、事実として語ってはならない。それが近代の常識だ」と主張したが、彼女の言葉に耳を傾ける人はほとんどいなかった。

最初からマスコミは、党権派に対して好意的ではなかった。参与系を中心に非党権派が提起する不正選挙疑惑を集中的に報道して、進歩政党の道徳性を問題にする記事が主であった。『朝鮮日報』『中央日報』『東亜日報』に代表される保守系メディアはもちろん、いわゆる進歩系メディアに分類されるマスコミさえ、党権派が主張する「真実究明」より非党権派が主張する「国民の視点に合った責任論」の味方だった。

沈相奵の「満場一致」宣布で引き起こされた中央委暴力事態

党権派に対する非難世論は、五月一二日に開かれた中央委員会で党権派が暴力を行使したことで、後戻りできない局面を迎えることになる。

二〇一二年五月一二日に開かれた統合進歩党中央委員会で、李正姫は共同代表団と主要党職者にのみ事前に知らせた後、代表職を辞退し、会議場を出た。中央委員会議長沈相奵は議長席に座り、予定どおり会議を進めた。この日、中央委員会に参観人として出席した忠北道党委員会所属のH氏は、自らが提起した参与系中央委員の任意交替問題でメンバーに対する異議申し立てがあったと述べた。彼は自分のフェイスブックで当時の状況を次のように伝えた。

柳時敏と彼の支持団体である市民広場とともに、統合進歩党比例代表候補全員辞退と李石基、金在姸《キムジェヨン》の国会議員職辞退議決のための中央委員会で数的優勢を占めるため、国民参与党出身中央委員中の非市民広場系中央委員を市民広場系党員に任意交替した。中央委員は党職選挙である党員投票によってのみ選出しうる党職だ。統合過渡期の市道党委員会の党職を民主労働党系党職者と国民参与系党職者が一対一の比率で運営するため、一六の市道党委員会で在職中の国民参与系党職者が主に夜遅くか早朝未明にこっそりと中央委員を交替した。

当時私は統合進歩党舎を時々訪問して、仕事を手伝い、総選挙では忠州の選挙本部で選挙事務員として党職をもち、手伝っていたところ、忠北道党委員会の参与系党職者が中央委員を任意に

〈原注〉2　李正姫「真相調査委報告書再検証のための公聴会資料集」（二〇一二年）

交替するのを直接目撃した。中央委員会当日、党HPの党員掲示板に任意交替した中央委員の名簿とともにこの事実を公開暴露した。

その掲示物を安東燮《アンドンソプ》（当時、京畿道党委員会委員長）が閲覧し、沈相奵議長が開会宣言をする直前に安委員長がこの事実を指摘して、任意交替した中央委員が含まれているため、中央委員会メンバーに問題があると異議を提起した。メンバー問題について攻防が繰り広げられる中で、柳時敏に中央委員を任意交替した事実があるのかと質問すると「そのようなことはない。そのようなことが起きているならば、参与系代表として責任をとる」と抗弁した。

攻防が続き、しばらく停会した。再開された中央委員会で柳時敏は、「中央委員の任意交替があったにはあったが、どこまでも参与系内部のことであるので、民主労働党側で問題提起する資格はなく、参与系が党憲党規に違反したとしても、問題にならない」と前言を翻した。午後六時に夕食のために停会したが、再開された中央委員会は一旦、メンバー問題については民主労働党側が大乗的次元で接することにし、開会宣言がなされた。

沈相奵議長は午後九時四〇分頃、綱領改正案を議決して「満場一致」を宣布した。しかし当時、挙手でなされた表決で中央委員の中には反対意思を表明した人が相当数いた。満場一致でないのに満場一致が告げられると、興奮した参観人らは議長の誤った会議進行を止めるために、壇上に押しかけた。結局、趙俊虎共同代表と柳時敏共同代表がもみ合いのさ中に負傷し、場内は殴る蹴るの乱闘場となった。いざこざは二時間近く続いて、ようやく鎮静した。さらにこの場面がインターネットで生中継された。このことで党権派はこっぴどく世論から叩かれることになった。

二日後の五月一四日に朴英在《パクヨンジェ》党員が、柳時敏・沈相奵共同代表に「統合の精神に戻れ」という遺書を残して焼身自殺を図った。朴英在は病院で治療を受けたが、六月二二日に結局、亡くなった。同僚の焼身自殺という傷まで抱え込んだ統合進歩党は、真相調査をめぐる真偽論争と責任攻防でより深い泥沼にはまっていった。ほとんど全てのマスコミと知識人が党権派を非難する中で、時事評論家ユ・チャンソンは自らのフェイスブックで「真実究明」の必要性を主張した。


統合進歩党不正予備選挙問題をめぐり、メディアはまさに絨毯爆撃をしている。確かに過ちであるが、どれほど大きな過ちであるかは事実関係をさらに確認してから判断したい。当事者の異議申し立てても十分に聞く機会があればよい。それでこそ、最終判断が可能だろう。(3)

統合進歩党内紛がこれほど悪化したのには『ハンギョレ』『京郷』をはじめとする進歩言論の責任も大きいことを私は指摘したい。これらは「趙俊虎報告書」が出ると、わっと騒いだ後、ファクトに対する基本的な検証と確認はさて置き、党権派・非党権派間の葛藤にのみ焦点を当てた。これらがメディアの本来の責務であるはずの事実に対する検証と確認に努力していたならば、誤った判断と誤解は相当部分解消されたであろうし、統合進歩党の内部葛藤がこれほどまでにならなかったであろう。『朝鮮日報』『中央日報』『東亜日報』はいうまでもなく、進歩系メディアも事実を直接確認し、合理的な判断を下す努力をしなかった。メディア本来の責務を果たさなかっ

〈原注〉3　ユ・チャンソン、フェイスブック二〇一二・五・四

た人々が、今ここに来て声だけ荒げるのも滑稽なことである。(4)

ユ・チャンソンの指摘のように、韓国のメディアがファクトに対する基本的な検証と確認を怠けているのは大きな過ちである。統合進歩党予備選挙不正事件に対して、真相究明より責任論に肩入れするメディアと知識人の態度で釈然としない点は、彼らが「意図的に」真相究明を無視したのではないかという疑問である。

さもなければ、李石基に代表される党権派に対する「無意識的な」忌避が内在していたのではないか？　不正選挙に関与した事実が立証されてもいないのに、李石基と金在姸が比例代表国会議員職を辞退しなければならないと主張する非党権派の肩をもちたい本当の理由は何なのか？

非党権派の「思想検証」と「従北レッテル貼り」

李石基に対する論難は、不正選挙が全てではなかった。ある党員はHPに李石基ら民革党関連者に対する裁判所の判決文に言及した記事を引用しながら、「国会議員の過去は重要だ。金容敏《キムヨンミン》も八年前の放言で審判された。李石基当選者は思想的転向を公開的にしたのか？　過去ではなく、現在が気になる。国会議員のポストは極めて重要なポストであるから、検証は国民の責任だ。従北論難も深刻なので検証が必要だ。国会に行けば、どうせセヌリ党議員から質問されるだろうから、確実にしておくのがよいのではないか」と書いた。

また他の党員は、「李石基党員が朝鮮労働党に対する立場と態度を明らかにすることを待つ。これまで民革党事件と関連して自らの態度を表明したことがないという。公党の党員として、国会議員当選者として、統合進歩党を代表するため、国会に登院する前に立場と態度を明らかにすることを望む。これは思想検証ではなく、統一の対象である朝鮮労働党に対する国会議員としての考えを問うものである」という文を載せた。民主労働党系列の党員らが、こうした主張は「思想検証」と「従北レッテル貼り」だと反発したが、李石基に対する「思想検証」要求は止まることはなかった。

それに先だってセヌリ党河《ハ》泰慶《テギョン》当選者（釜山海雲台機張乙区）は、李石基に対して「李氏は北朝鮮に対する考えに変わりはないのかを明らかにしなければならない」と主張した。

李石基に対する論難は最初から「不正選挙」と「従北」という二つの争点が互いに絡まりあいながら複雑に展開した。表面では「不正選挙」が、裏面では「従北」が存在していた。李石基は不正選挙で当選したが、たとえ不正選挙でなくても（従北勢力であるために）国会議員として不適格者である、李石基は最初からこうした論理で攻撃されて、論難の対象になった。

この事件の本質を、私なりに理解した通りに要約すれば次のようである。

柳沈趙（柳時敏・沈相奵・趙俊虎）　さっさと土下座して赦しを乞え。無条件で乞え。そうすれば、我々が情状を酌量して善処してやる。比例代表候補は全員辞退し、非常対策委員会を設けて、党を刷新しなければならない時だ。

李正姫　罪を犯してもいないのに、どうして赦しを乞うのか。泥棒したという証拠もなしに、ど

〈原注〉4　ユ・チャンソン、フェイスブック二〇一二・五・一六

うして人をむやみに泥棒に仕立てるのか？　当事者に自分の立場を話す機会も与えず、なにを謝れというのか（不正選挙をしたという証拠がない。報告書に不正選挙の当事者として名指しされた人に電話してみたら、真相調査委員会から自分に電話一本もなかったと言ったが）。

柳沈趙　過ちを犯したなら、さっさとまず謝罪しなければならないだろう。なにをつべこべ言うのだ？

李正姫　最初から全てが間違っていた。泥棒されたと通報した人（呉沃墁と盧恒来）と彼らが目を付けた容疑者は捜査せず、なぜ関係もない人々をほじくり回すのか（調査委員会は最初から李石基を叩いた。不正選挙疑惑があると問題を提起した呉沃墁や盧恒来には調査もしなかった）。

柳沈趙　あいつらは（李石基と党権派、京畿東部連合）もとから悪さをいっぱいやらかし、不良だとのうわさがあるじゃないか（従北だろう！）。

李正姫　これは私の過ちでもあるが、党の中央選挙管理委員会で選挙不正に関することを自ら全部調査して、適切に措置できると言ったのに、別に真相調査委員会を設置したのは誤った決定だった。捜査権がない人に捜査権を付与したのだから。今からでも誤りを正して、予備選挙に関連した事項は中央選管委で処理するのが正しい。

柳沈趙　話にならない！　今、これは内輪の問題じゃない。世間の人がみな私たちを見ているのだ。私たちがうまくやらねばならない。世間の人たちがみな忌避する奴らを処理して、家の中の取り締まりをきちんとやって、新しく出発しなければならない（国民の視点で）。

李正姫　どういうことか？　ここでどうして世間の人の話が出るのか？　これは党内部の問題だ。世間に触れ回ってことを大きくしたのはあなたたちでしょう。そして彼ら（李石基と党権派）は十数年間党を創立し、育てるために献身した人たちだ。あなたたちは数ヵ月前に私たちと一緒になったのでしょう。舞い込んだ石が本家の石をはじくなんて、誰を追い出そうというのか？　話にならない。

柳沈趙　おい！　聞き分けがないな。あいつらはもとから（従北主思派の烙印が）押された奴らだ。あいつらを捨てなければ、俺たちまで滅びることになる。あいつらを捨てれば、お前は俺たちと一緒にやれるだろう。俺たちもお前まで捨てるつもりはない。お前は俺たちにも必要な人間だから。

李正姫　ちょっと待って。今、なにを言っているのか？　あの人たちがどんな過ちを犯したからといって捨てるのか？　不正選挙をしたという証拠もないのに。

柳沈趙　不正選挙が問題ではないから、言っているんだ。たとえ今回、不正選挙をしていなかったとしよう。それでも同じことだ。あいつらはいつか事故を起こす連中だから、このさい整理しようと。言っていることがわかるか？　ＯＫ？　さっさと謝れ。そして比例代表候補は全員辞退させて、選び直そう。

李正姫　だめよ。私は死んでもそんなことはできない。徹底した真相調査が先で、その次に責任を取るべき人がきちんと明らかになれば、責任をとらせる。私は真っ先に全ての責任をとります。

守旧勢力と自由主義勢力がともに統合進歩党を攻撃

李石基は、矛先が自分に向けられていることを知った。それでもなによりも自分を選んでくれた党員の意見を聞きもせずに、辞退することはできなかった。彼はマスコミとのインタビューで、辞退する意思がないことを何度も明らかにした。

「私に勝手に辞退する権利はありません。進歩政党の根幹は真性党員制です。党員が選出した候補を世論攻勢により振り捨ててしまえば、その責任は誰がとるのでしょうか？　比例候補の辞退いかんを決定するのは党員の総投票のみが解決策です」

陳重権は、李石基非難にすさまじいエネルギーを注いだ。辞退いかんは党員総投票によって決定すべきだという李石基の発言に対して「お前ごときの去就に党員総投票だって？」という言葉で侮辱した。「李石基は隠れていないで出てきて、事態を解決せよ」「金在姸の記者会見は李石基の指示を受けてしたものだ」「李正姫は李石基のアバターだ。李石基が元締めの京畿東部連合の看板娘をしている」など、李石基と党権派を傷つけるための言葉を浴びせつづけた。

五月四日、ＭＢＣラジオ「孫石熙《ソンソッキ》の視線集中」に出演した陳重権は、「統合進歩党はすでに信頼を失っているため、党外の人士で非常対策委員会を組織し、問題処理方法を論議しなければならない」と語った。彼はマスコミ報道を見るやいなや、その内容の真偽いかんや正確さを確かめたり、考えてみたりもせずに、直ちに一方の側にすり寄り、自ら是非を判決した。統合進歩党は「すでに信頼を失った」との断定もそうであり、政党内部で発生した問題について「党外の人士」が非常対策委員会を組織し、問題処理方法を論議しなければならないというのもまた、実に奇怪なことではないか？　それでは当時、セヌリ党や民主統合党の派閥間の葛藤や公認権をめぐる騒ぎが起きた時は、なぜそうした提案をしなかったのか？

誰が彼に大法院判事より優越した地位を与えたのか知らないが、彼の「断定」と「断言」はいつ見ても自分で勝手に付与した「絶対的権威」を行使している。「今回の総選挙で有権者が統合進歩党に送った一〇％の支持は盧会燦、沈相奵、柳時敏らの人物とその勢力に送ったもの」として、「比例代表一・二・三位は大衆的に知られてもおらず、検証されたこともないが、システムの弱点を利用して有権者の支持を不正に横取りした」と語った。

李石基は陳重権の言葉を聞いて、あきれ返った。彼が統合進歩党を支持した有権者をみな訪ねて、なぜ支持したのか聞いてみたのか、せめて世論調査でもしてみたのかと聞きたかった。党員の直接投票で当落が決定する比例代表候補に対して「大衆的に知られてもおらず、検証されたこともない」と決めつけたのがそうであり、「システムの弱点を利用して有権者の支持を不正に横取りした」という断定はどこから来るのか？ 確認されてもいない事実を根拠に論理に合わない主張を日常茶飯事にやってのける陳重権に、「代表的進歩論客」という腕章を巻いてやり、彼の言葉を懸命に書き写すマスコミの態度も同様に理解できない。

李石基はその頃、住宅街を散歩しながら、路地で一匹の雑種犬と出くわした。主人が首輪のヒモを握っていたが、李石基が近寄ると首を上げ、唸り声を上げて、狂ったように吠えはじめた。犬は尻尾をぴたりと丸めてくっつけたまま、塀に体を寄せて立ち、吠えつづけた。

李石基が一歩近寄ると、その場所でぐるぐる回りながら、いっそう激しく吠え立てた。主人は見知らぬ人にむやみに吠えるしつけの悪い犬を叱るどころか、さも誇らしいという風だった。

「大丈夫。大丈夫。怖がることはない。お前を叩くつもりはないから、俺にかまうな」李石基がやさしく犬に言い聞かせ、横を通りすぎた。李石基が背を向けると、犬はたちまち吠えるのをやめた。李石基は犬が怖がっているのを隠すためにそのように吠えていたのだと知った。

統合進歩党比例代表予備選挙で不正があったとの論難には、決まって「従北主思派」の国会進出に対する憂慮がついて回った。陳重権が言う「エセ宗教狂信集団」は、守旧既得権勢力によりふさわしい名称だ。新聞とインターネット媒体から浴びせられる「従北」の合唱は、まさに狂信的であった。六〇年以上この地に蔓延してきた「冷戦反共主義」の狂風が、絶頂に達していた。

李石基はノートパソコンの画面から目をそらして、椅子に深くもたれかかった。二〇一二年五月の大韓民国は「従北節」でけたたましかった。『朝鮮日報』は「主思派が大韓民国の法を作る」と吠え猛り、「従北主思派国会進出」という連載記事を書いた。他のメディアも同様であった。ひどいことには進歩言論を標榜する新聞さえ、これに同調していった。

国会に入る「大韓民国否定勢力」防ぐことのできない大韓民国。進歩党「従北性向主思派」国会議員当選者六名、反国家団体活動し、不正選挙論難の中、選ばれても自主辞退のほかに現行法上国会進出防ぐ方法なし。

――『朝鮮日報』二〇一二・五・一六

大韓民国否定する主思派―「六・二五南侵か北侵か」質問された李正姫「後で答弁」金在姸「北朝鮮の人権を持ち出す理由がなにかわからない」北三代世襲に一言もなく…「核実験は北朝鮮の自衛用」

——『朝鮮日報』二〇一二・五・一七

小説家金甲洙《キムガプス》は『進歩のブラックボックスを開く』（二〇一二年）に掲載された座談会「統合進歩党事件の真実と嘘」で、「一体、世界のどこにも共産主義は残っていないのに、韓国はなぜいまだに反共節か？　北朝鮮だけをとって見ても共産主義でなくなって久しい。彼らの政治体制は王朝回帰した権威主義体制と見るのが正しい。居もしない幽霊である共産主義に向けた反共イデオロギーは今や廃棄処分にする時だ」と語った。しかし、守旧既得権勢力には全くそうした考えがないようだ。

民主党と手を握るなど、それはタブーではないのか？

監獄の中で李石基は、二〇一一年に推し進めた進歩統合とそれ以後に起きた出来事についても、一つひとつ振り返り熟考してみた。なにが問題だったというのか？　李石基はまず二〇〇八年一八代総選挙が終わった後、二〇〇九年初めに民主労働党の党中央で働いていたＰと会い、交わした対話を思い浮かべた。Ｐは総選挙での低調な成績のためにひどく意気消沈していた。

李石基　お久しぶりです。この頃、仕事はどうですか？

Ｐ　総選挙で野党が完敗した後、李明博政権からの圧力がハンパではないです。キャンドルデモが弱まって以後は率直に言って、これといった方法がないですね。

李石基　闘いというものは勝つ時もあり、負ける時もあるものなのに、なにをそんなに失望しているのですか？　前の闘いで負けたならば、次の闘いで勝つ準備をすればよいのです。

P　当分、選挙で当選の喜びを味わうのは難しいと思います。前回の総選挙を見れば、そういう思いがいっそう強くなります。

李石基　二〇〇八年総選挙を敗北とのみ受けとってはいけません。野党はそれぞれ躍進しました。民主労働党も二〇〇七年の大統領選挙の結果、分裂し、大挙出馬しました。与野党間の接戦が繰り広げられた首都圏で、民主党が大挙落選した理由の一つは、民主労働党の出馬のためと見なければなりません。これを率直に認めなければなりません。こうした現象は、野党が団結してハンナラ党に立ち向かえば無条件に負けることはないことの反証とも言えます。私は雰囲気が変わってきたと見ています。ハンナラ党は今、気勢が上がっていますが、二〇一〇年地方選挙の頃になれば、そうではないと思います。私たちが積極的に走り回り、野党に団結の雰囲気がもたらされるならば、最低でも五対五の選挙構図を作ることができます。

P　民主党と手を握るだって？　その話は民主労働党ではタブーではないですか？

李石基　どんなタブーがありますか？　私たちは現実を客観的に冷静に認識する必要があります。民主党に入ろうという主張は正しくありません。民主労総が、そして韓国の進歩運動が、進歩政党という独自の勢力を形成したのは制度圏の第一野党が民衆の意思に従わなかったためです。これは今も同じです。しかしそうだからといって、毎回ハンナラ党が勝つと決まりきった構図を作っていてはだめです。平素の政治活動はそれぞれの路線と政策に従い、選挙の時には連合する方策を積極的に考えてみなければなりません。

Ｐ　党でそういう話をするのは容易ではないでしょう。直前の盧武鉉政権が新自由主義政策を採って、そのために労働者、農民の犠牲がどれほどでしたか？　そうした彼らと手を握ろうというのは党内で合意を得るのが難しい話です。

李石基　様子を見ましょう。私は進歩政党が政権樹立までしようとすれば、様々な経験を積まなければならないと思っています。アメリカでは進歩勢力が民主党に加入しています。私は韓国ではそうなってはいけないと思いますが、だからといって、無条件に民主党といがみ合い、違いばかりを浮かび上がらせるのもよい方法ではないと思います。そんなふうにして、毎回ハンナラ党に良い結果をもたらすのは、民衆にとっても道理ではありません。

必勝の戦略として浮上した野党連帯

李石基が構想した野党連帯が、二〇〇九年京畿道教育監選挙での金相坤《キムサンゴン》候補の当選で現実化した。たとえ党籍の表明なしに行われた教育監選挙であったとしても、金候補は全ての野党の支持層を集めて勝利した。二〇一〇年の地方選挙を前にして、野党内で連合政治は一つのイシューになった。

野党が団結するには、やり方は大きく二つあった。一つはビッグ・テント論であり、もう一つは連帯論であった。ビッグ・テント論とは民主党（第一野党）に入り、変えようとするものである。典型的なアメリカ式二大政党制ではビッグ・テントのほかに方法がない。反面、韓国の進歩勢力は独自勢力化の立場を堅持してきた。その場合には、二つの勢力の違いを認める条件でなしうる連合政治は選挙連帯のほかにはない。

民主党も当時は連帯をすれば無条件で勝つというよりは、一旦、やってみようという程度であった。当時、丁世均《チョンセギュン》代表は野党連帯に対して受動的に対応した。ところが六・二地方選挙で野党勢力が首都圏で勝利して、自信をもつようになった。野党連帯が必勝の戦略として浮かび上がったわけである。民主労働党内でも一部が野党連帯に反対したが、地方選挙が終わってからは、事実上、異見がなくなった。反面、民主党と分立することに重心を置いていた進歩新党は没落に近い結果となった。進歩陣営全体で野党連帯が重要な路線として定立したのである。

二〇一一年春になると、民主労働党では進歩陣営の統合について論議が活発になった。民主労働党の真性党員の中には特に国民参与党との合党に対する憂慮の声が高かった。李石基は監獄で当時、会社に訪ねてきた京畿北部の党活動家Yと交わした話を一つひとつ思い起こしてみた。

Y　国民参与党との合党について、お話を伺いたいです。

李石基　私は積極的に合党してみようという考えだ。わが社会でハンナラ党と民主党でない第三勢力の独自的進出を模索する人々で、また私たちの進歩政党路線に同意する人々であれば、一緒にできない理由がないではないですか？

Y　盧武鉉政権期の葛藤には目を伏せるとしても、これまで歩んできた道があまりにも違うではありませんか？

李石基　これまで歩んできた道を基準にして、これから一緒に行く人とそうでない人を分けることは、私たちのやり方ではないと思う。金九《キムグ》先生を考えてみましょう。金九は生粋の右翼であり、左翼指導者に暗殺者を送ったほど戦闘的な反共主義者だった。しかし彼は単独政府樹立に反対して、左右を超えて民族の統一を念願した愛国者でしょう。今わが民衆が彼を記憶するのはこのためです。人の過去というのはその人を評価する時に不可欠な要素ではあるが、それだけで一人の人間を見るというのは一面的です。私たちはともに実践しながら、互いを検証しあえると思う。今もすでにいくつかの地域で共同の実践が起きていて、昨年の地方選挙では互いに違う色の服を着ていても、一緒に選挙運動をしたではないですか。

Y　しかし、私たちの地域の場合には、少し心配です。うまくなじむことができるか、心配な部分もあります。

李石基　地域ごとに状況は少しずつ異なると思う。しかし大きな枠で一緒に行けば、小さな違いは乗りこえて行けるでしょう。あなたが特に気を使わなければならない部分がそこではないか？

失敗に終わった二〇一二年の進歩大統合

結果的に二〇一一年の進歩統合は失敗に終わった。二〇一二年、彼らは残った同志に唾を吐いて、他の道を求めて去って行った。進歩統合は依然として宿題として残った。今もう一度二〇一一年に戻るとしたなら、どのようにすべきか？　第三の政治勢力を追求する進歩的流れを一つに合わせなければならないという路線は正しい。あとは繊細で科学的な接近である。低い段階から高い段階へと接近しなければならない。それぞれが自分たちのアイデンティティーを維持しながら、選挙で共同行動をとったならばどうだったか？　ギリシャのスィリザは数十の左派政党が連合した選挙用政党である。それぞれの組織基盤を維持しつつ、路線闘争を起こしながらも、選挙では一つの名簿で国民の前に立つ。私たちがそうしたならば、どうだったか？

　独自勢力化を主張する政治ブロックは、各党派の個性が極めて多彩である。二大政党制を壊そうとすれば、この力を一つに合わせなければならないが、それはどのみち党の形態をとらざるをえない。選挙では党が国民の審判を受ける。しかし、進歩陣営はもちろん、国民の中でも選挙連合党という形態はまだなじみが薄い。選挙連合党を作ろうとすれば、すぐに「選挙目当ての数合わせ」という批判が出る。野党連帯を野合と攻撃するハンナラ党の攻勢には耐えることができる。第三勢力が選挙連合党を作るのはどうか？

　二〇一一年の統合は、極めて高い段階の単一政党であった。民主労働党、国民参与党、進歩新党脱党派は組織を解消して、一つに合流した。内部的に同質性が高くない人々が一つに集まり、党内予備選などを経て、後遺症が並大抵ではなかった。野党連帯によって、これまでになく進歩陣営の政治的進出の可能性が高まった条件の下で、互いに譲歩することが難しかったのである。これを各勢力の利己主義とのみ非難しうるだろうか？　それならば、低い段階から粘り強くやっていくしかない。統合を一気にしようとしたから、統合に参加する人々の期待は高まり、これが成果を出しきれなかった時、失望と反発も予想より大きかった。当時はそこまで見通すことはできなかった。Yの心配をもう少し深く考えてみなければならなかった。

　李石基は監獄内での反省と省察が、決して無用なものだとは考えていない。一度失敗したからといって、あきらめるつもりはない。失敗から、再び失敗しない方法を学べばよいのだ。

4　壊れた自由の鐘

鳴らせる鐘は全て鳴らせ。なんの疵もない供え物のことは忘れてしまえ。あらゆるものには疵があり、そこから光が差し込むのだから。

——レナード・コーエン『アンセム』の中から

レッテル貼りの泥水がかかるか怖いのですか？

掘り返された土は赤かった。遠くでカッコウが鳴いた。霊輿に乗り、墓地に到着した労働者朴英《パクヨン》在《ジェ》は、なにも語らない。穴の中に棺が下ろされた。家族と党員がスコップを持って、棺の上に土をかけた。李石基は穴の前に座り込んで棺を見下ろしていた。彼は素手で赤い土を握りしめた。朴英在の棺の上に土を撒きながら、つぶやいた。

「さようなら、同志。本当にすまない」

どんな誣告も、どんな侮辱も修行のつもりで耐えて、勝ち抜くことを心に決めていた。しかし、最も起きてはならないことが起きた。罪なき同志の死という業報は、あまりにも重かった。

二〇一二年五月一二日、党中央委員会で李正姫は辞意を明らかにし、会議場を出た。中央委議長沈相奵が綱領改正案議決進行中に満場一致を宣言すると、党権派党員が壇上に詰め寄り、非党権派と参観人がもみ合いになり、ケンカとなった。

この過程で、趙俊虎が首を怪我して病院に入院した。李石基は前日まで中央委員会出席を考慮していたが、自分が出ればより雰囲気が苛烈になることを憂慮して出席しなかった。弁明の余地がないミスだった。自分が出席して党員が過激な行動をしないよう、宥めなければならないはずだった。

李正姫と李石基がいない場で、柳時敏、沈相奵、趙俊虎らは党権派党員を無視して、自分たちの望みどおりの真相調査報告書を採択し、比例代表当選者全員辞退決議案を通過させるため、強引に会議を進めた。感情が激した党員らが抗議する過程で、暴力沙汰を起こしたのである。

そうでなくても党権派に不利だった世論が、これ以上ないほどに悪化した。いわゆる進歩言論とよばれるメディアまでが、みな鞭を振るいだした。悔しかったが、暴力は弁明の余地なく悪いものだった。その渦中で、朴英在党員が統合進歩党舎の前で焼身自殺を図った。五月一四日のことだった。朴英在焼身自殺の知らせを伝え聞いた李石基は、天が崩れる思いであった。病院に駆けつけたが、医療陣は命を救うことは難しいとの診断を下した。朴英在は尊い党員であった。いや、党員一人ひとりがみな尊い存在であった。

朴英在は最期の手紙を通して柳時敏、沈相奵共同代表に「統合の精神」に戻れと語った。

野党連帯を破棄し、二〇一二年の大統領選挙に勝ち、永久執権を目論むセヌリ党と朝鮮日報、中央日報、東亜日報など保守言論に助けられて、統合進歩党の党権を掌握しようとする不法な行為を止め、統合の精神に戻って下さい。李石基国会議員当選者がそれほど負担ですか？　国家保安法で実刑を受け、自主的民主的統一国家を建設しようという同志によって、格調高い名望家であるあなたたちに、朝・中・東によるアカのレッテル貼りの泥水がかかるか怖いのですか？

四五歳、非正規職労働者朴英在。彼は水原の非正規労働センター所長として活動していた。二〇〇五年民主労働党に入党した朴英在は労働者を党員として組織し、党内で労働者の役割を高めることに情熱を注いだ。二〇〇九年には民主労働党水原市委員会副委員長兼労働委員長として活動した。放送通信大学の法学科に入学し、勉強もしていた。そうして人生の情熱に火をつけた彼は「不正選挙」の当事者として罵倒されることに憤怒した。同僚は、彼はいるのかどうかわからないほど口数が少なく、自分から仕事を探してする人であったと記憶している。李石基は彼の回復を日々祈ったが、朴英在は結局、六月二二日に世を去ってしまった。

嘘が真実を脅かし、賊が鞭を振るう暴圧の時代に
涙の川、血の丘を越えて、労働者が息を吹き返す、人間らしい世の中のために
死なずに、ともに闘い勝利しようと誓った同志たちが
山岳の如く立ち上がっているのに、このように私たちの胸を嗚咽で満たして
どこに行こうというのか。
胸に抱いた刀で悲しみを断ち切り、君よ、朴英在同志、さらば！

——故朴英在党員告別式で、李石基議員、二〇一二・六・二四

朴英在の命を賭けた絶叫は、柳時敏や沈相灯の胸に届かなかった。五月一四日に姜基甲《カンギカプ》が革新非常対策委員長に就任した。党権派と非党権派から旧党権派と新党権派と呼ばれるようになった二つの勢力間の亀裂は、修復の兆しが見えなかった。五月二一日には検察が統合進歩党舎を家宅捜索し、サーバー管理業者にまで同時に家宅捜索が入った。サーバー四台が複写され、党員の情報が検察の手に渡ることになった。

被害者と加害者が入れ替わったひき逃げ事件

朴英在の告別式があった六月二四日には、党員名簿が朝・中・東各紙と総編に渡ったとの知らせが伝えられた。保守系メディアが党員に手当たり次第に電話し、取材要請をしたために、党員は憤怒と混乱に陥った。党員名簿は「党の心臓」と述べた新党権派の仕業だった。六月二六日、二次真相調査特委委員長の金東煥が辞意を表明した。

法学者の良心に基づいて見る時、今回の調査は客観性と公正性が徹底して確保されていないと認めざるをえない。委員会では十分な論議と円満な合意もなされなかった。二次真相調査報告書に私の名前は記さないでほしい。

デジタル復元の専門家キム・インソンは真相調査委の依頼を受けて、オンライン投票のデータレコーダといえるウェッブ・ログを分析した。六月二五日に提出した「キム・インソン報告書」をめぐって新党権派と旧党権派が対立し、委員長が辞退した。このことについてキム・インソンは真相調査報告書で次のように証言した。

真相調査委員長は判事の役割をする人だが、委員長を無力化して、全ての事案を多数決で進めた。判事に提出しなければならない報告書を検事が横取りした後、自分に有利な部分だけ抜き取り、報告書を作成した。検事が判事と弁護士を無視して事件を調査、弁護、判断した。判事に提出するべき報告書を検事が横取りして自分に有利な用途に活用し、廃棄した。それで真相調査委員長が辞退したのである。

全ての不正疑惑について一貫して李石基を調査するように言った。調査報告書に組織票の現象が出ているのだが、三〇票以上を基準に作成した理由は李石基の不正疑惑事例を最も多く含めるためだった。その後、李石基に犯罪行為がないから、それよりはるかに組織票が多く出たＩＰを調査することになった。すると、ある特定の一ヵ所から大規模な不正の証拠が出た。

キム・インソンはウェッブ・ログの分析を通じて、不正を犯した犯罪者を明らかにした。それは、呉沃墁候補の選挙を支援していた済州島Ｍ建設理事の高某氏だった。呉沃墁は最初に不正選挙疑惑を提起し、これら全ての事態を引き起こした参与系候補だった。高某氏は一次真相調査委員会の調査委員として入り、各種不正疑惑を提起して「総体的不正」に追い込んだ張本人である。

この事件は被害者と加害者が入れ替わったひき逃げ事件のようなものだ。地域建築業者が自分の利権の世話をしてくれる国会議員を立てようとしたが、失敗した選挙不正事件である。ここから始まった根拠のないデマにみな騙されているのだ。高某氏は、公式投票所でもない自分の会社の事務室から管理者IDで接続して、オンライン投票確認機能を数千回実行した。その後、数百名がオンライン投票したと出ている。数名が動員された組織的な代理投票だった。(1)

キム・インソンは、これまで論争になった不正事例は不正というよりは劣悪な条件のために起きた管理上の手抜かりに近いもので、大部分が釈明可能な内容だと述べた。明白な犯罪を犯したのは呉沃墁側の高某氏だけだ、というのである。キム・インソンの証言は、検察捜査で全て事実として明らかになった。しかしある科学者の良心を賭けた「真実究明」は、李正姫の「常識論」などと同様に、事態を変えることはできなかった。

真相究明とかけ離れた新党権派とメディア

新党権派はキム・インソン報告書を廃棄して、自分が気に入るように作成した二次真相調査報告書を発表し、全国運営委員会で採択した。『ハンギョレ』さえ旧党権派の不正が確認されたという主張を流しつづけた。

統合進歩党は今年新規党員三〇%が脱党、「予備選挙用党員」募集競争か?

「李石基一人へ集票工作」全貌公開、党権派「確証ない」激怒
「党権派、未投票名簿で李石基を組織的支援」

柳時敏はMBCラジオ「孫石熙の視線集中」に出演して、再び旧党権派を非難した。「自分の気に入る調査報告が出るまではいかなる調査結果も認めないという意味だ」実のところ、この言葉はむしろ新党権派にあてはまる言葉である。自分たちの気に入るように調査報告書を作り直させたのだから。『ハンギョレ』は六月二七日付社説で統合進歩党事態についての解法を教えてやると書いた。

統合進歩党はいつまで泥仕合をするつもりか？
統合進歩党がますます苦しい立場に追いやられている。比例代表予備選挙の不正に対する二次真相調査特委の結論をめぐり、党権派と非党権派が全く相反する解釈を出し、すったもんだしている。…チキンゲームを見るような統合進歩党内の消耗的対決を見ながら、惨憺たる思いを禁じ得ない。比例代表予備選挙不正に対する一次調査の結果、そして後に続く党内の暴力沙汰だけでも党内の責任ある勢力や人々は皆伏して赦しを乞い、職を辞さねばならない…国民の目には党権派が不正を犯したのか、両者がともに不正を犯したのかはそれほど重要ではない。…李石基・金

〈原注〉1　キム・インソン『進歩のブラックボックスを開く』（出版社・トゥルリョク、二〇一二年）

在姸議員はこれ以上、手遅れになる前に自ら辞退の決断を下すことを望む。このまま行けば、進歩政党の存立基盤が崩れる事態になりうる。

両者をともに諫めるような言辞を弄してはいるが、一次調査結果を既成事実化し、李石基と金在《キムジェ》姸《ヨン》の辞退を求めていることから、新党権派の肩をもっていることは明らかである。口を開けば「国民の目」を持ちだすのも常套手段である。どの国民に聞いて「だれが不正を犯したのかはそれほど重要ではない」と答えたというのか。整然たる論理もなく、耳目に入りやすいように、むやみに李石基と金在姸に自ら辞退するよう求めている。

青年比例代表当選者金在姸は、いつしか李石基と一括りにされ、辞退すべきなのに、辞退せずに踏ん張っている「困った二人組」にされてしまった。李石基が比例代表二位、金在姸が三位である。青年比例代表選挙の過程でいかなる不正の証拠も出てこなかったのに旧党権派に分類されて、国家保安法違反嫌疑で指名手配生活をした前歴があるという理由で「従北」の烙印を押され、李石基とともに標的にされた。

新党権派は、七月一〇日の議員総会で沈相奵を院内代表に選出し、七月一五日にはオンライン党職選挙で姜基甲を党代表に選んだ。事実上、党権を掌握した新党権派は李石基と金在姸を統合進歩党から除名しようと、七月二六日に第四次議員総会を開いた。李石基と金在姸はすでに五月三〇日に国会議員登録を済ませた状態だった。

政党法第三三条によれば、政党が所属国会議員を除名するためには党憲が定める手続きを経るほかに、党所属国会議員の過半数の賛成がなければならない。統合進歩党一九代当選者一三名の中で除名に反対した旧党権派は金美希・金先東・金在姸・呉秉潤・李相奎・李石基の六名であり、除名に賛成した新党権派は姜東遠・盧会燦・朴元錫・沈相奵・徐基鎬の五名である。(2) 全教組委員長出身の鄭鎮翊《チョンジヌ》と緑色連合事務処長出身の金霽南《キムジェナム》は、中立に分類されている。二人のうち一人でも除名に反対すれば、李石基と金在姸は国会議員の身分を保障されることになる。

新党権派指導部は「党の方針」という名分を掲げて一旦、鄭鎮翊と金霽南を味方に取り込むことに成功した。

ソウル冠岳乙当選者の李相奎《イサンギュ》はあきらめずに、金霽南に会い、粘り強く説得した。李相奎は一つの地点を掘り下げつづけた。「李石基議員はともかく、金在姸議員まで除名するのは話にならない。金在姸は一次真相調査の時や、二次真相調査の時、不正と関連したいかなる容疑も発見されなかった。たんに比例代表三位当選者という事実のせいで『責任論』の犠牲羊になったのだ。これは不公平だ。金在姸のために反対がだめなら、棄権票でも投じてくれ。この除名案が可決されれば後戻りできない橋を渡ることになる。両者とも結局、党をともにすることができなくなる。」

李相奎の説得が通じたのか、金霽南は結局、棄権票を投じた。反対する議員は出席しなかった議

〈原注〉2　党内不正選挙の波紋が起きて、比例代表候補一位当選者である女性農民会出身尹金順が辞退した。当選圏である六位以下の候補中八位李瑛熙、九位呉沃墁、一〇位盧恒来、一一位羅順子、一二位柳時敏、一三位尹蘭実ら非党権派候補はみな辞退した。七位趙潤淑候補（障碍者名簿）は辞退を拒否したが、李石基、金在姸、黄羨（辞退拒否）らとともに中央党紀委に提訴された。趙潤淑候補は党紀委提訴撤回を要求して座り込みに入ったが、撤回されず、他の候補らの辞退で一四位の徐基鎬が比例代表国会議員職を承継した。

員総会で賛成六票、棄権一票で、李石基・金在姸除名案件は否決された。議員総会の結果をめぐり、新党権派はパニックに陥った。

沈相奵院内代表をはじめとする姜東遠と朴元錫ら院内指導部は党の方針を議員総会で通過させられなかった責任をとり、辞意を明らかにした。七月二九日、ついに柳時敏が統合進歩党の掲示板に事実上、党が割れたことを認める文を載せた。

民主労働党と国民参与党全てが採択して、統合進歩党の二〇一二年の政治方針であった進歩統合、野党連帯、進歩的政権交替戦略は効力を喪失した。

新党権派の脱党とセルフ除名

溝は、これ以上埋めることができないほど大きくなっていた。総選挙のため急に手を握り、一つ屋根の下に集まった諸政治勢力は、短い同居を終えて別れだけが残った。柳時敏、沈相奵、盧会燦らは九月一三日、脱党を宣言した。新党権派は李石基を追いだし、統合進歩党の党権を掌握することは不可能だと判断したのである。

「脱党というもう一つのくびきを負うことになり、国民の皆様に心から謝罪いたします」（盧会燦）

「統合進歩党をよい党にするという約束を守れなかったことをお詫びいたします。新しい進歩政

党のため再出発します」（沈相灯）
「どうか自ら革新し、より多くの国民の理解と愛を得ることで私の判断が誤っていたことが立証されるよう望みます」（柳時敏）

民主労働党、国民参与党、進歩新党脱党派の新進歩統合連帯が統合を決定し、二〇一一年一二月六日、中央選管委に統合進歩党という名称で政党登録をして九ヵ月目にして党は二つに割れた。新党権派は脱党に先立ち、比例代表議員の議員職を維持するために、いわゆる「セルフ除名」というたぐい希な方式を用いた。二〇一二年九月七日、姜基甲代表の分党宣言が出ると、統合進歩党ソウル市党党紀委員会は金齊南、朴元錫、鄭鎮瑚、徐基鎬の比例代表国会議員四名の除名処理を強行した。当選者四名の国会議員は除名処理を受け入れ、中央党紀委に異議申し立てをしないことにした結果、議員総会を通じて除名された。法規定上、比例代表は脱党した瞬間に議員職を喪失することになる。そのため議員総会を通じた議員除名方式を選択して、これら四名は議員職を維持することになった。それでこの事件は「セルフ除名」と呼ばれた。

「セルフ除名」は統合進歩党に残った党員の公憤を買った。李正姫代表はマスコミとのインタビューで「比例代表議員は脱党すれば議員職を失うはずです。統合進歩党とともにできないと、党を出るというのなら、党を生かす方が引き継がねばなりません」と述べた。李相奎（当時、統合進歩党議員）も「同僚議員には議員職辞退を要求しながらも、自分たちは議員職にしがみつこうとする貪欲さが進歩の原則も、常識と道理も、党憲党規もかなぐり捨てた」と、新党権派を強く批判した。

分党過程でもう一つ論争になったのは、国民参与党が抱えてきた八億ウォンのファンド負債についてである。柳時敏と国民参与系党員のうち八〇%が脱党したが、彼らは国民参与党が二〇一一年一月に生じさせて、同年国民参与党中央委員会の議決を通じて市道党委員会で全額使い果たしたファンド負債八億ウォンに対する償還責任を、統合進歩党に押しつけて行った。国民参与党ファンドの加入者たちは、統合進歩党にファンド負債償還訴訟を起こした。統合進歩党は訴訟で敗れ、八億ウォンの負債と訴訟期間中の延滞利子まで全額償還した。その金は、統合進歩党に残った党員の党費で賄われたのである。

脱党派は進歩正義党を結成し、党名を正義党に変えて、五議席を有する院内第三党として命脈を維持していたが、二〇代総選挙で六席の議席を得た。統合進歩党は六席の議席を守り、一八代大統領選挙で李正姫が候補として出馬することにしたが、文在寅候補当選のため選挙最終局面で辞退した。大統領選挙では朴槿恵が当選した。朴槿恵は、当選直後から国家情報院が介入した選挙不正疑惑に苦しむことになった。いわゆる「ネット書き込み政局」が始まったのである。

盗人猛々しい

二〇一二年一一月一五日、大検察庁公安部は同年三月の統合進歩党比例代表予備選と関連した捜査結果を発表した。全国一四の検察庁で総数一七三五名を捜査し、一一〇名を拘束起訴（候補者三名を含む二一名拘束、一名拘束適否審で釈放）し、四四二名を在宅起訴した。拘束された三名の比例候補のうち二名は、最初に不正予備選疑惑を提起し、真相究明を要求した人物であった。盗人猛々しいとは、まさにこのことである。

この過程で、統合進歩党は二〇万名の党員名簿が検察の手に渡り、三万五〇〇〇名分の投票が捜査対象になった。政党の内部機密、党の心臓部を全てさらけ出すことになったのである。ところが、犯罪事実が確認され、拘束された二〇名の中に標的とされていた李石基と金在姸の名前はなかった。検察は拘束どころか、立件もできなかった。全てのマスコミが二人を核心人物と目を付け、特に李石基をあれほど叱咤したのに、これは一体どうしたことか？

検察はコールセンターを捜査し、大量の他人名義の電話を利用して組織的な不正投票を行った二〇名を拘束した。残りはモバイル投票方法を知らない父親や妻のために、息子や夫が代理投票した場合が大部分であった。ＩＰ重複問題も同一作業場で勤務する党員という特性上、問題にするのが難しかった。検察も、こうしたことは犯罪と見るのは難しいと認めて、在宅起訴が四四二名も出たのである。

不正予備選挙疑惑を提起し、党を内紛に追い込んだ勢力が、不正予備選挙を犯した当事者であったことが明らかになったが、李正姫と李石基に代表される党権派は、汚名を雪ぐことはできなかった。不正選挙問題を提起した勢力は脱党して新たに党を作り、柳時敏は政界引退を宣言した。柳時敏と沈相奵をかばい、李正姫と李石基に鞭打ったメディアは、自分たちの過ちを認めず、沈黙した。大多数の国民は、依然として不正予備選挙の責任は李正姫と李石基にあると信じていた。真実が明らかになった後、正式に謝罪したメディアは、いや記者は一人だけだった。『京郷新聞』のウォン・フィボク上級記者は「李石基・金在姸議員適格審査…統合進歩党予備選の真実」（二〇一三年三月二二日付）という記事で次のように謝罪した。

真実がベールに包まれているとしても、進歩勢力は回復し難い打撃を被りました。進歩勢力の大統合どころか、憎悪のみを生んだためです。事態をこのようにした人物は、韓国進歩運動史において極めて重い責任をとらねばならないでしょう。なにより事態がここまでに至ったのは、私たちマスコミの責任が大きいです。雰囲気に埋没し、ハイエナのように群がるのに忙しく、真実を見ることができませんでした。申し訳ございませんでした。お詫びいたします。

統合進歩党の予備選不正論難の渦中で、マスコミは「京畿東部連合」という組織が統合進歩党の実勢（黒幕）であり、李石基が京畿東部連合の指導者だと騒ぎたてた。京畿東部連合は主思派であると既成事実化することもした。そしてこうした主張は「李石基内乱陰謀事件」と統合進歩党の政党解散審判をとりあげた法廷で、そのまま「事実」として固着化された。しかし実際、京畿東部連合で活動していた人たちは、それが今は実体がない過去の組織にすぎないと主張している。

イム・ミリ論文「京畿東部連合の起源と形成、そして孤立」

この時期、イム・ミリという少壮学者は、「京畿東部連合の起源と形成、そして孤立」という論文を発表し、「京畿東部」の悪魔化の一助をなした。

京畿東部連合は統合進歩党内の党権派の多数を占める勢力で、二〇一二年四・一一総選挙を通じて外部に知られ、地域的には城南市を基盤にし、理念的には主思派が主軸をなしている。京畿東部連合という名称は一九九一年、結成された民主主義民族統一全国連合（全国連合）傘下の城南・龍仁・広州・河南・利川・驪州を含む地域団体名に由来するもので、全国連合解体以後には民主労働党城南市党委員会のメンバーを指す言葉として使用された。二〇〇〇年創立された民労党から、二〇一一年一二月、民労党と国民参与党、そして新進歩統合連帯（進歩新党脱党派）が統合して創立された統合進歩党にいたるまで、京畿東部連合は蔚山連合、仁川連合とともに強い覇権主義的面貌を示し、党権を掌握してきた。

イム・ミリが「京畿東部連合の起源と形成、そして孤立」という自らの論文の序論で明らかにした京畿東部連合に対する右のような説明は、正しくもあるし、間違いでもある。京畿東部連合が、理念的に主思派が主軸をなしているとの断定は二〇余年前の状況をいかなる検証もなく現在化している。メディアが主思派の親分と呼んでいた金栄煥が政党解散審判請求の法廷で「一七年間一度も会ったことがない」と自らの口で語った過去の運動圏の人々に対して、いかなる根拠もなく「彼らは今も主体思想を信奉している。主思派は考えを変えない」と主張するのと変わりない推定にすぎない。金栄煥自身は九〇年代に「転向」を宣言し、今は過去の同志を告発するのに躊躇しないほど一八〇度変わったのに、他の人々はなぜ過去の考えのままだと断定できるのかわからない。

京畿東部連合が「強い覇権主義的面貌」を示し、「党権を掌握してきた」というのもまた反対派の主張とマスコミの偏った報道をもとにした自らの主観的予断に過ぎない。

イム・ミリはこの論文を書く過程で、過去に京畿東部連合で活動していた朴祐亨《パクウヒョン》と鄭亨周《チョンヒョンジュ》にインタビューした。彼女は自分が京畿東部連合についての論文を書いているとは言わずに、城南市の市史編纂委員を務めていて、城南市で活動していた市民社会団体について取材していると言って、協力を要請した。朴祐亨と鄭亨周は市史を編纂するのに使うのだと思い、インタビューに応じたが、イム・ミリはその内容をこの論文にそのまま引用したのである。次は私が朴祐亨と鄭亨周に会った時に聞いた話である。

イム・ミリが私たちの発言内容を歪曲して自分の論理を正当化するのに利用した。こういう趣旨の論文を書くとわかっていれば、取材に応じなかっただろう。イム・ミリのこのような行動は学者的良心にそぐわないだけでなく、人間に対する礼儀でもない。こういう行為はメディアと世論の不当な攻撃で満身創痍になった人々をさらに足蹴にすることに他ならない。

イム・ミリの共犯は思想の自由を禁じた大韓民国

イム・ミリは京畿東部連合が「国家保安法により沈黙を強制され、自らの立場を公表できなくなり、彼らの記憶は徐々に固着していくほかなかったのである」と主張する。しかし、国家保安法と「従北攻勢」の抑圧と強制がいくらひどくても、彼らは沈黙したことがない。彼らは終始一貫、韓国政府が「米国の従属より抜け出した自主的立場」を取り戻さなければならないと主張してきた。統合進歩党の綱領には在韓米軍撤収と韓米同盟解体、国家保安法撤廃が明記されている。彼らは常に自主と民主と統一の声を発し、自らの立場を公表してきた。階級問題と経済民主化が先だという他の進歩陣営の立場に対して、民族問題と統一問題、すなわち分断がまず解消されなければ、階級問題や労働問題、経済問題をきちんと解くことはできないと主張してきた。

彼らは沈黙したことがない。ただ政府と与党、保守野党、他の進歩勢力と「差別化した」声を上げただけである。「自己検閲を強制する国家保安法の下で熾烈な批判と思想闘争は不可能であり、変化もまた期待できない」という叙述は、イム・ミリ自身にも投影してみなければならないものである。イム・ミリが批判する京畿東部連合の人々は、国家保安法の下でも熾烈な批判と思想闘争を維持しながら、変化を追求してきた人たちである。イム・ミリをして京畿東部連合に対する意図的誤解と歪曲をしむけた共犯は、彼女が言う「国家保安法で思想の自由を禁じた大韓民国」ではないのか。

かつて京畿東部連合であった人々を含む統合進歩党が弾圧され、政党解散にまで至ったのは、彼らが沈黙したためではなく、沈黙しなかったためである。イム・ミリは彼らに「民衆が指導の対象ではなく、逆に彼らを牽引する集団知性の主人公であることを悟らねばならない」と忠告するが、彼らはそんなことはとっくに知っており、民衆とともに生き、ともに運動してきた人々である。

「過去の記憶を資産とし、新たな歴史の波を読み抜く時、『党員の視点』を『国民の視点』に変えて『怪物』の仮面を脱ぐことができる」という忠告もまた、彼らよりは彼らを弾圧した冷戦反共主義の仮面を被った「怪物」に対して向けられねばならない言葉である。

「冷戦反共主義」と「従北攻勢」がこれ以上はびこらない世の中。朝鮮戦争の間接的経験とレッド・コンプレックスから自由な世代が主人公になる世の中になってはじめて、「国民の視点」で新たな歴史の波を読むことができるのである。

5　呉越同舟

お前が本当に望むものはなんだ?

——申海澈

意外な反応を見せた拘置所の受刑者たち

屋上の日差しはまぶしかった。水原拘置所はビル型で、庭がない。独房に閉じ込められている在監者たちは一週間に一度、屋上に上がり運動する時間が与えられる。この時間はそれこそ、黄金のように貴重な時間である。ある意味ではこの時間を待ちながら、残りの時間を耐えているのかもしれない。ところが、数日前から屋上に上がる時間が負担に感じられるようになった。いくつかの舎棟がずらりと連なっているビル型拘置所の各棟にはみな屋上がある。李石基が運動をしに上がってくれば、すぐ隣の棟の屋上で数名の女子在監者が欄干の方に寄って来て、まるで知人のような素振りを始めた。彼女らは好感を示し、手を振り、拍手を送りもした。

初めは人を見間違えているのかと思っていた。しかし「李石基議員、がんばって!」と叫ぶ声が聞こえた。ある女性がはっきりそう叫び、残りの女性たちがどっと笑った。思いもかけないことだった。一方では当惑し、一方では胸が痛んだ。

CNC関連の裁判を受けに法廷に出た時、裁判所の前で大学生と支持者がプラカードを持って立っているのを見た時の気分とはまた違った。「李石基議員を釈放せよ！」「彼が自由になれなければ私たちも自由になれない！」といった文言が書かれたプラカードを持って、自分を応援してくれる姿を見た時は、胸が締めつけられるような感じがした。忘れずに、法廷を訪ねてくる人たちに接すれば、一人ではないという思いに力が湧き、慰めになった。

一般の国民はみな、自分を怪物のように見ていると思っていた。国会議員に当選してすぐ始まったメディアの無慈悲な攻撃に苦しんだせいで、ごく一部を除けば世論はみな自分に敵対的だと思っていた。ところが、拘置所の中にいる人々が自分に激励を送っている。彼女らはそれぞれみな理由があってここに来たのだろうが、この社会で困難に遭遇した人たちだろう。ごく単純な好奇心だとしても、彼女らが送ってくれる関心がありがたくも、気恥ずかしくもあった。社会から疎外され、困難に遭遇した人々の助けになる仕事をしようと、国会議員になったのではなかったか。それなのに、今、これはなんということか？

李石基は、向かい側の人たちの視線を意識して、運動もまともにできないまま、屋上をぶらついただけで、自分の房に戻った。彼は腰をまっすぐに伸ばして、しゃんと座り、たえず繰り返してきた反省と省察の時間を持った。

統合進歩党比例代表国会議員に当選した直後から浴びせられたメディアの関心は、ストレスの多いものだった。記者たちのインタビュー要請は、絶えることなく続いた。党内の予備選不正事態がメディアに取り上げられ、自分が不正の当事者として目をつけられ始めてからは、メディアの追っかけは、いっそうひどくなった。李石基はすでに職場を辞めているのに、以前彼が勤めていた汝矣《ヨイ》島《ド》の会社の前には記者たちが列をなし、自宅前にも並んでいた。李石基はできるだけメディアのインタビューには応じなかった。彼はメディアが公正に自分の言葉を伝えてくれるとは思わなかった。

「無条件辞退」という言葉には、とうてい同意できなかった。彼は正当な手続きによって国会議員になった。事実関係が明らかになっていない疑惑でもって、一方的に辞退せよ、さもなければ除名するというのは一体、どういうことか？　これではまるで道を歩いていて、泥棒に遭遇して殴られ、金を奪われたのに、泥棒に私が悪かったですと赦しを乞うのと同じことだ。

二〇一二年六月五日、一九代国会に初登院した日

二〇一二年六月五日、李石基は国会に初登院した。その日は記者たちの質問を避けることはできなかった。

問　議員職辞退の圧迫を受けていますが、立場をおっしゃってください。

答　党の決定を待っています。

問　議員会館に初めて入られましたが、所感をおっしゃってください。

答　正義感に燃えた二〇代学生運動当時の気持ちで、国会で精一杯頑張る所存です。

問　朴槿恵前委員長の除名推進については、どのようにお考えですか？

答　私はまさに維新の復活を見る思いです。朴正熙軍事独裁政権は、人革党をねつ造して無辜の民主人士を司法殺人しました。二一世紀の今日、憲法機関といえる国会議員の国家観を云々して、立法府で立法殺人をするのではないか、そういう思いです。わが国も今や国民所得二万ドルの時代ではありませんか？　それなのに五〇〇〇ドル時代の考え方ではないかと思い、遺憾に思います。

李石基は拘置所内で、その日のことを絶えず反芻してみた。汝矣島は彼にとって馴染みの場所である。彼が働いていた会社も二〇一二年には汝矣島に移ったためである。しかし、国会議員になって国会議事堂の建物の中に入るということは、ただその前を通り過ぎるのとは全く違っていた。彼は大韓民国の法を作り、政府を牽制し、国民の権利を保護する極めて大きな責任をもつ公職者になったのである。彼は国会議事堂に入り、議員会館に用意された自分の執務室を見渡しながら、良い国会議員になろうと誓った。自分を追い出そうとする者たちの攻撃が誤りであることを証明するためにも、議員活動を通して国会議員李石基の価値を証明しなければならなかった。

そのような彼が登院初日から朴槿恵に対決姿勢をとったのは、彼が当選者登録を終えてすぐに、朴槿恵がまず攻撃を加えたためである。朴槿恵は六月一日午後、国会で開かれた党の国会議長並びに副議長候補者選出のための議員総会に出席した後、記者たちと会った場で次のように語った。

統合進歩党事態の主役である李石基・金在姸議員は辞退しないなら、除名しなければなりません。国会というのは国家の安危を扱う場所ですので、基本的な国家観が疑われ、国民も不安に感じる人々が国会議員になってはならないと思います。あの人たちは自ら辞退するのが正当です。

今、セヌリ党と民主統合党両党の院内指導部で（辞退問題を）論議していますが、自ら辞退しなければ、そのように（除名）しなければならないと思います。統合進歩党事態には民主統合党も大きな責任があります。民主党はなによりもまず、この問題を解決しなければなりません。国民が望むのは民生を最優先し、旧態政治を捨てることですが、民主党を見れば旧態政治に戻ったようです。早く国民の暮らしが最優先の政治に戻らねばなりません。

李石基は、政界の巧妙な話法にあいた口がふさがらなかった。党の内外で李石基と金在姸の辞退か除名を要求する名分は、明らかに「予備選不正」だった。ところが、朴槿恵はだしぬけに「国家観」を引っぱりだした。実は朴槿恵の発言は「だしぬけ」のものではなかった。『朝鮮日報』をはじめとする保守メディアが、口をそろえて「従北主思派」が国会に進入するのを放っておくのかと口角泡を飛ばしていたのだから。そのように騒ぎ立て、李石基が「従北主思派」であることを既成事実化しておいて、朴槿恵がこっそり手を添えたのだった。選挙の不正は後ろに追いやって、「国家観が疑わしい人」と規定して、除名の名分をすりかえたのである。

朴槿恵の発言よりもっとあきれた沈相灯と柳時敏の攻撃

朴槿恵の発言よりもっとあきれたのは、沈相灯と柳時敏であった。どうであれ、一緒に党を作り、一つの船に乗っていた「同志」であるのに、李石基に対する攻撃は想像を超えるものだった。二〇一二年五月一一日、党中央委員会の前日、李石基は沈相灯、柳時敏と会った。柳時敏とは三度目の会合であり、沈相奵と対面したのはその時が初めてであった。三人は多少ぎこちない雰囲気で向かい合って座った。沈相奵は聞いていたとおり、柔らかく親和力がある人であった。しかし言葉を交わして見れば、相手をもてあそぶような老練さが誠実さとは遠く感じられた。

「いいでしょう。比例代表予備選で不正をしなかったことにしましょう。しかし、すでにメディアにそのように知られており、大衆は誰かが責任をとらなければ、この事態を許しません。なので、議員職を辞退して、責任をとる姿勢を示さなければなりません」

柳時敏の主張に沈相奵も相槌をうった。

「辞退が答えです。進歩が共倒れにならないようにしようとすれば」

「進歩の生命は真実です。真実を守るのが責任をとることだと思います」

李石基はそのように答えた。政治家の責任に対する彼らの考えは、互いにそれほど違っていたのである。

李石基とこの日交わした話は、後に沈相奵が『ハンギョレ』とのインタビューで、自分の都合のいいように脚色して語った。李石基はその記事を見て、「党員総投票」をしなければならないという自分の提案に反対した理由を挙げながら、付け加えられた沈相奵の話に驚いた。

権力と責任はともにあるものだ。ところが、重要な決定の責任を問うことが難しい不可視的な、一種の地下政府のような存在が問題だ。こういう古い政派構造を解体しなければならない。…党の重要な政策がどの政派のだれがどのように決定したのか、だれも知らない。…だれが決定したのか、メディアが調査報道をしなければならないほどなのに、そうした責任をとらない権力、目に見えない組織、地下政府のようなそうした形態は党の公的意思構造を歪曲し、党の多元性が尊重される民主主義を封鎖するものだ。

李石基は今、沈相灯の発言を反芻しながら、「地下政府＝ＲＯ」ではないかとしきりに思うようになった。さらに、その後に付け加えられた沈相灯の発言もまた、今ここに来て考えて見れば意味深長である。

私は少なくとも北朝鮮に追従する行為という実体的側面では従北論者はいないと見る。将来、この党においても内乱罪等の法で容認されえない行為をしたり、民主主義を暴力で毀損したりする、この二つの場合を除いては思想の自由が保障されねばならないと考える。

沈相灯が言及した「内乱罪」「民主主義を暴力で毀損する場合」という言葉は、そのまま「李石基内乱陰謀事件」、さらには統合進歩党解散決定と直結する。「北朝鮮に追従する行為という実体的側面では従北論者はいない」という言葉もどうか？　裁判の過程で北朝鮮と連携したいかなる証拠も出てこないと、検事は「北朝鮮と連携していないから、よけいに危険だ」「内面化された従北」という奇怪な主張を展開した。これら全てのことがはたして偶然なのだろうか？　李石基はそう考えて見ると、とても複雑な気持ちになった。

朴槿恵の発言が国家情報院と検察に下された「指令」であったならば、沈相灯の発言は彼らに示された「ヒント」ではなかったのか？　沈相灯が意図したにせよ、意図していなかったにせよ、その後に起きた出来事は皮肉にもこうした合理的な疑いをもつのに十分であった。
柳時敏は李石基が自分に党権を渡すから、予備選不正に目をつぶってくれと言ったという、いわゆる「党権取引説」をメディアに流しもした。李石基がそんなことはないと反駁すると「李石基当選者が私を訪ねてきたのは事実だ」と発言して、「一国会議員当選者がそんなことを言うのを見て、李石基がやはり実勢（黒幕）だな」と思ったとの巧妙な語り口で、ありもしないことを既成事実にした。汝矣島政治は李石基が予想していたよりはるかに複雑であった。
当時は数え切れないほどの多くの悪意ある記事が出て、できるだけ新聞を見ないでおこうとしたが、偶然目にした六月七日付『ハンギョレ』の社説は度が過ぎていた。筆者は李石基と金在姸に対して人身攻撃をしていた。

李石基・金在姸議員は、この頃メディアのスポットライトを一身に受けている。それで自分たちが「メディア・スター」にでもなったかと錯覚しているのかもしれない。満面に笑みを浮かべた李議員の余裕ありげな姿を見れば、こうした憂慮は決してうがちすぎとも言えまい。進歩勢力全体を苦境に陥れたことに対する最低限の良心の呵責を感じているのかさえ疑わしい。今からでも遅くはない。李議員らは一日も早く国会議員職から退き、統合進歩党革新のための「一粒の麦」になることを望む。

李石基はこの記事を書いた人を訪ね、根拠のない人身攻撃はジャーナリストとしての資格がないから、辞職せよと言いたかった。

メディアの攻撃を一身に受けながらも、李石基は記者たちに申し訳なかった。朝出勤した時から「一言だけお願いします」と、自分を追いかけてくる記者を見るたびに、「どうかやめてください」と言ったが、無駄であった。記者たちは自分に月給を与える会社の命令どおりに彼についてくるのだ。国会担当記者の間で自分が「党代表級の初当選議員」と呼ばれているとの話を聞いた。李石基は特に議員会館で終日「へばりつき」をしなければならない「下っ端」記者が痛ましく見えた。「へばりつき」というのは取材源になにか特別なことが起きるのを待って、むやみとくっついて回る現場の番記者のことである。「下っ端」はマスコミ各社で最も地位が低い末端記者を言う。

オフレコで会った記者たちとの初懇談会

李石基は、青年にはとりわけ弱かった。息子の年頃の若者を見れば、自然に視線が行った。記者たちは「昼食であれ、夕食であれ、食事を一度一緒にして話を少し聞きたい」と李石基の補佐官にせがんだ。李石基は、補佐官に一席設けるよう指示した。

六月一五日に、番記者と李石基が昼食を共にする席が用意された。報道しないことを前提とした午餐の記者懇談会だった。一〇名の記者たちと話題の人物李石基議員が車座になった席には妙な緊張感が漂っていた。言葉を一言でも聞くのが願いだった番記者だけが緊張していたのではなく、「党代表級の初当選議員」李石基も緊張していた。

李石基が若い記者を見回しながら、口火を切った。

「若い働き手だから、私はみなさんに関心が高いです。もともと若い人たちを大切にしたい気持ちが強いです。みなさんは、わが社会の未来だからです」

その席には、彼に絶えず「従北」攻勢を浴びせていた朝・中・東紙の記者たちもいた。記者たちは「働き手（일꾼）」という言葉に互いに目くばせをした。生硬な語彙という意味らしかった。くすくす笑う人もいた。

「私のためにすごく骨を折って、へばりつきもたくさんなさったから。私たち風に言えば『政治的立場を横に置いて』一度食事をしようということです」

続く李石基の言葉に記者たちは緊張を解き、みな笑った。ここまでは雰囲気が良かった。

「もう一度お願いいたします。今日のこの席で出た話はオフレコ、ご存じでしょう?」

補佐官Lが改めて念を押した。記者たちはみなうなずいた。しばらく食事をして、雑談まじりの話のやりとりがあった時、「問題の」質問が飛び出した。

「議員、統合進歩党の新出発特別委員会の討論会、ご覧になられましたか?」

ある記者が尋ねた。新党権派のいわゆる「革新」について、どのように考えるのかを聞くための質問であった。


討論会の内容の中で、同意できる部分が全くありませんでした。愛国歌を歌うのもそうでしょう。愛国歌を歌えば刷新ですか？　あきれたと思うしかありませんでしたよ。実際、わが国には国歌がありません。今、歌っているあの愛国歌を正式に国歌と定めたことはありません。愛国歌はただ国を愛する歌の一つにすぎません。民族的情恨と歴史があるので、アリランがわが国歌だといってもいいと思います。愛国歌を歌うことを強要するのは全体主義的発想だと思います。

李石基は新出発特別委員会の討論会で党行事のさいに、愛国歌斉唱などの国民儀礼をしない文化も変えなければならないという意見が出されたのを見て、腹が立った。愛国歌を歌うことが党内革新だという、いわゆる「新党権派」の幼稚な発想を批判して出た言葉だった。民主労働党時代から彼らは党の行事の時には国民儀礼の代わりに民衆儀礼をした。

李石基は、もともと過度な国家主義が嫌いだった。ナチズムも国家主義から始まったのである。朴正煕が「国民教育憲章」と「国旗に対する誓い」といったものを作り、太極旗を「位牌」を祭るようにして国家主義を信奉したのではなかったか。朴正煕と全斗煥が権力を掌握していた時代、国旗下降式が始まり、愛国歌が流れだすと、全ての国民が今行っている動作を止めて、その場に起立し、胸に手を当てなければならなかった。

映画「弁護人」で警察の拷問捜査官チャ・ドンヨン（郭度沅役）がソン・ウソク（宋康昊役）を殴打し、足蹴にする最中に、国旗下降式が始まり愛国歌が流れると、突然動作を止めて国旗に対して敬礼するシーンがある。監督は極右勢力の過度な国家主義をその一場面を通して明快に示した。そのシーンほど、悲しくも滑稽なシーンがほかにあるだろうか？

しかし、「愛国歌は国歌ではない」という李石基の言葉を聞いた記者たちはみな一様にびくりとして、目をパチクリとさせた。互いに目くばせする人もいた。いくら「下っ端」記者だと言っても、マスコミで飯を食っている人々である。李石基の発言がスクープになることを知らない人はいなかった。この時から、オフレコの約束を守るかどうかの悩みが記者たちの頭の中で始まった。

「あのう、議員。もし国歌はない。愛国歌は国歌ではない。こういう見出しで記事が出れば、ネットで炎上すると思いますが。実際、議員のような場合は過激なイメージがあるので、そういう発言は自制されるのが大衆政治家としてよいのではないでしょうか」

記者の一人が慎重に意見を述べた。李石基は特有の笑みを浮かべながら、うなずいた。

「そのとおりです、その通り。いい意見です。発言一つも大衆の視点に合わせなければなりませんね」

「若い働き手」といった言葉は生硬な表現

李石基が肯定的な反応を示すと、他の記者が「働き手（일꾼）」という語彙について指摘した。

「『若い働き手』といった表現も私どもはあまり使いません。どういう意味かはわかりますが、生硬な表現であるのも事実です」

「『働き手』とは仕事をうまくこなす人というよりは、仕事を自ら探してする人という意味です。でも『働き手』といった表現を使うのは変えるべきだと思います。ありがとう。大衆的な言葉、政治的な言葉で表現することを学ばなければなりません。私はそうした点が確かに至りません。そういうことを見かけたら、言ってください。進んで直すようにします」

「これから朝・中・東の記者たちともっとお会いにならなければなりませんね」

ある記者がそのように言うと、みな笑った。李石基も「そうです。そうしましょう」と応じて、気分よく笑った。李石基はことのついでに一言付け加えた。

「私は従北という言葉が本当に気分が悪いです。侮辱的な言葉です。自由な人間が誰の下僕だというのですか？　本当の下僕は従米にあると見なければなりません」

その言葉を聞いて、そうでなくても複雑であった記者たちの頭の中がますます複雑になった。さあ、どうするか？　会社に戻れば間違いなくデスクにどんな話をしたのか聞かれるだろう。その後は雰囲気が打ち解けず、記者たちは李石基の話をうわの空で聞いていたが、実は、李石基はそうした空気を感じとることができなかった。記者たちを注意深く観察していたLは、記者たちの間に流れる微妙な動揺を感じて不安になった。なんといっても、「愛国歌は国歌ではない」という発言が記事になれば、問題が深刻になるだろうと思った。

「みなさん、約束を守って下さいますよね？　今日、この席であった話は記事にしないと言いましたよね。約束ですよ」

席が終わる頃、Lはもう一度念を押した。記者たちはうなずいてはいたが、何かしら余韻が残る表情であった。彼の不安は的中した。

李石基、「愛国歌」は国歌ではない

記者懇談会の翌日、『韓国日報』は六月一六日付新聞の一面で李石基の「愛国歌」発言を報道した。記事の見出しはとても単純だった。

李石基、「愛国歌」は国歌ではない

しかしこの一行はすさまじい波紋を呼び起こした。各マスコミがこの問題をひっきりなしに騒ぎ立て、政治家や論客を自任する人はもれなく、李石基を非難して出た。大韓民国で口さがない人たちが、みなしゃしゃり出たような錯覚を起こすのに十分であった。しかし、少なくない国民は「それがそんなにすごいことなのか、それほど騒ぎ立てることか?」とあきれていた。

李石基議員室はすぐに鎮静化に出た。「愛国歌を否定するのではなく、新出発特委の活動が進歩政党と合わないという話をしたのです。記者ともう少し親密になるため、報道しないことを前提にした発言です」という立場を明らかにしたが、むだであった。李石基は民主主義国家で、この程度の発言もできないのかと問いたかった。

メディアは、挙げ句の果てに李石基の愛国歌発言は高度の戦略であると責め立てることまでした。旧党権派を結集するための意図的な発言だというのである。沈相奵はすぐに記者たちに会い、「李石基議員は、別世界に住んでいるようだ。憲法に基づく国会議員が国歌を否定すれば、公人資格を疑うほかない」と非難した。新出発特委委員長の朴元錫《パクウォンソク》は、自らのツイッターを通して「神妙で深い戦略家なのか、自分の発言の意味さえわからない馬鹿なのか、口を開けば、地球人には理解できない、月の世界で通用する話」との非難を浴びせた。

なによりも、愛国歌の正統性や合法性に対する問題提起は、李石基が初めてではない。愛国歌を作った安益泰の親日行為が遅まきながら知られ、愛国歌の歌詞に親日的な内容が含まれているという「愛国歌親日論争」は、すでに数年前から公論化されていた。李石基の発言以後に、愛国歌を国歌と定める法律をセヌリ党議員らが立法発議した事実を見ても、法的に愛国歌が国歌ではないことは客観的な事実と言える。

李石基は、はっきり「愛国歌を法律で定めたことはない」と言ったのに、メディアでは「法律で定めたこと」という言葉を省いて、愛国歌を否定すると報道した。李石基の発言を根拠に、統合進歩党全体が愛国歌を否定する勢力であるかのような誤った報道もした。

李石基統合進歩党議員が愛国歌を国歌と見ることはできないという趣旨の発言をし、論争が起きている…発言の背景はどうであれ、一言で言えば、不適切な発言である…李議員の発言はなにより時宜を得ない理念論争を焚きつけた点で軽率である。李議員は今、論難の核心にいる人物である。統合進歩党比例代表予備選不正問題で党の内外から辞退圧力を受けている。保守勢力は李議員らに従北レッテルを貼り、理念攻撃をしている。そうした渦中での愛国歌は国歌ではないという発言は保守勢力の好餌となるものである。…従北、従米も同様だ。従北というのが人を裁断する恐ろしい武器になりうるように、従米もみさかいなく責め立てるものではない。時代が変わっている。進歩も変わらねばならない。愛国歌の正統性を云々したり、従米こそが真の問題だといったりする式の発言で進歩であるかのようにふるまうのは、時代にずいぶんと遅れている。李議員は進歩陣営全体の水準を一〇年、二〇年前に後退させる発言を慎まれるよう望む。…李議員はこれ以上党と進歩陣営に累を及ぼす行為を止め、自ら去就を定めることを望む。

――「李石基議員、今、愛国歌論争する時ではない」(『ハンギョレ』二〇一二・六・一七)

大きく考えているかのように、恩着せがましく訓戒するこの社説の論調は、見出しからして事実を歪曲している。李石基は愛国歌論争をしたことはなく、するつもりもなかった。愛国歌に対する言及は、オフレコを前提にした食事の席で軽く交わした話にすぎない。愛国歌論争をするのは、マスコミと李石基をやり込めたい人たちである。保守勢力による理念攻撃の好餌となることを心配しているかのように装ってはいるが、こうした語り口でむしろ李石基に従北レッテルを貼っているのである。

「従北より従米が問題」という発言がなぜ問題なのか

従北より従米が問題、という発言が時代遅れであるというのもまたどういうことなのか？　一〇年前や二〇年前より韓国と米国の関係が平等な関係に発展したので、従米という言葉はふさわしくないという意味であるならば、それこそ根拠のない虚言である。李石基は根深い米国に対する事大主義、特に為政者たちが大韓民国の国益ではなく、米国の国益のために働いていることを批判したのである。最近の米国サード・ミサイル配備をめぐる政界の論争は、根深い「従米」が現実的な問題であることを、ありのままに示している。

二〇年前も今も、米国との関係は不平等で従属的である。統合進歩党の綱領には、在韓米軍撤収と韓米同盟解体が明記されている。李石基が自分の党の綱領に沿って、従米が問題という発言をしたことがどうして時代遅れなのか？　進歩陣営の水準とは一体、誰が決めるものなのか？

進歩というのは現在の体制に問題があると見て、否定する中で、対案を模索することである。新自由主義と分断、この二つの問題を解決せずには対案を模索することはできない。韓国社会ではこの二つをともに解決しなければならない。韓国の進歩に連なるメディアや政治家、論客のうち相当数が新自由主義の問題にのみ執着し、分断問題を無視している。

実のところ、この社説の本当の意図は最後の部分に現れている。李石基に向かって辞めろと言っている。全ての道はローマに通ずではなく、全ての論難は李石基に対する辞職圧迫に通じていた。李石基は「内乱陰謀事件」裁判と統合進歩党解散審判を経て、当時起きたことを振り返る過程で大きな疑問を抱くようになった。統合進歩党の新党権派たち、進歩と保守のメディア、自称保守と進歩論客たち、セヌリ党と民主統合党の政治家たち、彼らは一斉に自分に国会議員を辞めろと叫んだ。選挙不正をしたのは自分ではないことが明らかになっても、「それでも辞めろ」と騒ぎ立てた。彼らが本当に望んでいたのは、自分の議員職辞退だったのか？

少なくともセヌリ党と政府、国家情報院と検察が本当に望んだのは、彼の議員職辞退ではなかったと思われる。なぜならば、自分が国会議員を辞めたならば、内乱陰謀から統合進歩党解散にいたるシナリオは成立しないためだ。彼らが本当に望んだのは統合進歩党所属国会議員の内乱陰謀であり、それは李石基でなければならなかった。それでこそ、統合進歩党を空中分解させるストーリーが出てくるのだ。

それならば、一年以上絶え間なく続いた李石基に対する辞職要求はなんだったのか？　統合進歩党新党権派勢力が望んだのは李石基なき統合進歩党の党権を握ることであったとしても、メディアの合唱はなんのためのものであったのか？

言葉遣いと語彙選択が不適切だと批判しうるだろうが

なによりそれは北朝鮮を対話の相手として認め、包容してこそ、平和的統一が可能だと考える政治勢力を無力化しようとする試みであった。その標的を李石基に定めたのである。保守系メディアと与党、さらに公安検察が呼吸を合わせたのである。「予備選不正」「従北合唱」「国庫詐欺」など様々な口実を掲げて世論化し、中央政治でアジェンダにし、国策捜査を進めるやり方で李石基を攻撃した。李石基は自分と統合進歩党に向けられた、その喧しい攻撃が二〇一二年末までは野党連帯による政権交替を妨害するためであったと考えた。

そしてそれは結局、「李石基内乱陰謀事件」有罪と統合進歩党解散を念頭に置いた長期的な布石であったことを悟った。「火のないところに煙はたたぬ」という俗談は誤りである。主人の代わりに他の誰かが火をつけて、ついに家を焼き尽くしたというのは、いくらでもありうる話だ。

しかし李石基の愛国歌発言はいろいろな面で慎重さを欠いたものであった。オフレコを前提にした食事の席での発言であったとしても、自分に対する国会議員適格問題が絶え間なく提起され、辞職圧迫を受けている状況で、そのような誤解を招く余地がある発言をする必要があったのか。制度圏の政治家になる準備が足りなかったとも言える。李石基は近い知人や後輩からも、言葉遣いや語彙の選択が不適切との指摘をしばしば受けていたという。こうした言語感覚と非大衆的情緒が、問題の五・一二講演に続いたと見る視角もある。そうだとしても、講演での発言は愛国歌発言と同様に、非難したり、攻撃したりする対象であったとしても、拘束し、処罰すべき司法の対象ではないだろう。

6　大韓民国国会議員李石基

来るのだ、もっと過酷な日々が。撤回されるまでは猶予された時が
水平線に見えてくる。

——インゲボルク・バッハマン・詩「猶予された時」の中から i

民主党とセヌリ党合意、李石基・金在姸を適格審査することに

「正義感に燃えた二〇代学生運動当時の気持ちで、国会で精一杯頑張る所存です」

李石基は、国会に初登院した所感を尋ねた記者にこのように語った。古い理念の枠やドグマに閉じこもるという意味ではなく、韓国政治の長い間のタブー、誰も触れることができなかった聖域である分断体制克服のための議員活動をする、という意味であった。それは、堅固な保守二大政党体制に挑戦するという意味でもあった。

あれほどに喧しい論難の渦中で、自分の党から除名をしてでも、国会議員職を奪うと脅かされているさ中に始まった国会議員生活であった。

国会議員李石基は国会に入って間もなく、「汝矣島《ヨイド》国会政治」に幻滅を感じなければならなかった。二〇一二年六月二九日、民主党の朴智元《パクチウォン》院内代表とセヌリ党の李漢久《イハング》院内代表が、李石基と金在姸の国会議員適格審査をすることに合意した。李石基は記者たちに会い、「汝矣島政治なんてそんなものかという懐疑を抱いた。他党の国会議員に対して適格審査するなんて話になりますか？セヌリ党のレッテル貼り攻勢に、朴智元が屈服したのではないかと思う」と抗議した。

李石基は、文化体育観光放送通信委員会（朴槿恵政権発足以後、政府組織法改正で未来創造科学放送通信委員会に変わった）の常任委員会所属委員として活動した。特別委員会では放送公正性特別委員会と南北関係発展特別委員会で活動した。李石基が属した常任委と特委の所管分野は放送、通信、科学、南北関係などである。

李石基は、二〇一二年八月二三日に開かれた文化体育観光放送通信委員会の全体会議に出席した。この日、李石基は李啓徹《イゲチョル》放送通信委員会委員長の答弁態度を見てあきれた。李啓徹は野党議員の質問に対して「所管事項ではない」「言うべき立場にない」など、誠意のない、不誠実な答弁で一貫していた。TVを通じてよく見てきた大韓民国公職者の姿であったが、国会議員になり、直接目の前でやられてみると、慨嘆に堪えなかった。

当時、MBC労組は「公正放送回復」と「金在哲《キムジェチョル》社長退陣」のため延々一七〇日間にわたるゼネスト闘争を暫定的に中断した状態であった。与野党が開院交渉をして金在哲社長退陣について共感を抱いているとの知らせを聞き、推移を見守るために取った措置であった。

〔訳注〕ｉ　日本語訳は中村朝子訳『インゲボルク・バッハマン全詩集』（青土社、二〇一一年）

誠意のない答弁

李石基は、李啓徹の誠意のない答弁態度を叱責して、質問を投げかけた。

李石基　ＭＢ（李明博）政権は世論を無視する不通（意思疎通ができない）政権だと、国民の怨声が高かった。委員長はどういうわけか政権とコードがぴったり符合しています。全ての質問に知らぬ、存ぜぬで一貫していますね。放通委員長がどんな問題にもよくご存じないとは。私は（事態を正確に知り）国民とよく疎通なさって欲しいという意味でＭＢＣゼネスト以後にどんなことが起きているのか、一つひとつお話ししようと思います。委員長はＭＢＣ組合員が一七〇日ぶりにゼネストを止めて、今全員が現場に復帰していることをご存じでしょう？

李啓徹　はい。

李石基　ところで、世間では金在哲社長のことを「報復屋」と呼んでいます。この言葉がどういう意味かご存じですか？　ご存じないでしょう？　私が説明いたします。この言葉は実に背筋が凍るような事実を示しています。第一に、金在哲社長はストを解き、ＭＢＣの正常化のため努力しようという組合員に対して、手当たり次第に報復人事を断行しました。どういうふうにしたかと言えば、報道部門二五名、時事教養局二名、アナウンサー四名、スポーツ制作チーム四名、この人たちを本来の専門性のある業務とはなんの関係もない、忠清地域に、京畿地域に、ひどくは報道部門の人材をドラマ制作局や、新社屋建設部門に送るといったでたらめな人事蛮行を犯しました。この数字が実に五四名で、スト過程で発生した懲戒者数は、停職や待機命令など九八名にもなります。実に一五二名が報復人事で処分されました。これをどのようにお考えですか？ これは事実です。こんなことでMBCを正常化できるのでしょうか？ 無茶苦茶な報復人事でMBCが正常化されるのでしょうか？ 放送通信委員長としてお答えください。

李啓徹 その放送社の人事問題について、私があれこれ言う立場ではないと思います。

李石基 委員長！ 放送通信委員長でしょう。監督権がある方なのでご自身の判断と意見を聞いているのに、答えられなければだめでしょう。

李啓徹 放送社社長の人事権に対して、私どもが監督しうる権限はありません。

李石基 これは、団体協約権二六条五項の人事原則も無視した違法な措置です。この条項によれば、「職種変更など主要な人事異動時には適材適所と機会均等、欲求充足の原則に従わねばならず」、その次にこれが重要なのですが「組合員の意見を参酌し、事前に労働組合に通報する」となっています。金在哲社長は一度も通報せず、スト復帰前日に一括処理しました。これが報復人事でなくてなんですか？ 報復人事ではないですか？ それだけお聞きしたいです。

李啓徹 報復かどうかは私が…。

李石基がいくら追及をしても、李啓徹は「報復だ、報復でない、を判定するのは私の所管ではない」「報復ではないと言う立場ではない」と言い逃れするだけだった。李石基は金在哲が報道制作局に監視カメラを設置しておいて、ストに積極的に参加していた記者たちをリアル・タイムで見ていた事実を指摘し、人権侵害ではないのかと問い詰めた。

李啓徹は、相変わらず「そのことは私が判断して話す必要がないと思います」と逃げ答弁をするだけだった。李石基は、李啓徹の「無所信、無責任、無能力」に対して、遺憾だと叱責したが、放送通信委員長李啓徹の答弁態度は少しも変わらなかった。

李石基は、国政監査初日の二〇一二年一〇月五日、金讃《キムチャン》文化財庁長に「米軍基地内文化財保護のための韓米間合意勧告」にもかかわらず、事前協議なく基地内の文化財を毀損した在韓米軍側に厳重に抗議することと、「呉山空軍基地内の樹齢八〇〇年になる銀杏の木」を天然記念物に指定することを求めた。

一〇月一九日には、ＰＳＹの「江南スタイル」がユーチューブを通じて公開されたことに関連して、国内業者のサーバー使用料問題を提起した。使用者が多くなるほど、通信コストがかさむ韓国のいびつで古い通信費構造によるサーバー使用料負担のために、ＭＮＣＡＳＴなど多くのコンテンツ業者がすでに倒産し、コンテンツ業者がユーチューブのような外国サーバーに向かう「コンテンツ亡命」現象が起きていると指摘した。放通委はコンテンツ産業の育成のためにも、海外サーバー接続料の原価を公開し、今の価格が合理的で正常であるのかを検証しなければならないと述べた。李石基はＩＣＴ強国という見かけに不釣り合いな現実を正確に診断した。

李石基は国政監査期間中、ＭＢＣ労組とＹＴＮ労組に対する会社側の弾圧に対して引き続き抗議し、李明博政権の言論掌握企図を批判した。「言論界の龍山がＭＢＣであれば、言論界の双龍自動車がＹＴＮ[ii]」という李石基の発言は、両放送社労働組合の立場を代弁したものである。

韓国観光公社の国政監査では、李参《イチャム》韓国観光公社社長の立場が民営化反対であることを確認した。民営化すれば、販売員をはじめとする五〇〇名程度の雇用問題が発生し、外国の名品ブランドに匹敵する国産ブランド育成と国内業者の成長力が失われ、空港がもつべき公共性という価値も揺らぐことになると指摘した。李参社長は関係部署にはっきりとした立場を開陳すると答弁した。

国会議員といっても、同じ国会議員ではない?

李明博政権は、韓国観光公社労働組合員の反対にもかかわらず、民営化を押しつけた。仁川空港公団が入札公告を強行した。李石基は企画財政部が押しつける「財閥集中」式の免税店入札を無効にし、民営化計画自体を白紙にするために党レベルの計画を積極的に提案して進める心算であった。

李石基は国政監査期間を経て、二つの重要なことを悟った。一つ目は大韓民国国会議員は本当になすべきことが多い重要な職責だということであり、二つ目は統合進歩党国会議員、その中でも李石基に対して与野保守政党の国会議員が極めて不愉快に感じているという点である。一七代国会で活動した李正姫が国会議員について述べた言葉の意味を正確に知ることになった。

〔訳注〕ii 「龍山」とは龍山惨事のこと。再開発事業が進められていたソウル市龍山区で立ち退き反対運動が起きていたが、二〇〇九年一月二〇日、警察による強制撤去中に火災が発生し、六名の死者と、二四名の負傷者を出す大惨事となった。「双龍自動車」とは双龍自動車争議のこと。二〇〇九年、双龍自動車は経営悪化を理由に全従業員の三七%にあたる二六四六名に解雇通知を発した。うち一六六六名は希望退職などにより退職したが、九八〇名は整理解雇された。それに対し労働組合は平澤工場でストライキを実施するなど、復職闘争を展開した。

国会には二種類の人がいる。同じ国会議員でも、国会議員である人と国会議員でない人に分かれる。二人は職位は同じであるが、身分は異なる。前者にとって国会は全てのことを保障される空間であるが、後者にとっては徹底して排除され、閉ざされた空間である。(1)

多数党である保守与野党の国会議員と、少数党である進歩政党の国会議員は、本質的に異なる二種類の人間だという話だ。議事堂内で李石基と出くわした国会議員たちは大体、気づまりな素振りをして、避けて通るのが常だった。時には先に握手を求める人もいたが、李石基は自分から先に握手を求めはしなかった。議員の中には李石基が発言する時、彼をきちんと見つめる人もいなかった。彼らは「ここはお前がいる場所ではない」と体で言っているようだった。まさに李石基は国会内で「仲間はずれ」だった。

李石基は、与野党議員が自分にどのように接するかを気にしないでおくことにした。李石基は実用主義者だった。彼はいつも「実事求是」をモットーにしていた。実際に役に立つものはなにか、実際に変化を引き出しうる部分はなにかを探し回った。そうすると、彼は一日二四時間では足りないほど忙しかった。少数者が自分の声を出すために、自分の持ち場を守るために集まる集会、座り込み、討論会場に要請があればできるだけ出席しようと努めた。

一八代大統領選挙で、統合進歩党は李正姫を候補に立てた。李石基は李正姫の選挙運動を助けた。李正姫は文在寅の当選のため支持宣言をして、最後に候補を辞退した。大統領選挙の結果は、朴槿恵の当選であった。大統領選挙の過程で起きた国家情報院職員のネット書き込み事件は、最初から朴槿恵政権の足を引っ張った。

大統領選挙TV討論に出て、李正姫が朴槿恵をこっぴどくやりこめたために、朴槿恵が李正姫と統合進歩党に報復するだろうとの噂も広まった。そうした噂が出た当初はあまりに幼稚で、荒唐無稽だと多くの人が笑い飛ばした。しかし、間もなくそれが笑い飛ばせる話ではないことを知った。

「黒髪の米国人」金宗壎入閣阻止

朴槿恵は、二〇一二年六月にすでに「国家観が疑わしい人は、国会から除名しなければならない」と述べて、李石基についてどのように考えているのかを明らかにしていた。朴槿恵が大統領に就任する前の二〇一三年二月、李石基は朴槿恵に致命的打撃を与えた。朴槿恵が未来創造科学部長官に内定した金宗壎《キムジョンフン》について、問題を提起したのである。

李石基は報道資料を通じて、未来創造科学部長官に内定した金宗壎候補者が二〇〇九年、米国CIA諮問委員会に参加していたことが確認されたと明らかにした。金宗壎は一九九九年CIAが設立したインキュテルの理事に就任して以来、二〇〇九年CIA諮問委員会に参加するなど、米国CIAと関連のある仕事をしつづけてきたことが確認された。李石基はこの報道資料で、朴槿恵は金宗壎に対する長官指名を撤回しなければならないと主張した。

〈原注〉1　民労党李正姫議員「平凡な人々の小さな幸福のために…」(『レディ京郷』二〇一〇年三月号)

李石基は、金宗壎のインタビュー内容を検討してみてあきれた。金宗壎が「祖国に忠誠を誓う」と言った時、彼が言う祖国は米国であった。大韓民国の国益を扱う核心部署の長官に、米国に忠誠を誓う人を就けるなどありえないことだった。李石基はフランツ・ファノンの言葉を引用して「この人は黒い髪の米国人だ」と言って、長官任命を撤回せよと要求した。

朴槿恵は、金宗壎に対する国民の憂慮と反発について「専門性が優れているので、なんら問題はない」といった態度に固執した。金宗壎は結局、世論に押されて辞退した。李石基は「今回のことは朴槿恵大統領の親米的で独裁的な思考がもたらした結果」と述べて、強く批判した。

金宗壎の入閣を阻止して一ヵ月余りしてから、セヌリ党と民主統合党指導部は、李石基と金在姸に対する国会議員適格審査案の発議に合意した。李石基は、二〇一三年三月二二日『ハンギョレ』他のインタビューで、両党の適格審査案発議に対しどのように思うかという記者の質問に対して「開いた口が塞がらず…一般常識ではこれは話に…流行語で言えば荒唐無稽な政治的報復…法的根拠もない…」と言って、あまりに腹が立ち、まともに言葉を続けることができなかった。

最初に党比例代表予備選挙の不正疑惑が提起されてから、一年近い時間が流れていた。党は割れて、統合進歩党は二〇万名の党員名簿を検察に奪われた。検察の捜査過程で党員はおびただしい被害を被った。二〇一二年一一月一五日、検察は捜査結果を発表したが、捜査の標的であった李石基と金在姸は起訴されなかった。検察捜査で国会議員適格審査の根拠であった選挙不正の嫌疑が消えても、セヌリ党と民主党は適格審査案を発議したのである。

二〇一二年、比例代表予備選不正事態が起きて、李石基側はメディアの激しい攻撃に苦しめられた。当時、李石基議員室では数ヵ月間続いたメディアの批判記事目録を作ったが、一万件を超えており、これ以上の調査は無意味と考えて放棄したほどである。事実関係を確かめようともせず、浴びせられる批判と主張が、統合進歩党に対する全面的弾圧へと続いた。

統合進歩党予備選不正事態に対する検察の捜査は、一種の暴力であった。約一八〇〇名を召喚調査し、四六二名を起訴する過程で、ガン闘病患者や乳児を抱えた母親まで手錠を掛けられて引っぱられて行った。検察捜査は真実かどうかを明らかにすることではなく、進歩勢力を弾圧するための口実に過ぎなかった。

目的は今回も「思想検証」と「従北攻勢」

与野党の遅まきの「国会議員適格審査案発議」は検察であれ、政府であれ、与野党国会議員であれ、「真実」かどうかには関心がないことを示していた。彼らの目的は今回も「思想検証」と「従北攻勢」であった。

李石基と金在姸は、国会で適格審査案が発議された後、議員たちにむけて一身上の弁明に出た。李石基は「今回の一九代国会が維新国会を自ら招いた恥辱的な歴史とならないように、先輩・同僚議員みなさんが防いでください」と語った。金在姸は「全党員の投票までみな覗きみたこの七ヵ月間の検察調査で明らかになった潔白でもまだ足りず、不正予備選と関連した議員という名札を、なおもぶら下げねばならないのですか?」と抗議した。

セヌリ党幹事である金泰欽《キムテフン》議員は、李石基と金在姸の発言が終わるとすぐ、壇上に駆け上がった。

北朝鮮の核挑発と安保危機の状況で露骨に北朝鮮の肩を持っている統合進歩党の姿を見て、二人の議員の発言に同意することができず、この場に立ちました。ヒトラー・ナチ党はドイツで少数過激集団に過ぎなかったが、大衆の不満を助長し、第二次世界大戦を起こしました。わが国会に金正恩と北朝鮮に公然と味方する勢力がいます。それがまさに統合進歩党です。統合進歩党の姿を見れば、神聖な国会議事堂でともに国政を論議しうる大韓民国の政党人であるのか、疑わしいです。統合進歩党は北朝鮮の三次核実験当時にも北朝鮮に対する制裁に反対し、中国も賛成した国連安保理決議に対し憂慮を表しました。朝鮮労働党代弁人のような主張をする政党に血税二七億ウォン、今年一分期にも七億ウォンを支援しました。与野党を超えて国会の責任を痛感しなければなりません。大韓民国憲法八条によれば「政党の目的や活動が民主的基本秩序に違背する時には政府は憲法裁判所に解散を提訴することができ、その政党は憲裁の審判により解散される」と明示されています。国家安保を脅かす統合進歩党の従北的な態度が今すぐに中断されなければ、国会は政府に統合進歩党に対する政党解散審判請求を要請しなければなりません。

金泰欽の発言は、その当時は強い調子の政治攻撃とだけ見えた。しかしそれは二〇一二年の予備選不正事態より始まった「火起こし」の一環であり、将来、統合進歩党解散を請求するための布石であった。

統合反対派の主張

統合進歩党に対する検察の過剰捜査と政界の攻勢が続き、党内では党の統合自体が誤りであったのではないかと疑う人たちがいた。しかし、李石基はひたすら「大衆的進歩政党」路線そのものは正しかった、と主張した。進歩政党一二年の歴史で創立以来、ただの一度も超えることができなかった首都圏を突破し、民主党三〇年の牙城である湖南では一対一の候補対決で勝利した。院内第三党として一九代国会に進入したのは統合しなければ得られなかった成果だ。交渉団体組織の達成いかんを別にすれば、韓国政治の構図を根本的に揺るがせる歴史的選挙であったというのが彼の主張だった。

李石基は、「統合自体が誤りであったという意見はそれだけ昨年の犠牲と傷が大きかったためであるが、大衆的進歩政党路線は依然として党の戦略的路線である。先の選挙結果が物語るように、大衆的進歩政党は韓国社会で進歩政党が政権樹立に向かうための唯一の自己発展経路だ」と一貫して主張した。

大衆的進歩政党路線。李石基の言葉どおり、それは今、韓国社会で進歩政党が政権樹立に向かうための唯一の発展経路になりうるのか？ 統合に反対していた民主労働党の人々は選挙でそれだけの成果を出しても、その果実を摘みとることができないまま、傷と犠牲を抱えこむことになった原因から分析してみなければならないと言う。既存のヘゲモニーと妥協して、政権樹立に成功しえた金大中政権と盧武鉉政権が当初の改革意志を失い、保守化した理由について考えてみなければならないというのである。

国民参与党は、地域を動員して、反北性向の有権者の支持を得ている保守野党の性格を帯びた政党である。国民参与党が民主労働党の対案的理念と政策ビジョンを共有しえない政党であったことは、彼らの「従北剔抉」と「党権」に対する執着からはっきりとわかる。大衆的進歩政党という名の下に、国民参与党と進歩新党脱党派との同居を通して性急に政権樹立を夢見るよりは、自分たちが追求する進歩的価値の鮮明性を守りながら、国民を説得していくのが正しいというのが反対派の主張であった。彼らはアイデンティティーが異なる集団同士の同居により党が保守化し、葛藤を経ることになることを憂慮した。

李石基は、当時の状況を、統合進歩党に対する相次ぐ攻勢と弾圧として認識した。支配構造の根本を揺るがす、新たな勢力の登場に対する恐怖のためである、という彼の診断は正確であった。しかし、その攻勢が自分に対する内乱陰謀罪と統合進歩党解散にまで至るとは、まだ想像さえできなかった。さらに最初にその原因を提供したのは、大衆的進歩政党路線で手を取り合った内部の敵であった。

二〇一三年三月と四月、朝鮮半島は戦雲が立ち込める危機状況を迎えていた。しかし、政府とマスコミは、国民に正確な情報を提供しなかった。李石基は二〇一三年四月初め、『進歩政治』誌とのインタビューで朝鮮半島の危機状況について話した。そしてその時の状況認識が一ヵ月後、運命の五・一二講演に発展するのである。

今、朝鮮戦争以後で、戦争可能性が最高潮に達している状況だ。状況がそうでも国民の危機意識は高くない。マスコミが危機状況をきちんと報道しないためだ。米軍がＢ２爆撃機とＢ52戦略爆撃機、最新鋭戦闘機Ｆ22ラプター、原子力潜水艦など攻撃兵器を総動員している。全て核を装着しうる兵器だ。こうした状況が国民にきちんと伝達されていない。一例として去る一九九四年当時、戦争一歩直前まで行ったが、国民は知らなかった。クリントン政権だったその頃、米国は北の寧辺核施設を爆破しようとした。カーター前大統領が特使として北を訪問して問題を解決できなかったら、全面戦に至っていただろう。進歩党のみが現情勢を正確に見ている。民族の生存と平和の声、それを超えて民族の新しい段階を切り開いて行くために積極的で、全面的な活動をする政党は今、私たちだけだ。

7　燃え上がるキャンドル

これが国か。
――二〇一三年ポータルサイト：政治ニュースで最も多かった書き込みの一つ

キャンドルで燃え上がる国家情報院不正選挙糾弾

午後七時近くなり、ソウル市庁前広場にはキャンドルがしだいに増え、広場を半分以上埋めた。キャンドルが灯った広場の様子は遠くから見れば、祝祭でも開かれているように、浮き立ち、美しく見えた。しかし広場に集まった市民らの胸は張り裂けんばかりにもどかしかった。知った顔に会うと、心の中の鬱憤と憤怒をぶちまけ始めた。ある人が話を切りだすと、周囲の人たちがみな一言ずつ口を挟んだ。

「聴聞会を見たが、あまりにも腹が立って、TVをパッと消してしまったよ！　あの厚かましい顔は見るに耐えないよ」

「これまで聴聞会に出た人たちは、せめて自分が悪かったという素振りでもしたものだが、これはなんだ。宣誓できないと、傲慢にふんぞり返って、言いたい放題なんだから…アイゴ。血圧が上がる！」

「全斗煥や盧泰愚よりもっと図々しいんじゃないか？」

「セヌリ党国会議員たちは、元世勲《ウォンセフン》と金用判《キムヨンパン》の弁護士として出てきたのか？　弁明する機会を与えようと躍起だよ。見苦しいったら」

「詐欺集団です。自分たちに権力があるのに、お前らがどうしようというのだ？　と言って、あからさまに国民を無視しているのだから」

「あからさまに無視しているのは、そのとおりだ。良心もなく、恥ずかしいとも思わないのです」

「これまで明らかになった国家情報院のネット書き込みと、警察捜査官の対話が映っている防犯カメラの映像のような具体的な証拠が出ても、言い逃れするなんて話になりますか？」

「その場しのぎもいいところだ。特別検察をしなければなりません」

「そのとおりです。聴聞会なんてムダだ。特検をしなければ」

小学校五年生の娘と、二年生の息子を連れてキャンドル集会に来たある三〇代主婦は、取材記者に「子どもたちも、なにが正しくて、なにが間違っているのかを知らなければならないじゃないですか。それで連れてきたのです。キャンドル集会の記事も見せて、不条理なことを見て、逃げないで立ち向かわねばならないことを教える必要があると思います」と語った。

国民が面と向かって侮辱されているのに、どうしてこれだけの人しか集まらなかったのかと不満も吐露した。八時になり、夜も暮れ始めると、より多くの人たちが集まってきた。広場は熱気でむせ返っていた。キャンドル集会は今や、この国の政治が解決できない葛藤を表出しうる唯一のはけ口になった。

統合進歩党も、キャンドル集会に必ず出席した。党所属国会議員たちも順番に座り込んだ。この日は金在姸議員が出て発言をした。

「政府は去る八・一五の時、国家情報院事態の解決を要求し、デモをした市民を連行しました。青瓦台が燃えたぎる民心を無視しつづければ、怒れる市民のデモを止めることはできなくなるでしょう。朴大統領は市民の憤怒を無視してはいけません」

市民は、参加者の発言と歌、国家情報院事態関連の映像を見ながら座り込んだ。午後九時を回り、広場は足の踏み場もないほどぎっしりと埋まった。市民は立ち上がり、一緒に歌を歌い、スローガンを叫んだ。市民は互いに汗ばんだ肩をぶつけながら、一人ではないことに慰めを感じとっていた。ソウル広場の向かい側、国家人権委員会前で保守団体が集会を開き、拡声器をいくつもぶら下げて大声を上げていた。

「キャンドル・ゾンビは出て行け！　大韓民国は我々が守る！」

キャンドルはますます増えていったが、朴槿恵政権とセヌリ党は反省したり、責任をとったりしようとする姿勢を見せなかった。彼らは、二〇一二年大統領選挙の時から使い古した、盧武鉉前大統領に対する攻撃で国家情報院の大統領選挙介入論難を鎮めようとした。盧武鉉がＮＬＬ放棄発言をしたというデマを再び始めたかと思えば、結局、「二〇〇七年南北首脳会談対話録の公開」を要求するに至った。

二〇〇七年首脳会談対話録の公開は甚大な国紀紊乱行為

李石基は、二〇一三年七月二日、国会本会議で「二〇〇七年南北首脳会談対話録公開」提出要求案に対する反対討論に出た。李石基は南北関係が与野政争の手段に転落してはならないという切迫した気持ちで立ち、この要求案を否決しなければならないと力説した。反対事由の要旨は以下のとおりである。

第一に、本案件は国家情報院の選挙介入で起きた前代未聞の事態が本質であるのに、国民的関心と真相究明の世論をよそに振り向け、本質を隠蔽する深刻な憂慮があります。

第二に、本案件は南北首脳会談会議録と録音記録一切を公開せよというもので、南北関係を決して政争と政略の道具にしてはなりません。

第三に、最近、南在俊《ナムジェジュン》国家情報院長のNLL発言録公開は甚大な国紀紊乱行為です。政権の安危のために「剖棺斬屍」（死後に大罪が暴かれた人に極刑を下して、棺を掘り出して執行すること）もはばかることなく、恣行するのがはたして正常であるのか、問わないわけには参りません。

第四に、与野が合意後、本案件を提出したのは国論分裂に終止符を打つためだと言いました。しかし極めて遺憾ながら、本案件が上程されたこと自体ですでに新しい分裂と論難が一波万波で大きくなっています。一体、二〇〇七年南北首脳会談会議録と国論分裂にどんな関連があるとい

〔訳注〕ｉ　ＮＬＬ（西海北方限界線）：朝鮮戦争後に設定された海上の軍事境界線。

うのですか？

しかし、李石基の懇切な呼びかけにもかかわらず、与野党は対話録公開に合意した。この論難は一八代大統領選挙を前にした二〇一二年一〇月、鄭文憲《チョンムンホン》セヌリ党議員が統一部国政監査で「盧武鉉・金正日秘密対話録」があると主張して始まった。「盧前大統領が二〇〇七年一〇月南北首脳会談の時、金正日委員長に北方限界線のために頭が痛い。南側は将来、北方限界線を主張することはなく、共同漁（業圏内）で活動をすれば、北方限界線問題は自然に消えるであろうと約束した」というものだ。

二〇〇七年当時、首脳会談に随行した李在禎《イジェジョン》前統一部長官、金萬福《キムマンブク》前国家情報院長、白鍾天《ペクジョンチョン》前青瓦台安保室長らは記者会見を開き、「単独会談も秘密合意もなく、秘密録音記録も存在しない」と反駁した。

金武星《キムムソン》は選挙期間中、盧武鉉のNLL放棄発言絡みのデマを拡散し、悪用した。二〇一三年七月にキャンドル政局が深刻になると、セヌリ党は再びこの問題を引っぱりだした。与野党は結局、対話録公開に合意し、国会議員が大統領記録館に保管された会議録原本を閲覧することにした。ところが会議録原本を探すことができず、セヌリ党は「史草失踪」（歴史を記録した文書の紛失）として、再び攻勢に出た。

セヌリ党は史草が廃棄されたり、隠匿されたりする可能性があるとして、検察に白鍾天前青瓦台統一外交安保政策室長と趙明均《チョミョンギュン》前青瓦台安保政策秘書官を告発した。検察は二人を大統領記録物管理法違反などの嫌疑で在宅起訴した。

二〇一五年二月六日ソウル中央地検刑事三〇部（裁判長李東根）は、白鍾天と趙明均に無罪を宣告した。当時、崔炅煥《チェギョンファン》セヌリ党院内代表はもちろん、朴槿恵大統領まで出て、「史草廃棄」に関与した人物は政治的、道義的責任を取らなければならないと声を高めていた。

裁判所は、録音ファイルを文章で起こした録音記録の草本は完成本のために作ったものであり、完成本を作っても、草本をそのままにすれば秘密流出の危険もあり、草本は廃棄するのがよいと判断した。草本削除は違法でないだけでなく、完成本が出た状態で草本削除はむしろ当然であるという、参与政府（盧武鉉政権）側の主張が正しいと判断したのである。

結局、「史草失踪」論難は政略的攻勢であり、検察もまた政権に気に入る国策捜査をしたことが明らかになった。今や、当時の参与政府側人士に責任を取れと要求したセヌリ党と朴槿恵政権が、責任を取らねばならない時である。

キャンドル集会と「定速走行」

与野党が、南北首脳会談（対話録の）公開をめぐる攻防をしていた二〇一三年七月と八月にも、キャンドルは灯りつづけた。しかしキャンドル集会は一九八七年六月抗争の時のようなエネルギーを発散できないまま、集まっては散り、集まっては散りを繰り返すだけだった。野党は市民の憤怒を与党と政府の降伏宣言に引っぱっていく能力がなく、キャンドルを持って集まった市民たちは求心点を探せないまま、さまよった。

青瓦台に行こうという市民の喊声に、警察は放水車で応えた。冷たい水を浴びせられたまま、消えたキャンドルを持って、家路についた市民は裏通りの飲み屋に集まり、やり場のない鬱憤を吐きだした。運動の動力は実質的な社会の変化を引きだすことができなかった。キャンドル集会に参加していたキム・イルソク詩人は詩集『チョッカラ・マイシン』(出版社・サンチニ、二〇一四年)でこうした様子を自分の古い自動車になぞらえて「定速走行」と表現した。

定速走行
アクセル踏んでも思い通りに走らない
地球一四周走った俺の車
定速走行だけするポンコツ
平等とは何で、革命とはまた何か

数曲の歌、スローガンと演説
数回の喊声とキャンドル
打ち上げに騒々しい飲み屋の風景
煮えたホルモン鍋に沸き立つ敗北の波
かき混ぜるスプーンの虚無さえ定速だ

これ以上怒りをなだめてくれない
年老いた広場、畜生。

燃える時代は終わったのか？
熾烈に疾走するのは終わりなのかと？

市庁広場で国家情報院の大統領選挙介入を糾弾する集会が連日開かれていた頃、李石基は直接キャンドル集会に出席することもしたが、夜更けまで議員室に残り、仕事をすることが多かった。夕食をとってから、ニュースの時間になればTVをつけて少しばかりニュースを見た。SBSの八時のニュースを見て、KBSの九時のニュースを見るという具合だった。二〇一三年八月の最大のイシューは国政調査特別委員会の聴聞会のニュースと、国家情報院の大統領選挙介入に抗議する国民のキャンドル集会だった。地上波放送は形式的にキャンドル集会について報道し、総編放送はキャンドル集会のニュースをほとんど報道しないか、保守団体のキャンドル反対集会に比重を置いて報道するといった偏向報道に専念していた。

野党の民主党は市民の自発的な集会に乗じて、「国家情報院改革」を要求する攻勢に出た。セヌリ党は場外闘争を広げる野党を「旧態政治」と責め立てた。金用判と元世勲が聴聞会の証人宣誓を拒否したことで、国民の憤怒がいっそう高まった八月一七日の集会でも民主党は宣誓拒否を「対国民宣戦布告」だと声を高め、セヌリ党は「街頭で人を集める客引き政治を中断せよ」と迎え撃った。地上波放送の三社はキャンドル集会を報道して、与野党の立場を交替で伝えた。「中立」を守るかのような報道姿勢だった。しかし数百名規模で始まったキャンドル集会が、なぜ四万名余りまで増えたのか、その理由については口を閉ざしていた。

李石基は、前ソウル地方警察庁長金用判と前国家情報院長元世勲が国会聴聞会に出席し、証人宣誓を拒否する場面を見守ることになった時、自分の目と耳を信じることができなかった。金用判と元世勲は先の大統領選挙に関与したとの理由で起訴され、裁判を受けていた。八月一六日、国会聴聞会に出席した二人は、今進行中の裁判に悪い影響を与えかねないので、証人宣誓できない、と瞬き一つせずに言った。国会議員の質問にも、検察が起訴した嫌疑は全く認められないと対抗した。TVで聴聞会を見守っていた国民は、その厚かましさに歯ぎしりした。この部分についてもTVは国民の反応をきちんと反映せず、「中立」を装った縮小報道に専念した。

放送公正性の前提条件は、解雇言論人問題の解決

放送公正性特別委員会で活動していた李石基は、放送の公正性を確立することがなによりも重要だと実感していた。それで特委活動により力を入れるようになった。八月一三日に開かれた放送公正性特委の全体会議で、李石基は「放送公正性の前提条件は解雇言論人問題の解決だ。九月三〇日までの定められた特委活動期間内に、一つでも解決しなければならない」と強調した。

かつて八〇年五月に光州MBCが燃えて、八六年にはKBS受信料拒否運動が全国に広がりました。しかし八七年六月民主抗争以後、放送が今ほど崩れたことはなかったと思います。与野党を問わず、これは極めて重要な問題ですので、このまま行くと、朴槿恵政権前半期の最大の社会的葛藤イシューが放送問題になるのではないかと憂慮されます。まず公営放送の問題は結局、

コーポレート・ガバナンスの問題、編成権独立と公正性の問題に由来するものであるゆえ、李明博政権の放送掌握の傷を治癒し、賢明な対案を作るべき特委が最低限の成果もなく終了するならば、より大きな国民の憤怒と批判を免れないと思います。

李石基は、放送公正性特委の活動期間内に解雇言論人の復職問題を解決して、彼らが放送局に戻れるようにしようと、最大限の努力をした。

放送公正性特委では、公営放送のガバナンス改編のための公聴会が予定されていた。李石基は、公聴会で質疑し討論する内容を準備しようと、寝るのも惜しんで仕事をした。ＫＢＳの受信料引上げに反対する討論会にも、出席する予定だった。

李石基は、二〇一三年六月二〇日に「総編特恵回収法」を代表発議した。総編は五・一八光州抗争の歴史を歪曲する放送など、偏向性と歪曲報道で社会的論難が絶えることがなかった。所有と編成、広告・義務配信など、総編に付与された一切の特恵を回収する一方で、二〇一四年に予定されていた総編再承認の審査基準に、放送審議に伴う制裁措置などを反映し、歪曲されたメディアの実情を正常化し、言論の民主化を実現するためのものであった。

放送通信委員会で出された「総編再承認放通委草案」は、その内容が極めていいかげんで不十分だった。そのため八月一二日には、「総編再承認放通委草案」に対する緊急討論会を開催した。討論会を主催した李石基は、「国家情報院による大統領選挙介入という前例のない国紀紊乱事件は民主主義を蹂躙した犯罪行為だ。それにもかかわらず、朴槿恵大統領は沈黙し、放送もまた国民的憤怒を無視している。民主主義とメディアの関係がどれほど重要であるかを知っているだけに、今回の討論会で意味ある結果が出ることを望む」と語った。
討論会出席者は、事実上総編を条件付きで再承認するプロジェクトがすでに進行中ではないかと疑いながら、非計量評価中心の放通委草案では客観的審査が不可能で、株主変更など承認審査当時に放通委が目を伏せた部分を徹底的に反映して、公正な審査がなされなければならないという意見を出した。

屈辱的対米関係を批判した唯一の政治勢力

李石基は、放送公正性特委の活動をしながらも、分断問題と統一問題、そしてそれと直結した対米関係改善のための活動にも参加した。第九次韓米防衛費分担金特別協定交渉に対する論評を出した。

防衛費分担金の韓国交渉団は、米軍の未使用額一兆二〇〇〇億ウォンに対して米軍当局に責任を問い、これを交渉に反映しなければならないにもかかわらず、米軍側がすぐに執行するはずだという代理弁明に終始した。李石基は、七月二六日に再び論評し、国益のための交渉をせずに、米国の立場だけを代弁する交渉団は即刻交替せよと要求した。

不平等で屈辱的な対米関係を突く李石基のこうした論評と主張は、政府の立場からは極めて目障りなものであった。統合進歩党は、保守勢力がタブーと考える米国に対する批判の声をはばかることなく上げる唯一の集団である。李石基が国会議員の身分で出した公式的な論評と発言はあえて無視するとしても、目の上の瘤のようにならざるをえなかった。

李石基は、七月二五日には「停戦六〇年、朝鮮半島平和協定締結のための国際平和シンポジウム」の海外参加者団が参加した統合進歩党指導部懇談会に出席した。この席でも「分断は一時的で、統一は必然的だ」と述べ、米朝対話をしようとしない米国の態度を批判した。

米国の民衆は美しいです。しかし米国の支配勢力はそうではありません。他国を侵略し、他の民族を略奪する帝国主義的暴力を数十年間犯しています。これがわが進歩党の認識です。それで朝鮮半島の平和統一を実現するために最も主たる問題が、まさに米国であると見ています。韓国社会の根本問題である米国問題を提起した唯一の政党が、進歩党です。韓国の支配勢力はこの点を恐れたのです。そのため集中的に弾圧しました。…停戦は戦争を一時的に中断するものです。わが国は、戦争の一時中断状態で六〇年間を過ごしてきた世界で唯一の国です。このように奇形的な停戦六〇年をもう終えようというのが、今、わが民族の最も切迫した要求です。

従って米朝間の対話は必然的です。米朝対話もよく、四者会談もよいです。速やかに対話局面が開かれ、南北和解協力の新たな転換期になるよう、みなさんがともに力を尽くしてくださるよう望みます。ミシェル・チョスドフスキー教授は、統合進歩党の人たちはなぜいつも笑っているのかと尋ねられました。分断は一時的で、統一は必然的なためです。統一は遠くないと、進歩党は確信しています。それで、昨年の弾圧も明るく笑顔で勝ちぬきました。これが進歩党です。

李石基はこの時はまだ、弾圧を勝ちぬいたと思っていたが、それは前哨戦にすぎず、本格的な弾圧はまだ始まりもしていなかったことを知るよしもなかった。

8 逮捕

私に一筆だけ与えよ。そうすれば、誰であれ犯罪者に仕立ててみせる。

——ヨーゼフ・ゲッベルス（ナチ政権の扇動者）

白色テロの恐怖「次は刀を用意しよう」

二〇一三年八月に入り、李石基は会期中の国会の忙しい日程とキャンドル集会出席をはじめとする対外活動のために慌しい時間を過ごしていた。そのさ中に、ロシアに行くことになった。八月二二日に、ロシアのヤスニ打ち上げ場で多目的実用衛星アリラン五号が発射される予定であった。「未来創造科学放送通信委員会」所属国会議員四名が、参観人として選ばれた。セヌリ党二名、民主党一名の議員とともに統合進歩党からは李石基議員が行くことになった。参観団は八月一九日に出発し、八月二五日に帰国した。

ロシアから戻ってすぐ、翌日に控えたCNC裁判の準備をした。最初の公判期日が八月二六日に定められていた。李石基が代表であったCNコミュニケーションズが、選挙広報にさいして詐欺と横領をしたとの容疑で起訴された状態だった。一年前に事務室を家宅捜索され、社員とともに起訴された。李石基は初公判期日に出廷し、冒頭陳述を通してCNCの業務に対する検察の主張は事実ではないと釈明した。

一年ほど前の二〇一二年九月二八日に、CNC事件に対する検察の召喚調査があった。この日、いわゆる「保守団体」の幹部たちが、李石基に卵を投げつけて騒ぎとなった。その日の昼に、この団体の幹部たちは「この程度ですまさず、今度はきっちりカタをつけよう」「次は刀を用意しよう」という趣旨の話をして、今後のテロを謀議した。彼らのやりとりが生々しく撮影された動画を、誰かが李石基議員室に送り、この事実を通報した。そうしたことがあったので、CNC公判が始まると、李石基はひどく緊張せざるをえなかった。李石基は白色テロを念頭に置いて、周辺の状況の変化に神経を尖らせていた。

二〇一三年八月二八日。

李石基は、麻浦《マポ》トゥラペリス前に到着した。秘書官のRが彼の乗用車を運転していた。いつものように、午前七時少し前だった。李石基は、国会に出勤する前にこのオフィステル（オフィス＋ホテルの意味の造語）に寄り、着替えることにしていた。李石基が使っている部屋は、三㎡ほどの小さなオフィステルだ。

李石基はエレベータに乗り、オフィステルがある九階に上がった。エレベータから降りて、自分の部屋がある廊下を見た。体格ががっしりとした男たちが数人、彼のオフィステルのドアの前でたむろしていた。男たちは、ドアをこじ開けるための道具を手にしていた。李石基は白色テロではないかと疑い、一旦、その場は立ち去ることにした。なにをしているのかがわかれば、対策も立てられるのではないか？　李石基は静かにオフィステルを離れた。

国家情報院捜査官たちは、この日の午前六時五〇分頃にだれもいない麻浦のオフィステルに踏み込んだ。管理人にドアを開けるように求めることもせず、大きなクギを抜く時に使うバールを用いて、ドアを壊して入った。いわゆる「バール検挙」である。

靴箱の上に置かれていたショッピングバッグの中にあった現金の束を取り出して、確認しながら「なんで現金がこんなにたくさんあるんだ？　これは工作資金ではないのか？　お、ここにドルもある。よく見てみろ。これはどこの国の金だかわかるか？」と大声を出した。

「これを見ろ！　これはロシアの金だ、ルーブルじゃないか」

捜査官の一人は、李石基が二五日にロシアから戻って両替して使い残した金を取りだし、振り回しながら言った。残りの大部分の金は、李石基が所有している建物の賃貸保証料を返すために用意した金だった。

捜査官たちはその金を見ながら、なにやらささやいた。国家情報院捜査官が勝手に押収した金は、「北朝鮮から受け取った工作資金」に化けて、新聞に大見出しで載った。

内乱陰謀嫌疑で家宅捜索開始

このオフィステルは、補佐官李俊瀧《イジュノ》の名義で賃借したものであるが、国家情報院捜査官たちは七時四六分になってようやく、李俊澔に家宅捜索について通知した。彼がオフィステル現場に到着したのは八時二〇分だった。その時は国家情報院の捜査官がすでに証拠物捜索をほとんど終えた後だった。李俊澔はひっくり返されたオフィステルを見て、あきれ返り、捜査官に抗議した。

「これは明白な違法行為ではないですか？　被疑者や弁護士に令状の提示もなく、家宅捜索することを通知しないまま、家宅捜索することができるのですか？　刑事訴訟法に明示された事前令状提示規定に違反しており、被疑者の立会権をはく奪したものです。今、押収した証拠物は全て違法収集証拠であることがわかっているのでしょう？」

「なんと。弁護士さんがいらっしゃったのだな。あなたは議員補佐官ではなく、弁護士ですか？」

抗議する李俊澔に捜査官の一人が余裕ありげな笑みを浮かべて、ねちねちとした態度をとった。

「李俊澔さんは法学部なんだ。卒業はできなかったけれど…」

ほかの捜査官が息せき切っている李俊澔を一瞥しながら、同僚に向かって大声で言った。事実だった。李俊澔は弁護士になろうと法学部に入ったが、学生運動をして、学校をやめ、労働現場に行った経歴があった。捜査官は「お前のことは、すでに腹の中までお見通しなんだ」と警告しているかのようだった。

「このオフィステルを借りたのは私です。ここにある物はほとんど私のもので、議員とは関係のないものなので、やみくもにこんなふうに持って行ってはだめです」

李俊澔が強く抗議したが、捜査官は聞こうともせずに、ノートやメモ用紙などをすっかりかき集めた。そうしてから、李俊澔に家宅捜索令状をもう一度見せて、身体捜索をすると言った。

李石基のポケットの中で、携帯電話がブーンと振動した。

「議員、今どこにいらっしゃいますか?」李俊澔が慌てた声で尋ねた。

「オフィステルの雰囲気が変なので、入らずに、外にいる。なにが起きたんだ?」

「国家情報院が、オフィステルに家宅捜索に入ってきました」李俊澔が言った。

李俊澔の家は安山である。この頃は、安山から国会にある議員室によく出勤していた。李俊澔は李石基の補佐官になり、国会に入る前はCNCで勤務していた。

「理由は何だ? 家宅捜索令状を確認したんじゃないのか?」

「それがあまりに荒唐無稽なので…内乱陰謀罪だということです」

「なに? 内乱陰謀?」李石基の声が大きくなった。

「見間違いじゃないのか? 国家保安法違反ならまだしも、内乱だなんて?」

「そうなんです。私もなにがなんだかわかりません」李俊澔が当惑した声で言った。

「とにかくわかった。君はそっちが終わったら早く議員室に行って。議員室を番している人はいるんだろう?」

「連絡がつき次第、みんなに知らせているところです」

李石基の自宅マンションでは、李石基の兄が急に押し入って来た捜査官を相手に脂汗をかいていた。

「私はこの家の住人ではないです。弟の家に少し立ち寄ったのです。なんのことかわかりませんが、家の主人がいる時にすべきではないんですか?」

捜査官たちは彼の言葉が聞こえないふりをしながら、勝手に家の中をあら探しした。壁にかかった額の字の「以民為天」という文句を指しながら、「あれ金日成の座右の銘じゃないか?」と言ったりもした。『史記』を書いた司馬遷の言葉で、世宗大王も好んで書いたという「以民為天」が、李石基にはタブーとなった。

この日、国家情報院捜査官たちが家宅捜索をしながら話したことはすぐに新聞記事になり、全ての紙面を飾ることになった。

刑事訴訟法には、被疑者本人の住居地に対する家宅捜索令状を執行する時、本人が家にいなければ、地方公共団体の職員が立ち会うよう規定している。国家情報院捜査官は警察官を連れて来て、自宅マンションを漁った。これも明白に違法行為である。

この日、国家情報院は李石基議員室をはじめ一八ヵ所を家宅捜索し、洪珣碩《ホンスンソク》・統合進歩党京畿道党委員会副委員長、李尚浩《イサンホ》・水原市社会的企業支援センター長、韓同謹《ハンドングン》・水原医療福祉社会的協同組合理事長らを逮捕した。

八月二九日、国家情報院は内乱陰謀・国家保安法違反嫌疑で、李石基ら四名に対する事前拘束令状を申請した。翌三〇日には、水原地方法院が洪珣碩ら三名に対する拘束令状を発付し、水原地方検察庁は国会に李石基議員に対する逮捕同意要求書を提出した。

国家情報院が提供した『韓国日報』の「録音記録単独入手」報道

国家情報院の家宅捜索が始まった八月二八日、李石基はこの事件がなぜ起きたのか、さっぱりわからずもどかしかった。いくら頭の中であれこれ考えても、皆目見当もつかなかった。翌日の八月二九日、『韓国日報』の「録音記録単独入手」報道を見てから、去る五月に京畿道党委員会委員長の要請で党員に講演した内容のためであることを知った。

「録音記録単独入手」「農産物産地直売所を借りて…核心一〇名等一三〇名出席。去る五月一二日、ソウル麻浦区合井洞《ハプチョンドン》M修道士会教育館地下講堂でなされた地下革命組織（RO）の会合は、国家情報院にROの内乱陰謀容疑に対し確信をもたせた決定的な証拠であった。

――『韓国日報』二〇一三・八・二九

記事にはROという地下革命組織があり、李石基がその組織の総責任者であり、その日集まった一三〇名の党員が地下革命組織のメンバーであると書いてあった。李石基はその日の講演についての録音記録があるという報道に面食らった。党員の前でした講演なのに、誰が講演を録音していたというのか？　その日出席していた党員の一人が、同志を告発したことが信じられなかった。講演をして三ヵ月以上も過ぎていたので、その日なにを話したのか、正確に思いだせなかった。しかし「内乱陰謀罪」が成立するような発言をしていないことだけは確かだった。しかし、新聞と放送は口をそろえて、講演の内容は「戦争を煽り、暴力を助長する危険な」ものであったと報道した。

「録音記録単独報道」「鉄道を統制する場所、これを破壊するのが最も効果的な方法だ」（李尚浩京畿進歩連帯顧問）

「録音記録単独報道」「海外資金策、ユーロ貨をROに革命資金として送金」

「録音記録単独報道」李石基「戦争準備しよう…軍事的体系よく整えよ」

「録音記録単独報道」公安当局の地下革命組織(Revolution Organization RO)捜査は李石基統合進歩党議員ら主要関連者の内乱陰謀容疑立証、いわゆる「革命資金」の出処・用途を明らかにする三つのラインでなされている。

「録音記録単独報道」暴動計画状況相当数…国家情報院は自信。

「録音記録単独報道」「苦難を覚悟せよ。第二の苦難の行軍を覚悟しなければならない。来る戦争を正面から受け止めよう。始まった戦争は終わらせよう。戦争を準備しよう。本当に終わらせよう」

「録音記録単独報道」統合進歩党は三〇日、公開された地下革命組織の秘密会合録音記録を「ねつ造レベルで深刻に歪曲された」として強く反発した。しかし、どのように歪曲されたのか、根拠を出すことはできなかった。陳重権ら進歩論客は「内乱陰謀というよりは伝道集会」「ドン・キホーテのレベル」と批判した。


――『韓国日報』二〇一三・八・二九~三〇

『韓国日報』は九月二日と三日に、「RO会合」録音記録全文を新聞紙面とインターネット版『韓国日報』を通じて報道した。他の新聞も、尻馬に乗って憶測記事を書き立てた。李石基と出席者は録音記録を確認してみることもできず、自分がなにを言ったのか、正確に覚えてもいなかった。しかし、報道内容が歪曲されているということはわかった。

国家情報院は二八日、二九日、三〇日の三日間にわたり、毎日、一〇〇余名の国家情報院捜査官を動員して、国会議員会館の李石基議員室を家宅捜索した。李石基は二九日より国会に出て、補佐官と同僚議員とともに議員室を守った。八月三〇日には国会で記者会見を開き、「内乱陰謀だとか、反国家団体同調だとかいう国家情報院のねつ造と謀略に対しては一歩も退くことなく、最後まで闘います」と述べた。

捜査が始まり、録音記録の内容が報道され、逮捕同意案が国会で表決に付されるまで、八月二八日から九月四日の間に新聞と放送は連日「李石基内乱陰謀事件」を「過度に」報道した。特に、この期間に李石基といわゆるROが「北朝鮮と連携した」という内容が集中的に報道された。

「内乱陰謀捜査」「京畿東部連合六〜七名、少なくとも二回密入北と把握」

李石基の一部側近、密入北状況把握、数回の会合、RO秘密会合ディブリーフィング。(1)

「李石基逮捕同意案処理着手」「ROメンバー、北工作員と常時接触」…公安当局状況把握

「ROメンバー『北潜水艦支援方策準備』Eメール交換」

「RO細胞会合で『将軍様を守るのが祖国を守ること』」

李石基のRO在米メンバーと通話。

「北接触」ROメンバー、偵察総局二二五局と連携疑惑、密入北・中国内で接触したメンバーも相当数になる模様。

「今回の『内乱陰謀事件』は李石基の国会進出時点で、すでに予告された事態」

国家情報院は、国会に提出した逮捕同意要求書に李石基とROが北朝鮮と連携していたという内

容をもりこみ、これをメディアを通して積極的に広めた。新聞と放送は、国家情報院から渡された情報を忠実に書き写した。その目的は明らかだ。万が一にも国会議員たちが同僚国会議員に対する逮捕同意案を否決したり、国民が「内乱陰謀」という容疑に対して疑問を持ったりしないよう、韓国社会のアキレス腱である「レッド・コンプレックス」を積極的に活用したのである。

国家情報院の術策は思いどおりとなった。セヌリ党は言うまでもなく、民主党ももしかして自分たちも「従北」というアカ攻撃を受けるかもしれないと、ビクビクしていた。しかし、先の記事に出たことは、裁判には全く反映されなかった。検察の起訴状にも、先の記事内容で「事実」と主張されたものを探すことはできない。国家情報院と検察はそうした事実を証明することもできず、主張もしなかった。

毎日、新聞紙上を賑わし、インターネットを騒がし、放送で口角泡を飛ばした「北朝鮮との連携説」は、李石基の逮捕同意案を「一瀉千里」に通過させるための播き餌に過ぎなかった。

二〇一三年九月三日、李石基の弁護団は、国家情報院と『朝鮮日報』『韓国日報』などを被疑事実公表の嫌疑で告訴し、『韓国日報』を相手に「RO録音記録」記事の掲載禁止仮処分申請をした。「被疑事実の公表で名誉が毀損され、裁判に不利な資料が報道され、公正な裁判を受ける権利が侵害された」というのが申請理由だった。しかし裁判所は、一〇月八日に「RO録音記録」記事の掲載禁止仮処分申請を棄却した。

〈原注〉1　ディブリーフィング(Debriefing)：工作員が任務を遂行した後、事後報告をすること。

メディアを騒がせたROについては全て「作り話」

驚くべきことは、二〇一三年一一月一九日『韓国日報』社会部法曹班が、大韓言論人賞を取ったことだ。受賞理由は、内乱陰謀容疑で捜査を受けている李石基統合進歩党議員を含む地下革命組織ROの秘密会合録音記録を確保、全文を報道したことで、この事件の実体を知らせ、国民の知る権利を伸長したというものである。裁判過程でROは実体がなく、当時の講演は秘密会合ではなく、党の公式行事だったことが明らかになったのに、まだインターネット新聞では一文字の訂正報道もなく、ROについてのあらゆる「作り話」が堂々と掲載されている。

ニクソンのウォーターゲート事件当時『ワシントン・ポスト』の編集人であるベン・ブラッドリーは「新聞というのは、調べて、取材し、検証し、書き、報道することである」「真実というのは明らかになるものであり、真実が明らかになることこそ正常かつ重要な民主主義の過程である」と語った。

韓国の新聞は「取材せず、検証しないまま」聞きかじった情報を書き、報道することにのみ熱を上げる奇異なあり様を示している。大部分の新聞は、国家情報院が流した情報を受け売りして、当事者である李石基や統合進歩党党員、会合出席者に事実関係を確認する考えもなかった。新聞のこうしたあり様は「これが新聞か?」という嘆きとともに「マスゴミ」という恥ずかしい呼び名を生みもした。それにもかかわらず、うんざりするほどに浴びせ倒す「報道」という名の魔女狩りは依然として有効だ。

九月四日に予定されていた逮捕同意案の票決を翌日に控えた九月三日、李石基は国会で記者たちに会い、立場を明らかにした。

問　逮捕同意案処理についての立場は？

答　容疑は内乱陰謀ですが、逮捕同意案の事由は徹底的な思想検証、魔女狩りだ。内乱陰謀に関連したただの一件の具体的な内容もない。大韓民国の時計が今どこを指しているのか、そうした思いがする。「あなたの言葉に共感はしない。しかしあなたが語る権利のため、命をかけて闘う」と自由主義者ボルテールが一八世紀に語ったことがある。二一世紀の大韓民国国会は三世紀前にも及ばないのか。そう思えてきます。実に残念だ。

問　逮捕同意案が通過すれば、今後どのようになさいますか？

答　私は堂々と適法手続に則って臨むつもりです。国家情報院が歪曲、でっち上げ、ねつ造したこの事件、国家情報院が国民の憤怒を宥めるためにねつ造したこの事件について、真実を明らかにするために国民を信じ、堂々と闘っていきます。

問　録音記録を見れば、闘争と北朝鮮の用語を実に多く用いているとの指摘がありますが。

答　これは一つの文章ではなく、講義録があるのでもなく、口から出た話し言葉です。全体的な話の基調、そして雰囲気が重要ですが、いくつかの単語をつぎはぎして、まるで武力闘争でもしているかのように、北の用語が多いように巧妙にねつ造していると思います。

問　家で見つかった一億四〇〇〇万ウォンが家のローンだとおっしゃいましたが、どうしてルーブルとドルが混じっているのですか？

答　いい質問だ。国家情報院がどれだけ歪曲、ねつ造、でっち上げたかを明らかにしうる明白な事実を言いましょう。まず一億四〇〇〇万ウォン全てがルーブルではないという点をはっきりさせておきます。国会議員として常任委である未放委の活動の一環としてアリラン五号発射場があるロシアに出張に行ったことがある。その時（残ったお金が）ドルとルーブルをみな合わせて一〇〇万ウォン未満だ。ところが国家情報院と一部保守メディアはこれを海外にものすごい資金調達組織でもあるかのように誤報して、一方的に罵倒しました。さらに今日の『東亜日報』は私が北に行って来たとまで、嘘で尋ねもせずに、記事にした。これが現在の世論裁判、魔女狩りの本質だと思う。

問　国会を革命闘争の橋頭堡にすると言ったのは事実ですか？

答　そんな事実はない。私は国民を信じ、真実を信じ、堂々と臨みます。

逮捕同意案開票結果　賛成二五八、反対一四、棄権二、無効六

統合進歩党所属の国会議員は、李石基の逮捕同意案否決のため死力を尽くした。李石基の講演会での発言内容が国家情報院により歪曲されたという釈明書を持って、野党はもちろん、与党国会議員をも訪ね回った。しかし、議員たちの反応は冷たいものだった。李正姫代表も相次いで立場を発表し、李石基に対する「内乱陰謀」の嫌疑は不当だと呼びかけた。

二〇一三年九月四日午前、民主党は議員総会を開き、李石基逮捕同意案に関して討論した。李彦《イオン》周《ジュ》民主党院内代弁人は、この日国会で記者会見を開き、立場を発表した。

今日の議員総会で、この問題は与野党関係ではなく、国民の視点で断固として処理するのが妥当だということに意見がまとまった。より徹底した検証が必要だが、国家情報院の意図が憂慮されるために、迅速な処理に多少否定的な意見を提示する議員も一部にいた。しかし私たちは逮捕同意案に賛成することに党論を決した。

正義党の李貞味代弁人も国会で記者会見を開き、立場を明らかにした。

代表団–議員団連席会議の論議を通して李石基議員逮捕同意案処理に賛成することに決定した。李石基議員と統合進歩党の釈明は国民をいっそう混乱に陥れた。憲法と民主主義、そして国民の常識から深刻に逸脱した構想と論議をしたことに対し、自ら政治的責任をとらねばならない。

二〇一三年九月四日午後三時、第三二〇回定期国会第二次本会議が開かれた。李石基議員逮捕同意案を表決に付するための会議だった。金在姸議員をはじめとする五名の統合進歩党国会議員は、本会議場に入場する同僚議員の前で、頭を深くさげ、逮捕同意案を否決してくれるよう頼んだ。与党議員はもちろん、野党議員も首を横に振り、統合進歩党議員を無視して、早い足取りで彼らの前を通り過ぎた。暑い日であるにもかかわらず、国会本会議場にはエアコンの風のためだけではない、冷気が漂っていた。

李石基は、同僚議員の前で一身上の弁明を行った。しかし会議場内には李石基を同僚と考える国会議員は数名にもならなかった。大部分の議員がうつむいて、李石基の発言を聞いていた。あるいは彼らはなにも聞いていなかったのかもしれない。

歴代独裁政権がねつ造した内乱陰謀事件は、ただの一件の例外もなく全て再審で無罪判決を受けました。わずか数ヵ月もたてば、無罪判決で終わってしまう、私に対する内乱陰謀ねつ造に国会が同調することは、歴史にいつまでも拭うことのできない過ちとして記録されることでしょう。

「民族の未来は自主にかかっている」これは政治家としての私の確固たる所信です。しばらくの間、私を閉じ込めることはできますが、自主と平和に向かうわが民族の歩みは決して止めることはできないでしょう。

今この場で処理しなければならないのは、国家情報院の大統領選挙介入国紀紊乱事件に対する厳重な処罰であり、私に対する野蛮な思想検証ではありません。

李石基の一身上の弁明に続き、事前拘束令状が請求された李石基逮捕同意案に対する票決が始まった。二八九名の国会議員が投票に参加した。開票結果は賛成二五八票、反対一四票、棄権一一票、無効六票であった。李石基に対する逮捕同意案が通過したのである。

逮捕同意案が通過した直後、李石基は国会に次のような言葉を残した。

「今日、韓国の民主主義の時計は止まりました。維新時代に回帰したと思います。韓国の政治は失踪し、国家情報院政治が始まりました」

逮捕同意案の通過は予想されたことだった。しかしそうだからといって、ショックでなかったというのではない。李石基と統合進歩党の同僚議員、統合進歩党の党職者らは本会議が終わってから、李石基議員室に集まった。みな茫然自失の表情だった。李石基の顔は赤くほてっていた。わずか一週間で事態がここまできたことに、まだ実感がなかった。

議員室にはあまりに多くの人が押しかけていて、空気がよどみ、息苦しかった。廊下は多くの記者でごった返していて、放送局のカメラも議員室の前で待ち構えていた。補佐官Kは、携帯電話の振動を感じて、人をかき分けて外に出た。廊下も多くの人でごった返していたので、李石基議員室のすぐ隣にある金在姸議員室に入った。報道関係で働いている後輩がかけてきた電話だった。

「なんだって?」Kは無意識に大声を出した。ソファーに座っていた金在姸議員の補佐官が振り向いて彼を見つめた。Kはわれに返って、声を低くした。

「今、国家情報院の職員が国会の方に向かっています。一〇〇〜二〇〇名を乗せて、バス数台が出発したということです」

「どういうことだ。逮捕状は明日発付のはずだ」

「裁判所にすでに勾引状を申請していたのでしょう。ともかく、そういうことですから」

だれかに呼ばれたかのように、後輩は急いで電話を切った。Kは李石基議員室に戻り、そのことを知らせた。李石基の横を守るようにしていた金先東《キムソンドン》が言った。

「弁護士、弁護士に連絡しろ」

補佐官が、事件を任せることにした弁護士に電話をかけた。弁護士も、李石基がすぐに強制勾引されるとは知らなかった。いちばん近くにいる弁護士が、急いで国会に向かうことにした。

弁護士より先に、国家情報院捜査官が到着した。国家情報院のバスと警察車両数十台が国会正門を通過した。数百名の国家情報院職員と警察官がバスから降りて、議員会館に押しかけた。TVカメラの記者が、その後をどやどやと追いかけた。それは誰が見ても不必要な騒動だった。まるで李石基がいわゆるROメンバーを連れて、国会を占拠しているかのような雰囲気を演出していた。「内乱陰謀」という罪名の実感が沸くようにするためのショーだった。

国家情報院の職員が、李石基議員室に押し入ろうとすると、統合進歩党の党職者と補佐官がドアの前に立ちふさがり、言い争いが起きた。

「弁護士が来るまで待ってください。それもだめなのですか?」

党職者が声を荒らげた。国家情報院の職員は聞こえないふりをして、とにかく押し入ろうとした。党職者とともに国家情報院の職員の前に立ちはだかった金在姸議員は押しのけられて廊下にへたり込んだ。

一〇年ぶりの拘束

金在姸は膝に顔を埋めて、泣きじゃくった。昨年の予備選不正事態から始まった、ありとあらゆる謀略と侮辱と弾圧が思い出された。この一年間に一生分の悪口を聞いたようだった。一体、私たちがなにをどれだけ誤ったからといって、こんなことをするのか? 青年名簿で出馬して正当に統合進歩党の比例代表予備選を経て、国会議員になったのが、李石基と一括りにされて不正選挙をした犯罪者であるかのように、中傷と謀略を仕掛けられた。今ようやくそれを切り抜けて議員活動に専念しようとしているのに、今度もまた李石基に「内乱陰謀罪」というわけのわからない容疑の罠を仕掛けられたのだ。金在姸はあまりに悔しく、惨憺たるさまに、とめどもなく涙が流れた。

国家情報院側と李石基側の言い争いは、五〇分ほどで終わった。弁護士が到着したのである。李石基は、弁護士と金先東、補佐官、党職者らとともに議員室を出た。この日、李石基は、勾引状が執行される数時間前に、国会本庁前庭で開かれた党員報告大会で次のように語った。

「愛する国民のみなさん。驚かれたでしょう? 私もびっくりしました。私が内乱陰謀罪だというのです。大韓民国の国会議員がどうして内乱陰謀をしますか? この国がとても好きで、智異山の裾を見るだけでも胸がときめくのに、お前の祖国はどこかと聞くのです。私の祖国はここです。…心配しないでください。嘘が真実に勝つ歴史はありません。国家権力がいくら強くても、国民に勝つことはできません」

李石基を乗せた護送車が国会を出て行く間、党員たちが叫んだ。

「李石基! 李石基、ファイト!」

「国家情報院解体! 民主主義守護!」

李石基はその日、水原南部警察署留置場に拘禁された。二〇〇三年八月一五日、特赦で釈放されて一〇年目にして再び自由を失い、拘束されたのである。

国会本庁前党員報告大会で話す李石基議員
前列右から:李相奎・呉秉潤・李石基各議員・李正姫代表・金先東議員

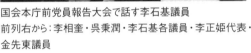

9　内乱陰謀罪、三三年ぶりの復活

今、わが国は混乱の渦に陥っている。大学は反乱と暴動を起こす学生であふれており、共産主義者はこの国を破壊するために気炎を上げている。危険が至る所に潜んでいるのではないか？　内部の敵と外部の敵がひしめき合っているのだ。そうだ。わが国には法と秩序が必要なのだ。法と秩序がなければ、この国は滅びてしまう！

——アドルフ・ヒトラー

水原地方法院刑事一二部、金正運部長判事

二〇一三年一一月一二日午後二時、水原《スウォン》地方法院第一一〇号法廷で、李石基ら七名に対する初公判が開かれた。水原地方法院刑事一二部、裁判長は金正運《キムジョンウン》部長判事、判事は錢炅泰《チョンキョンテ》と方一洙《パンイルス》だった。裁判部はこの日の公判を皮切りに、毎週月・火・木・金曜日に特別期日を開き、事件を審理することにした。一一月だけでも一一回の裁判が予定されていた。

一一月四日、統合進歩党に対する政党解散審判請求案が、国務会議を通過した。弁護人たちは、

裁判部が裁判を急ぐのは政党解散審判と関連があるのではないかと疑った。「李石基内乱陰謀事件」に対する判決が、政党解散審判の結果に影響を及ぼしうるためである。

マスコミは、相変わらずＲＯと李石基の内乱陰謀を既成事実化する世論裁判を続けていた。裁判に対する関心も高く、初公判が開かれる前日の一一日、水原地方法院前には野宿テントが設営され、徹夜待機が続いた。傍聴券を確保するためであった。裁判所が九八席の傍聴席の中から被告人の関係者と捜査機関、記者席を除く二六席について、当日の午前に先着順で傍聴券を配布すると発表したためである。

李石基を乗せた護送車が水原拘置所正門前を通った時、支持者たちは拘置所の門前に集まり、プラカードを振りながら声援を送った。水原地方法院前で傍聴券確保のため、徹夜していた人たちも一斉に護送車の前に駆け寄り、手を振って激励した。取材競争も熾烈だった。李石基が現れるのを待っていたのは支持者だけではなかった。保守団体の会員は横断幕を広げ、「従北国会議員李石基を北朝鮮に送れ！」「統合進歩党を解散しろ！」などのスローガンを叫び、デモをした。彼らは傍聴券を独り占めするために、支持者たちとケンカをし、「アカ」と罵りもした。

約二ヵ月ぶりに大衆の前に姿を現した李石基は、万感胸に迫った表情で法廷に入った。李尚浩《イサンホ》、洪珦碩《ホンスンソク》、韓同謹《ハンドングン》、趙楊遠《チョヤンウォン》、金洪烈《キムホンヨル》、金根来《キムグルレ》六名の被告人も李石基とともに法廷の被告人席に座った。耳目が集まった裁判であるからそうなのか、緊張感が走った。傍聴席側を見回して、家族を探す人もいた。

金正運　予め申し上げたように、今日、進める裁判は検察でなぜ被告人を起訴することになったのかを明らかにし、続いて被告人と弁護人が公訴事実を認定するのかどうか、そしてこの事件に関する意見を述べるという手続きで進める予定です。刑事訴訟法では通常、冒頭手続と呼ぶものですが、このような冒頭手続を今日は進めることになります。…検察から起訴要旨を陳述してください。

金薫栄《キムフニョン》検事が、李石基ほか六名の被告人に対する公訴要旨を陳述した。

金薫栄　被告人らは精鋭化した地下革命組織であるいわゆるROの総責任者または中間幹部として、北朝鮮が二〇一三年三月五日、「停戦協定白紙化」を宣言すると、当時の情勢を「革命の決定的時期」と判断し、「戦争準備三大指針」を示達し、「細胞決議大会」を通じて事前準備をした後、五月一二日、マリスタ教育修道士会講堂で李石基被告人と金洪烈被告人は内乱を扇動し、被告人らはともに内乱を陰謀した。国家保安法違反に対する公訴事実は革命同志歌・赤旗歌を斉唱し、講演を通して反国家団体である北朝鮮を賛揚、鼓舞、宣伝、同調行為をし、各種文献と北朝鮮映画などの利敵表現物を所持していた。

検察が「北朝鮮の革命軍歌」として、この歌を歌うのは北朝鮮を賛揚、鼓舞する行為であると主張した「革命同志歌」は、韓国のフォーク・シンガーソングライターであるペク・ジャ（本名・ペク・ジェギル）が大学二年の時に作詞・作曲した民衆歌謡である。彼は二〇一六年八月一八日『京郷新聞』とのインタビューで次のように語った。

日帝強占期の独立軍のように、私たちも元気を出して生きて行こうという意味で作った曲なのですが、ある瞬間、北朝鮮革命軍歌に化かされていました。いかなる論理と説明も通じない、渦のような状況であったことは誰もがよく知っています。ある意味では、私が作った歌の中で最も有名な曲であるとも言えます。

▼検察の起訴要旨

◇北朝鮮の反国家団体性―金日成独裁思想である主体思想に基づく朝鮮半島赤化統一を基本目標に設定している。

◇北朝鮮の対南革命戦略に追従する地下革命組織ＲＯは、反国家団体である民革党に根をもっている。被告人（李石基）は二〇〇三年八月より、民革党の問題点を克服した新たな地下革命組織の路線と戦略を構想した。「領導体系」「組織保衛」「思想学習と検閲」「大衆的革命力量」等がいっそう強化された地下革命組織の事業方向を構想し、このような構想は現在ＲＯ組織によって相当部分実現されている。

◇ＲＯは、主体思想と対南革命論に追従する路線と目的を持っている。

◇ＲＯは、厳格な指揮統率体系と組織保衛体系を持った革命家集団である。

◇被告人（李石基）は、革命闘争の橋頭堡を確保するために国会に進出した。

◇ＲＯは、大韓民国を「敵」と規定する革命前衛組織である。

◇ROは、北朝鮮式の用語使用等、内面化された北朝鮮追従意識を持っている。
◇インターネット・メディア等による大衆宣伝と扇動を組織的に実行しうる力量を持つ。
◇ROは、合法、非合法、半合法の全ての手段を動員して、大韓民国の現政府と憲法秩序を転覆することで、韓国内で主体思想に立脚した社会主義革命を完遂することを究極的な目標に設定し、徹底した思想武装と厳格な位階秩序で精鋭化した地下革命組織である。
◇被告人等RO指揮部は、北朝鮮が二〇一二年一二月頃より長距離ミサイル発射、三次核実験などに続き、持続的に戦争が切迫していることを警告し、ついには二〇一三年三月五日「停戦協定白紙化」を宣言すると、当面する情勢を「戦争状況―革命の決定的時期」と認識するに至った。
◇北朝鮮の停戦協定廃棄宣言直後、ROはメンバーに「戦争準備三大指針」等暴力革命準備を決議する決議大会指針を下達した。
◇被告人は、二〇一三年五月初旬頃、ソウル（以下不詳地）でメンバー一二〇名余りを対象に特別講演を開催し、後方でパルチザンのような非正規戦と軍事戦をしなければならないと主張した。
◇被告人は、二〇一三年五月一〇日、昆池庵青少年修練館での会合と、同年五月一二日、マリスタ教育修道士会講堂での会合を通して内乱を扇動し、陰謀した。
◇その他に二〇一二年三月八日「李石基支持決議大会」で「革命同志歌」を斉唱するなど、利敵団体である北朝鮮に対する賛揚、鼓舞、宣伝、同調等の行為をした。
◇被告人（李石基）は、住所地等に文献形態の利敵表現物一七件を所持していた。
◇被告人は、住所地にファイル形態の利敵表現物一七三件を所持していた。

弁護人李正姫の冒頭陳述

検事の起訴要旨陳述が終わると、裁判長は一五分間休廷を宣言した。休廷後に続けられた裁判で、李正姫が弁護人資格で出て、冒頭陳述をした。李石基と熱心な党員たちが内乱陰謀罪で起訴され、統合進歩党が政党解散の危機に追いやられた不条理な現実の前で、李正姫は弁護士として党と同僚を救うために弁護を引き受けた。

弁護人李正姫は「維新時代、軍部独裁時代でなければ適用されたことのなかった内乱陰謀罪が三三年ぶりに蘇り、進展させるべき民主主義が分断体制の下で再び危機に瀕しています」と、この事件を通して、裁判部に負わされた究極的な責任は民主主義の危機を克服し、葛藤を解きほどいていく知恵を探し出すことである、と強調した。

李正姫　それでは一体、五月一二日にどんなことがあったのでしょうか?（録音再生）「銃」「銃を持って歩き回ってはだめだ」と言っています。「釜山に行けば銃がある」という言葉に皆がひとしきり笑い流します。「銃器だとか、通信施設撹乱だとか、雲をつかむような話だ」こんなふうに言っています。ところが、この集まりは国家情報院の虚偽の被疑事実流出、検察の捜査発表、マスコミの大々的な歪曲報道によって、内乱陰謀、内乱扇動行為であるかのように、史上類例のない世論裁判を受けました。これにより作られた一切の予断を振り払ってこの事件を検討してくださることを願います。……

ところで、おそらく今までお聞きになられたみなさんは、この第一回公判期日が開かれる前まで、マスコミを通じて知らされていたものと、この講演の内容がなぜこんなに違うのか、と疑問をお持ちになることでしょう。なぜならば、李石基議員の講演内容は歪曲された録音記録により全文が新聞に載り、インターネットに公開されて深刻に歪曲されたためです。…極端な事例をまず一つ提示いたします。先に申しあげた結論の二つ目で「現情勢にふさわしい宣伝遂行をどのようにするか」と言ったとはっきり申しあげました。ところが、「現情勢にふさわしい聖戦遂行をどのようにするか」と録音記録は変更しています。『韓国日報』は、二〇一三年八月末、録音記録を掲載して、一面トップ記事の見出しでこのように掲載しました。漢字で書いて「聖戦遂行を語った」と『韓国日報』は報道しています。パッチム一つを変えただけです。しかし国民の心をつかむ宣伝活動をしようという李石基議員の言葉は、国家情報院が歪曲し、作りだした録音記録と不法に流出されたこの録音記録を報道したマスコミにより、まるで聖なる戦争を遂行して、戦争を扇動した人であるかのように変えられています。李石基議員はこの日の講演で「準備程度と関係なく」と表現しました。これは録音記録では「正規戦と関係なく」と変わっています。…

検事は五月一二日の集まりで暴動を準備し、実行することに合意したと、そしてこのROの会合がそれを準備する組織であったと言っています。はたしてそうでしょうか？　講演・討論以後、出席者たちがどんな行動をしたのかを見れば、わかります。なぜなら、五月一二日以後「革命的決定的時期」と主張し、「急変する決定的時期」と主張しますが、それから八月二八日までこの一三〇名余りは自由に活動していたためです。

検事がいわゆるROの会合であると主張する洪珣碩、韓同謹、国家情報院の協力者李成潤《イソンユン》が会った会合は、二〇一三年五月一二日の講演以後でした。ところが、そのどこにも、戦争準備、暴動準備、銃、爆弾準備、こうした内乱罪を実行しようとした痕跡を探すことはできません。五月一二日の講演以後、この三人が会った時、その日の話題は白頭山旅行でした。実際に、六月に彼らは白頭山旅行に行ってきました。戦争勃発に備えた武装闘争を準備しようとしたならば、革命の決定的時期を迎えて、内乱を夢見る地下革命組織のメンバーたちであったならば、こうしたことがありうるでしょうか。

李正姫が陳述する間、傍聴席で陳述を妨害するために騒ぐ人たちがいた。裁判所の前で李石基を処罰しろとデモをした保守団体会員の数人が傍聴席に入ってきて、騒ぎつづけた。裁判長は何度も静かにするように言ったが、言うことを聞かないため、ついに二人の傍聴者に退廷を命じた。

裁判長 今までは退廷措置のみ命じました。今後法廷で騒ぎを起こす行為に対しては退廷措置でなく、監置[1]もありうることを予め警告致します。

続けて李正姫は、李石基の五月一二日の講演内容は「分断体制から平和体制に向かう間、進歩陣

〔訳注〕ｉ　ハングル文字の底の位置に書かれた子音字。
〈原注〉１　監置：法廷内外で裁判長の秩序維持命令に背いたり、裁判長の許可なく録画、撮影、中継放送などをしたり、暴言・騒乱などで裁判所の審理を妨害する者に対しては、裁判所の職権で二〇日以内の監置または一〇〇万ウォン以下の過料に処するか、これを併科しうる。

営は様々な困難を経るために、それを克服する準備をしよう」という趣旨であり、「北朝鮮式社会主義革命をするために、また北に呼応して後方撹乱をするために行動しよう」というものではなかったと主張した。また検察の起訴状ではROが地下革命組織であり、李石基が二〇〇三年出所後に結成したとか、李石基が総責任者であるとかされているが、これは検事と情報提供者李成潤の推測に過ぎず、根拠がないものだと陳述した。

大統領選挙不法介入を覆い隠すためのでっち上げ事件

続いて李正姫は、録音ファイルは違法収集された証拠であり、証拠能力がない点など、この事件の構成要件について、検察の起訴状の内容を一つずつ反駁した。そして、事件の本質について話し始めた。

それでは、はたしてこの事件の本質はなんでしょうか？　官権不正選挙を覆い隠すためのでっち上げ事件です。二〇一三年三月一二日、元世勲前国家情報院長の国内政治介入指示文件が公開され始め、二〇一三年六月、元世勲前国家情報院長が公職選挙法違反で起訴されました。そして七月より八月二五日まで国政調査が実施されました。その結果、大統領選挙不法介入が国家情報院で組織的になされたことが明らかになり、政権の正統性に深刻な問題が提起されると、国政調査が終了して三日後の八月二八日に、この事件が起きました。

李正姫は、国家情報院が二〇一三年五月一二日に講演が開かれることをすでに知っており、翌日の一三日に講演録音ファイルと動画を確保し、録音ファイルを書き起こしていたと指摘した。その後、二ヵ月以上も、被告人に対する内乱という嫌疑は、国家情報院の頭の中からも、文書を通じても出てこなかったのである。李正姫は五月一二日の講演内容が内乱陰謀・扇動行為であったならば、二ヵ月以上も、国家情報院はいったい何をしていたのかと叱咤した。さらに二〇一三年七月二六日付の趙楊遠に対する通信制限措置許可書にも、依然として国家保安法違反嫌疑を適用し、ROの実体把握のための捜査のみが進められていたとして、国家情報院の大統領選挙介入国政調査が本格化した八月以前までは内乱ということは、全く言及されていなかったと指摘した。ところが、一ヵ月後には五月一二日の会合は内乱陰謀であり、李石基議員は内乱を扇動した総責任者に化けたのである。

李正姫は「李石基内乱陰謀事件」は、三二年ぶりに再審で無罪宣告された「人民革命党再建委事件」を思い起こさせると言った。国家情報院が主導した大統領選挙不法介入疑惑を隠すために、二〇一三年五月一二日の会合を内乱陰謀に化けさせた典型的な公安ねつ造事件だというのである。そして起訴状一本主義(2)に違反した検察の公訴は棄却されなければならず、全ての公訴事実は無罪であると説破した。

〈原注〉2　検事が公訴を提起するさい、起訴状だけを裁判所に提出し、その他の書類や証拠物は一切添付したり、提出したりしてはならないという原則。

彼らの考えと言葉と行動は内乱罪と国家保安法違反として断罪しなければならないものではなく、社会的に討論され、評価され、よりよい内容と形式で整えられなければならないものです。社会的討論の対象です。少なくとも裁判所が責任をとるほどには、韓国社会の民主主義は維新時代に後退しておらず、絶えず進展して行くはずだという切なる期待を確認させてくださることを求めます。ご静聴ありがとうございます。

李石基、米国が北を攻撃する状況を憂慮

続いて被告人の冒頭陳述が続いた。

裁判長　被告人がこの事件の公訴事実と関連して、言いたいことがあれば、これについて陳述し、裁判部がこれを聞く時間を持つようにします。李石基被告人にまず陳述する時間を差し上げます。

李石基　まず本日の公判に先立ち進められた準備期日にどちらかの側に偏ることなく、導いてくださった裁判長の労苦に対し、感謝の言葉を申し上げます。去る八月二八日「内乱陰謀事件」が起きました。アリラン五号発射の参観を終えて、ロシアから帰国して三日後に起きたことです。多くの人が驚きましたが、おそらく私よりも驚いた人はいなかったと思います。断言致しますが、私は内乱を意図したことはなく、そのため内乱陰謀という、おぞましい容疑に対し、心底驚きました。

李石基がここまで話した時、極右団体の傍聴者が「やめろ！」と大声を出して、騒ぎを起こした。裁判長はその傍聴者を退場させるよう命令した。李石基は騒ぎが収まるのを待って、言葉を続けた。

李石基　それで私は、私が他でもなく、内乱を陰謀した容疑でこの場に立っていること自体がとてもぎこちなく、実にそぐわない光景であるとの思いを拭うことができません。私はこの事件の被告人として、この裁判を通してこの不条理な光景が正され、今回の事件により、私と進歩党に着せられた濡れ衣を晴らしてくださることを切に願います。これはあらゆる先入観と予断から離れて、真実を直視し、理性を追求することで十分に可能であると私は信じています。

李石基は二〇代で大学に入学して以後、運動圏で生きてきた自分の人生の過程を説明した。一九九七年の政権交替に感銘を受け、進歩政党を支援しうる方法を探したこと、進歩陣営の選挙を科学的に分析し、成果を出したこと、そして大衆的進歩政党路線に対して直接責任をとるため、総選挙に出馬したこと、不正選挙疑惑に苦しんできたこと、検察の捜査で嫌疑なしと明らかになっても、レッテル貼り攻勢に苦しんできたこと、その渦中でも議員活動に最善を尽くしたことなどを説明した。

李石基　尊敬する裁判長、私が今これまで生きてきた過程を申し上げたのは、私に対してありのままに、偏見なく見てくださることを願っているためです。私はマスコミで作りだされたイメージのように、ある主義に埋没して、盲目的に生きてきた人間ではありません。「実事求是」、現実の中に真実を求めることこそ、私が一貫して守ってきた原則でした。私は北の工作員に会ったこともなく、それからなにかの指令を受けたこともありません。検察の起訴（状に）さえこのようなことは書かれていません。それなのに結局、私の全ての言葉と行動がまるで北の指令を受けて、これを遂行したかのようになっています。このような先入観と…。

傍聴席で再び騒ぎが起きた。「でたらめだ、やめろ！」「アカに裁判なんて、どんな裁判だ！」など、大声で李石基を非難する人たちが発言を遮った。

裁判長　少し裁判長からいくつか申し上げます。これからとても多くの裁判が進められます。今日はその最初の一歩に過ぎません。こんなふうに裁判を進めれば、どうやって裁判官が裁判をすることができますか？　そして二人の傍聴者に対して裁判部はこれまで監置裁判をせず、たんに退場のみ命じてきましたが、今後再びそのような行動があった時には監置裁判を実施せざるをえないと、すでに厳重に警告したところです。それにもかかわらず、傍聴者が裁判長の裁判協力要請に全く応じないのであれば、裁判部の立場からはやむを得ず騒ぎを起こした傍聴者を拘束し、監置裁判を実施せざるをえないことを改めて申し上げます。今騒ぎを起こした傍聴者に対しても法廷警備員と看守が別途の場所に拘束し、この裁判が終わり次第、監置裁判を進める予定ですので、よく監視しているようにしてください。

裁判長の言葉が終わるのを待って、李石基は陳述を続けた。

李石基　こうした先入観と予断なしには、最初から今回の事件は成立もしなかったものと私は思います。では、今回の事件の出発点であり、終着点になった五月一二日の講演について申し上げます。私は五月一二日、京畿道党委員会の人たちの要請を受け、講演をしました。当時、私はこの地に立ち込めた戦争の影を強く意識していました。私が北からの南侵に備え、これに呼応して、なんらかの暴動を起こそうとしたというのが私に提起された公訴要旨です。しかしこれは前提から間違っています。誤りです。私は北が南侵する状況を予想したのではなく、米国が北を攻撃する状況を憂慮していました。脱冷戦以後に起きた戦争で最も顕著な特徴は、米国が他の国に侵攻するという点です。今、地球上で他の国を攻撃し勝てる国は事実上、米国しかありません。北と米国の軍事的対決が続いていますが、北が米国に侵攻し、米国を降伏させるとは誰も想像していません。

私が憂慮したのは、そうした状況で韓国社会はいったいどうなるのかという点でした。危機は転換期の特徴です。古いシステムがこれ以上維持しえない時、危機が訪れるためです。からくも平和を維持してきた停戦体制が危機を迎えているならば、それは逆に以前とは異なる新しい体制、朝鮮半島が恒久的な平和体制に向かう一つの機会になりうるというのが私の判断でした。私が去る四月二五日、国会本会議の対政府質問を通して、戦争危機の解消と恒久的平和のために、南北米中の四者会談を政府に提案したのもこうした脈絡です。

さらに私はこのような大転換期を迎えるために、進歩政党はなにをなすべきかを深く討論し、準備しなければならないと思いました。これが五月一二日の講演の背景であり、真実です。現政権になって以後、歴史が後退しているとの声が聞こえてきます。今回の事件を含め、多くの点でそうした憂慮には根拠があります。しかし、私は歴史は決して後退しないという信念を持っています。たとえ少しの間はそのように見えても、一度民主主義を経験した民衆が独裁時代に戻ることはありえないと信じています。歴史は正義の味方であり、正義は民衆によって実現されるからです。

李石基の陳述が終わると、傍聴席では再び騒ぎが起きた。李石基を罵り、非難する声だった。裁判長は騒ぎを起こした傍聴者にもう一度警告と叱責をした後、残りの被告人の冒頭陳述を聞いた。

李尚浩、洪珣碩、韓同謹、趙楊遠、金洪烈、金根来の六人が順番に陳述をした。

李尚浩は、先に李正姫と李石基が陳述したのと同様に、要旨として「李石基内乱陰謀事件」が公安当局によりねつ造されたものであると主張した。李尚浩は、水原市社会的経済支援センター長、社会的企業支援センター協議会会長として働いており、過去一五年間、失業と貧困問題を解決する事業に専念して、経験と能力を認められたと陳述した。

初公判が開かれる前の二〇一三年一〇月一四日、李石基弁護団は「ＣＮＣ詐欺事件」と「李石基内乱陰謀事件」の併合審理を裁判所に申請した。一〇月一八日、裁判所は併合申請を受け入れず棄却した。

李成潤が「李石基内乱陰謀事件」のアルファであり、オメガ

公判初日の冒頭陳述が全て終わった。検察は李石基をはじめとする六人の被告が有罪と確信すると主張し、弁護人と被告人は無罪だと抗弁した。傍聴席では弁護人と被告人を非難する人たちが立ち上がり、大声を上げて騒ぎを起こすことが繰り返された。裁判長の説得と警告にもかかわらず、一人、二人が退場させられれば、また他の人が騒ぎを起こした。マスコミによる世論裁判では満足できない人たちがいるのか？ さもなければ、だれかが雇った人たちなのか？

李石基は、ともに起訴された六人の被告人の冒頭陳述を聞きながら、心が痛んだ。彼らはみな苦しい条件の中で進歩政治の発展のため、献身してきた同志たちだった。彼らはみな、責任をもたねばならない家族がいる家長であった。彼らが一〇年、二〇年もの間、茨の道を歩みながら、積み上げてきた社会的経歴と評判が今回の事件で水泡に帰した。家族に加えられる社会的テロが、どれほど耐え難いものであるか。傍聴席で騒ぎを起こす人たちを見ながら、家族の苦労が思われた。

彼らを告発した国家情報院の協力者は、水原地域で二〇年余りも進歩政党活動を共にしてきた人であった。李成潤は民主労働党から統合進歩党にいたる過程で水原市地域委員長を務め、民主労働党候補として国会議員選挙にも出馬したことがあった。彼は二〇一〇年から三年間、大学の同窓である洪珣碩、韓同謹と会った席で交わした話を録音して、ROの細胞会議であると主張した。五月一二日、李石基の情勢講演を録音した後に、これを国家情報院に提出して「李石基内乱陰謀事件」を起こした。

李成潤という証人は、事実上この「李石基内乱陰謀事件」のアルファであり、オメガであった。全てのことは李成潤に始まり、李成潤で終わった。

10　RO、革命組織という名の革命組織

地下革命組織の名前がRO？　想像力があまりに貧弱ではないか？
国家情報院に命名所の一つでも紹介してやろう。

——検察の中間捜査結果発表に対するネット・ユーザーの書き込み

誰がROと命名したのか？

RO（Revolutionary Organization）は文字どおり「革命組織」という意味である。革命組織という名の革命組織、それはどう考えてもしっくりこない。まるで「食堂」という名の食堂や、「スーパーマーケット」という名のスーパーマーケットのようなものだ。裁判が始まると、検察側と弁護人側はこの怪しげな名前、すなわちROの実体をめぐり、熾烈な攻防を繰り広げた。

国家情報院と検察によれば、ROは国家情報院協力者李成潤の口から出た組織名である。李石基の内乱陰謀嫌疑が発表されてから、国会で逮捕同意案が通過するまでの間、「北朝鮮連携説」とともに、ROという地下革命組織に関するメディアの報道が溢れかえった。裁判過程を検討すれば、

これらの内容は全て国家情報院と検察が李成潤を捜査する過程で出た陳述をもとにしたものだった。二〇一三年一一月二一日の第六回公判、李在晩《イジェマン》検事による証人尋問で、李成潤はROの名称についてはそれほど重要とは思わないと言った。他の名前があったなど、あやふやな態度を見せた。またROに文書化された組織の名称や綱領、規約がないのは、秘密を守るためであると主張した。

李在晩　ROは北朝鮮の対南革命戦略に沿って、革命の決定的時期に大事変を起こすための地下革命組織なんでしょう?

李成潤　はい、そうです。

李在晩　ROという名称は正式の組織名称なのですか、それとも、運動圏組織の一般名詞なのですか?

李成潤　以前にもこうした組織事件が多くありました。近頃では、民革党や嶺南委員会、旺載山事件など、こうした事件が起きるたびに、組織の名称や綱領、規約といった文書化されたものが証拠となりました。そういう部分を回避し、組織の保安のために（存在しないのです）。私の場合、名称はそれほど気を使っていませんでした。名称がどうであるかではなく、どんな内容を持ち、どんな活動をするのかが重要だと思い、ROという名前は私が加入した時に初めて聞き、李尚浩なんかは「明日会」とか「明日」とかいう名称で話していたようですが、名称はそれほど重要だと思いませんでした。

陳述があいまいだと感じた裁判長が李成潤に直接聞いた。

裁判長　ROという名前の組織があるのですか？
李成潤　はい。通称ROと言っていました。ROを縮めて「オー」とか、「山岳会」「明日会」とも言いました。
裁判長　ROと言っている人がいるのですか？
李成潤　Dが私に初めて言いました。それ以後一、二度ほどそうした言葉を聞いたように思います。

「地下政府のような組織がある」

李成潤は、民主労働党と統合進歩党の通常の政治活動を全て、ROの指示であるかのように言い繕った。李成潤は、党の意思決定もROが左右するかのように陳述した。統合進歩党比例代表予備選不正事態当時、「党内に意思決定を思いのままにする、目に見えない権力、地下政府のような組織がある」という沈相奵の言葉を既成事実化する陳述であった。

李在晩　ROメンバーに対する指針や事業計画に沿って、証人が先ほど言った狂牛病や双龍自動車の集会を主導したり、出席したりしたわけですが、その時ほかのROメンバーも多数出席していましたか？
李成潤　はい、そうです。私が知る多くの人たちが出席し、二〇年余り活動していたので、京畿道にいる人だけでなく、全国的に多くの人を知っています。総結集しようという日には、市庁や光化門に行けばそうした人たちを容易に探すことができる、そういう状況でした。

李在晩　メンバーであるかどうかは、どのように認知するのですか？

李成潤　組織生活をしていない方々はよくわからないかもしれませんし、私が申し上げる話に信憑性があるのかと疑われるかもしれません。しかし、先ほど申しましたように、私は一九九〇年より主体思想について学習し、またその人たちもおそらくその当時したものと思われ、先ほど申し上げましたように、京仁総連幹部たちとは『光』という文献をやりとりしながら学習をしたので、彼らもみなやったものと思います。とても多くの実践闘争があったので、そうした過程を一つひとつ確認することができ、そして全国連合という組織が今はなくなりましたが、以前は京畿東部連合、京畿南部連合、こうした集まりで会う機会もあったため「あ、あの程度の活動をして、あの程度の地位であればメンバーだな」と十分にわかるのです。

李在晩　（メンバーは）一般人とは違う意識と理念を持っているとみればいいんですね。

李成潤　はい、そうです。この席からは検事一人が見えていますが、検察の調査を受ける時、よく一般人の常識で私たちの組織を見ようとします。それで私がそういう質問はしないでくださいと言っても、相変わらずです。それで私が腹を立てて、もう調査を受けないと言ったことがあるのですが、この席にいらっしゃる裁判長、検事、記者もいらっしゃいますが、一般人の常識で、普通の常識でこういう組織を予断したり、判断したりしないほうがよいです。一般の常識で理解できないことがあまりに多く、普通の人の考えではよく納得できない場合もとても多くあります。

ROメンバー唯一の証拠は李成潤の推測

李成潤は、「組織」について自分だけが専門家であるかのように振る舞い、検事と裁判官、記者たちに忠告までするなど、傲慢な態度を見せた。しかし彼は陳述過程で、自分が目を付けた人々がROメンバーであるというのは、単に自分の推測に過ぎないことを数回露呈した。

李在晩　証人は、洪珣碩がROメンバーであることをリーダーとして来る前から知っていましたか？

李成潤　私がROメンバーになって以後あの程度の人であれば、みなメンバーだろうから、その当時、山岳会という言葉もよく使っていましたが、山岳会員だな、そういう思いはありました。確信したのは会合で私の上司として来たので、確信しました。予想に間違いなかったな、そのように思いました。

李在晩　被告人韓同謹がROのメンバーであることを一緒に細胞会議をして、知ったのですか？

李成潤　保安守則があり、メンバーでない人同士はメンバーの話をしないのが鉄則です。「私がメンバーだ」という話をしないんですよ。そのため韓同謹のような場合も細胞会議をした時、同席していたために、細胞員だな、メンバーだな、そんなふうに知るようになったのです。

李在晩　被告人趙楊遠がROのメンバーであることは、どのようにして知るようになったのですか？

李成潤　申し上げたとおり、私がメンバーだと言ったことはなく、それはどの誰にも話しておらず、ただ主要行事に現れて、昆池庵やマリスタに来たために、やっぱりそうだなと知るようになりました。

李在晩　証人は被告人李石基がＲＯのメンバーであることはいつ、どのようにして知るようになりましたか？

李成潤　今年初めから洪珣碩先輩が細胞会議をした時に、李石基と関連した話、民革党と関連した話を多くしました。それで李石基代表が一般的に言うところの代表ではないと、その時知ることになりました。昆池庵やマリスタの時「風のように集まれ、散らばれ」といったような話をしたので、すごい方だなと意識することになりました。

李在晩　組織の代表か総責任者かということについて、わからない構造なのですか？

李成潤　検察の調査や国家情報院の調査を受けた時「単線連携、複線ポーチ」(1)という話をしましたが、点組織で運営されています。縦横に連携がなかったために（よくわかりませんでした。）昆池庵の行事やマリスタの行事が私をいっそう驚かせたのは、そうしたものを飛びこえる、そうしたものであったために、私をいっそう驚かせたのです。

「そうしたものを飛びこえる、そうしたものであったために、私をいっそう驚かせた」とは、どういう意味か？　極度に秘密を保持しなければならない地下革命組織であるＲＯが、メンバー一三〇

〈原注〉１「単線連携、複線ポーチ」　メンバー相互間が一対一の縦の連携のみ維持し、横の関係を持たない原則。

名を集めて公開講演をするというのは、つじつまが合わない。李成潤もそうした矛盾を意識したために驚いたと話しているのである。

李成潤は、六回から九回まで四回にわたり裁判に出て、冗長で詳細に自分が身を置いていたと主張するROという組織について陳述した。組織体系と綱領、目的について陳述し、自分が地下革命組織のメンバーであり、他のメンバーである洪珣碩、韓同謹と細胞会議をしながら、学習し、指針を受けたと主張した。そして「学習会」と「理念サークル」段階を経て、メンバーを引き入れるのだと陳述もした。

弁護人は反対尋問を通して、李成潤の陳述に多くの弱点があることを明らかにした。李成潤がメンバーとして目を付けた人々のうち、だれ一人ROという組織と自分がメンバーであることを認めなかった。結局、ROという組織は李成潤の陳述以外にはいかなる物証もないことが明らかになった。李成潤が細胞会議であると主張する「三人会（李成潤、洪珣碩、韓同謹の会合）」の対話内容にも、ROという組織名が登場したり、組織活動について言及したりした箇所は全くない。

国家情報院職員と一五〇余回会うたびに金を受け取っていた李成潤

弁護人は弁論要旨書で、李成潤は「情報提供者」ではなく、国家情報院から「捜査を依頼された民間人」にすぎないと主張した。李成潤は人間的配慮がない組織に対する失望感と天安艦事件などを見て、国家情報院に情報提供することになったと陳述した。二〇一〇年五月頃、電話で国家情報院に通報したが、数日後、国家情報院HP《ホームページ》に相談を依頼する文を書き、自分の携帯電話番号を残したと主張した。弁護人はこのような主張が全て嘘だとみている。

二〇一〇年の陳述調書では情報提供動機が北朝鮮の三代世襲であったが、二〇一三年には天安艦事件に変わった。李成潤自ら法廷で、天安艦事件に対する政府の発表を一〇〇％信頼してはいないと証言したことを考慮すると、情報提供動機を変えたことは国家情報院の注文によるものと見える。

李成潤は電話で通報して、国家情報院ＨＰに文章を載せたと言うが、法廷で弁護人が反対尋問で確認したところ、まず名前と住民登録番号を入力して認証を受けた後、タイトルとＥメール・アドレスなどを記載してはじめて文章を載せることができる国家情報院のインターネット情報提供システムを知らなかった。従って国家情報院ＨＰに文章を書き、相談を依頼し、電話番号を残したというのは事実ではないと見える。

李成潤が実際にいつ、どのような経緯で国家情報院と接触したのかはわからないが、二〇一〇年七月頃より国家情報院捜査官ムン・ピルジュと持続的に接触していたことは事実であることが明らかになった。

ムン・ピルジュは、「李容大外《イヨンデ》、明日会（仮称、山岳会）メンバーに対する国家保安法違反等被疑事件」に対する捜査を始め、二〇一〇年八月、録音機を李成潤に与え、洪珣碩、韓同謹との対話内容を録音させた。ムン・ピルジュは二〇一三年八月まで、週一～二回ずつ定期的に李成潤に会った。この間、五台の録音機を与え、李成潤に会うたびに国庫から一回につき一〇～二〇万ウォンの実費を支給した。ムン・ピルジュは録音機の受け渡しだけでも李成潤と合計一五〇余回会い、そのたびに金を与えたと法廷で証言した。

李成潤は、三人会や統合進歩党行事のたびに録音機を持ってきて、全過程をこっそり録音した。

時には証拠になる内容を録音するために、対話内容を誘導することもした。その結果、李成潤は国家保安法第二一条第一項、国家保安功労者償金支給等に関する規定により、最大五億ウォンの報奨金を受けとりうることになった。

弁護人が反対尋問で、五億ウォンの報奨金について知っていたのかと聞くと、李成潤は通報すれば報奨金がもらえるのは「小学生でも知っていること」と答えた。こうした事実をもとに弁護人は次のように主張した。

「李成潤は国家情報院による捜査が始まった後には単なる情報提供者ではなく、国家情報院によって捜査業務を委託された者といえる。従って李成潤の陳述は嫌疑を立証する目的でなされた陳述であるため、陳述の客観性と信憑性は最初から全く担保されていない」

弁護人は、李成潤の陳述に信憑性がない点は、二〇一〇年に作成された李成潤に対する参考人陳述調書が明らかになったことで、いっそうはっきりしたと主張した。

検事は、李成潤が二〇一〇年に国家情報院で陳述した調書を証拠として提出せず、捜査目録にもその調書の存在を記載しなかった。弁護人は李成潤とムン・ピルジュに対する尋問過程で、二〇一〇年当時の陳述調書があるのかどうか、引き続き問いただし、結局、二〇一〇年当時、四〜五回にわたり、李成潤に対する陳述調書が作成されたことを明らかにした。

検事は陳述調書の存在を認め、弁護人の要求に従って法廷に提出することになった。二〇一〇年に作成された李成潤の陳述調書は、二〇一三年の陳述内容の信憑性を判断するのに重要な意味を持っている。

「明日会」がROに

二〇一〇年九月から一〇月にかけて、国家情報院と李成潤は「明日会」事件に集中していた。弁護人は「明日会」の利敵性と関連して、李成潤が二〇一〇年当時に陳述した内容と二〇一三年に陳述した内容を比較してみた。その結果、二〇一〇年当時なかった内容が二〇一三年に初めて登場したり、二〇一〇年に陳述した内容が二〇一三年になって異なったりしているものを多数発見した。弁護人はこれが、事後的に国家情報院と李成潤が協議して悪意で虚偽事実を作り上げたり、事実を歪曲、誇張したりしたものであると主張した。二〇一〇年の陳述調書において李成潤は、組織名称を「明日会」と陳述し、ROは普通名詞と言及している。

ROは秘密組織で私がROメンバーになった後に三回組織名称が変更され、二〇〇九年初め頃の名称は「明日会」に変わりました。しかし正式名称を使用せず、通称「山岳会」という偽装名称を使用しました。

ところが、李成潤は二〇一三年の陳述では地下革命組織の組織名称はROであったとして、二〇〇四年にDとともに加入式をし、Dより組織名を聞いたと陳述している。他方、李成潤は法廷で「過去三年間、洪珣碩らとの会合でRO、『理念サークル』『学習会』などに関する内容を聞いたことはない」と陳述した。

ROは「明日会」よりも積極的なものとの判断で、国家情報院が命名した可能性が高い。李成潤の二〇一〇年の陳述調書ではROの加入手続きについて、自分の場合、手続きを省略し、略式で進めたとなっている。Cと牛耳洞《ウイドン》の山荘で進めた加入手続きの話は一言半句もない。その話は二〇一三年の陳述調書で突然登場し、法廷でも詳細に陳述している。

しかし、Cは法廷で証人として出て、李成潤と加入儀式をしたことがないだけでなく、最初から李成潤と学習会を持ったり、牛耳洞に一緒に行ったりしたこともないと陳述した。もちろんROという地下革命組織の存在も否認した。

李成潤は、ROの綱領についても二〇一〇年には綱領について聞いたことがなく、定められた綱領はないと陳述した。二〇一三年の陳述では、二〇〇四年にDとともに加入式をし、Dより三大綱領について説明を聞いたと陳述している。

李成潤がDより聞いたという綱領の内容は、「第一、われらは主体思想を指導理念として南韓社会の変革運動を展開する。第二、われらは南韓社会の自主・民主・統一を実現する。第三、われらはこのため主体思想を研究、伝播、普及する」というものである。

弁護人はこれについて地下革命組織というのであれば、当然綱領がなければならないと考え、事後に李成潤と国家情報院が協議して、民族解放民衆民主主義革命（NLPDR）の性格を参考に、三大綱領を作り上げたと見ている。

最初には、RO総責任者は李容大だと陳述した李成潤

李成潤は、二〇一〇年の陳述調書でDと加入式をした当時、Dより党内名として「南鉄珉《ナムチョルミン》」（音

訳）と聞いたと陳述し、ムン・ピルジュは党内名というのは北朝鮮の労働党が付けた名前だと説明している。ところが、李成潤は二〇一三年の陳述調書と法廷では、「組織名」だと陳述を変更している。李成潤が北朝鮮との連携性を強調するため、「党内名」だと主張したが、説得力が乏しいとみて、洪珣碩が三人会で仮名を意味する「オー名」という言葉に言及したのに着眼し、「党内名」を「組織名」に変更することで説得力を高めようとしたものと見える。

李成潤は、二〇一〇年の陳述調書で李容大が総責任者であり、その傘下に東部圏域、南部圏域、中西部圏域、道事業、中央派遣があると組織体系を説明しながら、当時、民主労働党で党職に就いていた人たちを、その責任者とメンバーとしている。

しかし二〇一三年の陳述では総責任者を李石基に変え、組織体系について東部圏域、南部圏域、中西部圏域、北部圏域、中央派遣、中央委員会（後に再び中央委員会を削除して青年チームと変更）で構成されていると陳述している。

ＲＯの総責任者が李容大から李石基に変わったことについて、李成潤は二〇一三年九月一三日、検事の陳述調書で、次のように陳述している。

李容大が総責任者だったが、病で倒れた後に李石基が総責任者になったようで、洪珣碩が李容大も李石基の前ではむやみなことはせず、尊重していると説明したのを見れば、李石基が引き続き総責任者であったように思います。私は誰が総責任者であるのかは別に関心がなく、正確にはわかりません。

李成潤は二〇一〇年九月八日、国家情報院参考人陳述調書でROの京畿道総責任者として李容大に目を付け、被告人李石基は中央から派遣された中の一人であると述べた。国家情報院も李成潤の陳述をもとに「李容大外ROメンバーに対する国家保安法違反被疑事件」としてこの事件を捜査してきた。趙楊遠に対する二〇一三年七月二六日付通信制限措置許可書まで、李容大をROの総責任者として目を付けた。そうこうするうちに、一ヵ月後の二〇一三年八月二八日頃から、李石基をROの総責任者に化かしたのである。

李成潤は組織体系を問う質問に対して、「文書で記されたものは見たことはなく、こうしたことは誰かが話してくれるものでもありません。しかし、私が二〇年以上も活動をしながら、こうなっているんだなと思うのです」と陳述して、推測によるものであると自ら認めている。

李石基が総責任者であるという理由

李成潤が李石基を総責任者として目を付けた根拠を詳しく検討すれば、失笑を禁じ得ない。

第一に、二〇一二年四月総選挙を前後して、李石基の名前が頻繁に論じられるのが、李石基が総責任者である根拠だ。これはもう説明する必要もない主張である。

第二に、二〇一二年八月、「真実勝利選挙対策本部」解散式で李尚浩が叫んだ「同志よ、あなたは私だ。私が李石基同志だ」というスローガンを見て、李石基が総責任者だと思ったと。進歩党ではこうしたスローガンを日常的に使用している。二〇一二年五月、進歩党の不正予備選事態の時、焼身自殺した朴英在の追悼行事でも党員たちは「同志よ、あなたは私だ。私が朴英在だ」というスローガンを叫んだ。過去、韓総連（韓国大学総学生会連合）が弾圧された二〇〇〇年代初めに大学の学生運動陣営では「私が韓総連だ。私が何某議長だ」というスローガンをよく叫んだ。こうしたことをよく知っていながらも、李成潤が先のスローガンをもって李石基が総責任者である根拠としていることは、悪意ある歪曲である。

第三に、李石基に対して「政治指導者」や「南側での政治指導者としての役割」という表現を使っているのが総責任者である根拠だ。これもまた多言を要しない憶測である。

第四に、李石基が昆池庵の会合の時、出席者を咎めながら、夜遅くに集まった人たちを解散させ、二日後にまた集合させたのを見て、李石基が総責任者と思ったと。これもまた事実そのものが誤った指摘である。情勢講演を主催したり、解散させたりしたのは京畿道党委員会のメンバーであって、李石基ではない。

その他にも検事は李石基を「代表」と呼ぶのが総責任者の根拠というが、これも妥当性がない主張である。李石基は「CNP戦略グループ」の代表という肩書を一〇年間持っていたので、前から知っていた人たちは口ぐせでそのように呼んでいるにすぎない。「(株) CNコミュニケーションズ（CNC）」は二〇一二年一月まで社名が「CNP戦略グループ」であった。

李成潤の二〇一〇年の陳述と二〇一三年の陳述を比較してみれば、国家情報院は二〇一〇年に李成潤に初めて会い、捜査を始めた時と、二〇一三年に内乱陰謀事件を発表した時とは、その目的と対象が異なっていることがわかる。李成潤と国家情報院は異なる陳述の溝を埋めようと、それなりに多くの苦心をした痕跡がみえる。しかし弁護人はその間隙を突いて、一つひとつ反駁して見せた。国家情報院と李成潤の主張がどれほど空虚で、前後のつじつまが合わない「作り話」であるのかを明らかにした。

検事が主張する地下革命組織が存在するとか、被告人らがその総責任者であるとか、幹部であるという点に対する検事の主張には全て根拠がありません。結局、地下革命組織ＲＯは存在しないのです。

これが、弁護団が裁判所に提出した弁論要旨書の結論部分である。

11 ちがう、ちがう、ちがう

奴らに魂があるのかわからないが、探そうとすれば、相当大がかりなものになる。

――デニス・ルヘイン（作家）

検察、警護チーム結成し、雪岳山で二回山岳訓練

検察は、ＲＯの実体と関連して警護チーム（要人護衛のためのシークレットサービス）があると主張した。検察の主張は、マスコミに次のように報道された。

三月に戦争切迫と判断した後、警護チーム組織＝国家情報院と検察は警護チームの山岳訓練を含む三月から五月まで続いた一連の流れが、李議員が具体的に内乱陰謀を企てた証拠になりうると見ている。検察の起訴内容などによれば、李議員は去る三月五日、北朝鮮の朝鮮人民軍最高司令部で停戦協定を無効化したことを契機に、朝鮮半島に戦争状況が切迫したものと判断した。

李議員はすぐに「戦争準備三大指針」をRO中間責任者といえる「細胞」を通じて伝達した。RO内ではこの頃より李石基警護チームが組織され、四月初め三〇名規模で警護チームが実際に発足した。公安当局は警護チーム発足直後の四月五〜六日に山岳訓練したことを今回確認した。李議員は続いて五月一〇日、ROの会合を一度、京畿広州昆池庵で招集したが、すぐに解散させた後、二日後に再びソウル麻浦区合井洞の会合を指示した。この会合で「銃器準備」「主要施設攻撃」などの発言が出た。

——『文化日報』二〇一三・一一・一一

検察の主張の中で「事実」として確認されたものは、「CNCの社員二〇名が四月初めに雪岳山《ソラクサン》登山に行った」ことのみである。実際には警護チームもなく、山岳訓練もなかった。ROがないのだから、これは当然のことである。それでも検察と国家情報院はそのような作り話をしている。公安当局（検察と国家情報院）は、「李石基警護チーム」について集中捜査をしているとしたが、実際に捜査したことはなかった。「捜査するもの」がなかったためである。ROがないように、最初から「警護チーム」もなかった。雪岳山に登山に行った人たちは、CNCの社員だけだった。

雪岳山緑色パトロール隊、ユ・チャンスの証言

検察は「RO組織内李石基警護チームの雪岳山山岳訓練」と関連して、雪岳山国立公園の職員二人を証人として申請した。雪岳山で緑色（環境保護）パトロール隊として勤務するユ・チャンスは

二〇一三年一一月一九日、第五回公判に証人として出廷した。検事は李在晩であった。

李在晩　証人が現在している仕事と担当業務は、どのようなものですか？

ユ・チャンス　雪岳山国立公園将帥台分所で、緑色パトロール隊として勤務しています。

李在晩　緑色パトロール隊は、どのような業務をするのですか？

ユ・チャンス　主に登山路施設の点検と保守、清掃、違法取り締まりなどの仕事をしています。

ユ・チャンスは雪岳山入山禁止期間中に、出入り禁止区域でCNCの社員らを摘発することになった経緯について陳述した。ユ・チャンスは寒渓嶺探訪センターで勤務していたが、足音がしたのでドアを開けてみると、二〇名余りの人が山を下りてきていたという。「今、山火事取り締まり期間なのに、知らないのか?」と言ったら、「わかった」と言って、「将帥台から出発した」と言ったというのである。ユ・チャンスは写真を撮り、一行のうち八名に過料を科したという。

李在晩　証人の陳述調書を見れば「当時はまだ寒く、山岳会所属でもないような人たちのほとんど体力が尽きた様子を見て、とても驚いたので覚えている」とありますが、大勢の人たちが入山禁止区域に入り、取り締まられるのを初めて見たために驚いたという趣旨ですか？

ユ・チャンス　私は寒渓嶺で勤務していますが、取り締まり期間にそれほど多くの人が下りてくるのを初めて見たので、怪しく思って驚きました。

ユ・チャンスは、雪岳山将帥台を出発して、大勝嶺から統制区間である西北稜線に沿って海抜一五〇〇mを超えるクィテギ青峰を経て寒渓嶺に下りてくるコースは、雪岳山でも極めて険しいコースだと言った。寒い日で、雪も積もっているのに、そんなに多くの人が密かに登山するのは日常的なことではないから驚いただけで、彼らが他の登山客と特別に違って見えたというのではない。弁護人金匹星《キムピルソン》は証人尋問を通してこの点を確認した。

金匹星　当時その登山客は他の登山客と装備が違いましたか？
ユ・チャンス　特に違う点は…。
金匹星　そういうのはなかったのですか？
ユ・チャンス　はい。風が強かったので、ポンチョや防寒着を着ていたということのほかには、特に外見上違った点は感じませんでした。
金匹星　当時、その登山客が、軍人など特殊機関の要員のようにがっしりしていて、訓練された人のように見えましたか？
ユ・チャンス　そんな感じはありませんでした。とても疲れていました。その日私が行っても疲れたでしょう。
金匹星　検察はその場所で特殊訓練をしたと主張していますが、特殊訓練や軍事訓練を受けたように見えましたか？
ユ・チャンス　私が判断する部分ではないと思います。相当に疲れて、くたびれていたのは事実です。

金匹星　一般の登山客と違う様子だったとか、服装が訓練を受けたようだったとかではないのですか？

ユ・チャンス　服装が汚れているとか、他の人たちと特に違うとかいうことはなかったと思います。

金匹星　当時、その登山客は、身分証の提示や写真撮影に素直に応じましたか？

ユ・チャンス　それには若干の言い争いがありました。さっきも言いましたが、ふつう、山岳会の人で「あなた方は違反ですので、身分証を提示してください」と言って、「はい」とすぐに出す人はほとんどいません。「見逃してくれ」とか言ってごねるんです。その日も八名を取り締まるのは容易ではありませんでした。

金匹星　特に他の登山客の場合より身分を隠そうとしたとか、隠しているような様子はありませんでしたか？

ユ・チャンス　そんなふうには感じられませんでした。違いはさして感じられませんでした。

ユ・チャンスは終始一貫、彼らが他の登山客とさして違う点はなかったと陳述している。さらに検察が「警護チーム」と主張する彼らの年齢帯が、四〇代と五〇代であったとした。検察は、ユ・チャンスから「警護チーム」が山岳訓練をした状況を証明するに足る、いかなる証言も引き出せなかった。それでも一一月二八日第一〇回公判で当時、CNC社員に直接過料を科した将帥台分所主任イ・ジュンソプを再び証人として呼びだした。しかし、結果は同じであった。イ・ジュンソプの証言に、ユ・チャンスと大きく違う点はなかった。

検察は先の二人の証言以外に、「警護チーム」に関するいかなる証拠も提出することができなかった。証人として出廷したCNC社員は、「会社の登山サークルで、登山好きの人なら必ず一度はしてみたいと思うビバーク登山に付いて行っただけだ」と証言した。

白頭山旅行を金日成遺跡地訪問に化かす

国家情報院と検察は、ROの実体と関連して、ROメンバー六〇名が白頭山金日成遺跡地を訪問したことが明らかになったと、マスコミを通して宣伝した。

裁判部に提出された、当時の白頭山旅行の日程表を見れば、普通の観光客の団体旅行と少しも異なるところがない、平凡な内容となっている。最初の日は中国に行き、延吉に到着して休息をとり、二日目は白頭山に移動して一部の区間はトレッキングし、一部の区間はジープで移動し、天池と長白瀑布を探訪して下山した。三日目は尹東柱《ユンドンジュ》詩人が通ったという太成中学校と尹東柱生家を訪問し、間島総領事館を回った。図們大橋を見学し、豆満江でボート体験をして日程を締めくくった。最後の日は牡丹江空港を出発し、仁川空港に到着して、旅行を終えた。直接旅行に参加した人たちに聞いてみても、金日成遺跡地を探訪したことはないと言った。

二〇一三年一二月一九日、第二二回公判に証人として出廷した白賢種《ペクヒョンジョン》。彼は富川市遠美洞「ナヌムとソムギム教会」の牧師だ。統合進歩党創立初期の二〇一一年末まで、党の中央選挙管理委員長、二〇一三年一二月当時、統合進歩党富川市遠美甲地域委員会委員長、統合進歩党中央委員であった。証人尋問は弁護人金七俊《キムチルジュン》が担当した。

金七俊　証人は今年六月六日より九日まで、三泊四日の日程で行われた白頭山旅行に参加した事実があるのですか？
白賢種　はい、あります。私と妻、そして高校一年に在学中の息子の家族みんなで参加しました。
金七俊　その白頭山旅行は、誰がどのような経緯で企画した旅行なのか知っていますか？
白賢種　先に小白山行きを企画していた京畿進歩連帯の南部と中西部運営委員の人たちと話し合って、お互いに他の地域の状況も一緒に話し、気も通じ合う、そんな場を作ってみようという趣旨で四月から準備したものだったと思います。
金七俊　証人は、白頭山旅行について誰からどんな内容で、参加を提案されたのですか？
白賢種　当時、京畿進歩連帯中西部圏域代表を務めていた京畿道党委員会の洪珣碩副委員長が私に「地域で一緒に活動できる党員が行くといい。ところでとても旅行経費が高いだろうから、多くの人が行くのは難しいだろう。それでも白頭山だから、一度行ってみる価値があるんじゃないか」と話をしたので、「わかった。ところで参加するのに特別な制限などがあるのか。必ず成人でなければならないとか？」と聞きました。私は息子のことを考えてそう言ったのですが「特別な制限はない。しかし白頭山トレッキングだから、あまりに幼いとか、そうであれば難しくないか？」という程度でした。それで地域の副委員長、委員長、熱心に活動する党員、市民社会団体の青年会員に私が一緒に行こうと誘ったのですが、やはり旅行経費が一〇〇万ウォンを超えたので（集まらず）、うちの家族三人と他の二人、富川からはこうして五人が一緒に行ってきました。
金七俊　全体として白頭山旅行は何名が参加し、どんな人たちが参加したのですか？

白賢種　バス二台を利用しましたが、六〇名に及ばず、五七、八名ほどでなかったか。正確な人数は思いだせません。いろんな人たちがいました。家族全員で参加したのは私どものほかにはいませんでしたが、家族が一緒に参加したり、結婚後に初めて旅行するという夫婦もいたり、市民社会団体で活動する方々もいらっしゃり、職場でどうにかこうにか休暇をもらって参加した社会人もおり、最も記憶に残っているのは知的障害をもった青年が参加したことです。ガンで闘病中の方が、新たな転機になればと参加していました。

金七俊　白頭山旅行の具体的な内容やプログラムはどうでしたか？

白賢種　一般的なプログラムでした。仁川空港から牡丹江空港に行き、バスに乗って回って、白頭山の近くで一泊し、白頭山紀行をして、翌日は尹東柱詩人が通った学校にも行き、豆満江でボートにも乗りました。私にとっては、家族と一緒に過ごせたとてもいい旅行でした。

金七俊　当時証人は、金日成遺跡地を訪問しましたか？

白賢種　いいえ。

金七俊　当時参加者が、いわゆるＲＯのメンバーだったのですか？

白賢種　とんでもありません。マスコミの報道でＲＯのメンバーが白頭山紀行に行ったという報道があり、私がその日の夜に妻と息子に話しました。「二人も今やＲＯになった。うちの家族みなＲＯだ」と言って、一緒に笑った記憶があります。

このように、ＲＯに対する検察の主張は、根拠が希薄な荒唐無稽なものであることが明らかになった。それでも検察は相変わらずＲＯがあると主張して、ついには李成潤の陳述を根拠に、統合進歩党の党職者三二名もROのメンバーであると発表した。しかしこうした主張は、李成潤の推測にもとづくものに過ぎず、実際に彼らを捜査したり、拘束したりすることはできなかった。

今や検察の手に残ったものは、問題の五月一二日講演の録音記録だけであった。

12 考えを処罰する

闇夜のおばけみたいに、衣ずれしかのこさない。だれにもわからないし、狩人にも仕止められない。そうでなくちゃならん。胸の思いだけは自由だ。

——ドイツ民謡 i

国家情報院の録音記録、四五〇ヵ所以上に誤謬

李石基は、この事件が起きた後、二〇一三年五月一二日の講演で自分がどんな話をしたのか、一つひとつ振り返ってみた。人の記憶というのはあてにならないものである。記憶というのは記録ではなく、編集だと脳を研究する専門家が言うように、時間が過ぎれば、自分がどんな話をしたのか、具体的な内容は忘れるのが普通である。話を聞いた人の記憶も正確ではない。自分なりのやり方で話を記憶しておくためである。

しかし講演のような場合、講演をした人は、自分がどんな目的でどんな趣旨の話をしたのかは忘

れない。彼が言ったことは彼の考えだ。彼は自分の考えを「講演」という場を借りて言葉で伝達したのである。それは、彼が平素考えていたことが言葉で表現されて出たものである。彼らは、彼が言ったことを「こっそり」録音して、彼に罪を問うた。そうした行為は彼の頭の中にある「考え」を覗き見て、それを処罰しようとするものである。

李石基と弁護団は裁判の間じゅう、この講演の趣旨は決して内乱陰謀や内乱扇動にあったのではないことを証明しようと努めた。マスコミの報道のうち相当部分が、李石基が言ってもいない言葉を李石基が言ったかのように歪曲していたために、それを正すのにも多くの時間を割いた。

二〇一四年一月七日第三二回公判では、五月一〇日の昆池庵会合と、五月一二日のマリスタ会合の録音ファイルに対する証拠調べが進められた。検察側の録音記録に四五〇ヵ所以上の悪意ある誤謬があることが明らかになった。裁判部は弁護団が作成した修正録音記録を証拠として採択した。その間のマスコミの報道は全て検察が誤って書き起こした内容をそのまま引き写したものであるか、検察が捜査中でありながら故意に流出させた、被告人側に不利な情報を受け売りしたものであった。マスコミは報道した内容が事実ではないことが明らかになった後も、訂正したり、謝罪したりすることは全くなかった。

録音記録全文は、講演で話した内容をそのまま書き起こしたもので、李石基議員の全体発言要旨文は、国家情報院録音記録の誤謬を正し、文章を整えて、理解しやすいように書き起こしたもので

〔訳注〕i　日本語訳文は矢川澄子・池田香代子・石川實『ドイツ・ロマン派全集 第一四巻 ブレンターノ……アルニムⅡ』（国書刊行会、一九九〇年）

ある。以下の講演要旨文は一審公判当時、弁護団が裁判部に提出したものである。

二〇一三年五月一二日、李石基議員マリスタ本講演要旨

この前の昆池庵での講演日程の取り消しは幹部のミスでした。幹部の中には現情勢をあまりにも安易に見ている人がいます。少し前の「李尚浩事件」[1]にみるように、公安機関の不法査察が深刻になり、言葉一言誤れば、その日のうちに保守メディアのまな板の上に上げられる状況です。昆池庵はその点で、対処が難しい無防備な状態でした。情勢がこれほど深刻であるにもかかわらず、党と前線運動団体[2]にいる方々は無意識のうちに公式日程や自分の仕事にのみ埋没する傾向があります。

今の時代は米帝国主義の古い支配秩序が崩壊している熾烈な激変期です。経済、軍事分野に続き、政治分野でも没落しています。米国内の知識人も、これ以上米国式民主主義は対案にならないという話を公然としています。地域的に見る時、朝鮮半島は米帝国主義の支配秩序の最も弱い部分です。また民族的、階級的抑圧が最も先鋭に衝突する歴史のど真ん中、民族史的大激変期にみなさんは立っています。

野党連帯を破壊しようとする大統領選挙プロジェクト

こうした激変期の中で、私たちは古い二大政党秩序を下から揺さぶり、進歩的大衆政党である進歩党を創立しました。四・一一総選挙を通して、院内第三党に跳躍する革命的な快挙を成し遂げました。進歩党の進出に驚いた米帝国主義者らは史上類例のない総攻勢を浴びせました。しかし熱い

義理と同志愛で団結した勢力は決して死にません。結局、進歩党は生き残り、いっそう、強くなりました。昨年のいわゆる「進歩党事態[3]」の性格は、単純な党権簒奪クーデタではありませんでした。「自主・民主・統一」という進歩勢力の正統性を壊し、進歩政党を体制内化しようとしたのがその本質です。特に、野党連帯を破壊しようとする大統領選挙プロジェクトでした。

事実、こうした弾圧は時代の大激変期にあって、彼らが私たちをどれほど恐れているかを示しています。そのため、進歩党の孤立化、従北騒動はこれからも止まないでしょう。「行く道が険しくとも笑いながら行こう」というスローガンの意味は、それゆえに格別です。従北フレーム（アッ

〈原注〉1　内乱陰謀事件の被告人の一人である李尚浩が二〇一三年一月、自分を尾行していた国家情報院の職員を捕まえて警察に引き渡した事件。この事件で李尚浩はうつ病と不眠症に苦しむなど、深刻な後遺症を経験し、それがこの日の講演後の分班討論で「予備検束」を念頭においた過激な発言にいたり、問題になった。

〈原注〉2　利害と要求を異にする各種大衆団体が共同の目標を成し遂げるために結成し、ともに活動する連帯団体を意味する。遠くは日帝強占期の新幹会を挙げうる。

〈原注〉3　二〇一二年一九代総選挙当時、統合進歩党比例代表国会議員候補党内選挙をめぐり、不正選挙論難が起きたこと。当初は党内部の葛藤に触発されたものであったが、マスコミがこれを大々的に報道したのに続き、公安検察が「業務妨害」嫌疑で家宅捜索、逮捕など強制捜査に出て、政局の最大懸案として台頭した。不正選挙疑惑を提起した側は集団脱党し、正義党を創立した。同年一一月頃、検察の捜査発表によれば、李石基議員にいかなる不正の嫌疑も確認しえなかった。それに反して、不正選挙疑惑を提起した側の候補・主要党職者は違法代理投票のためのコールセンター運営などが明らかになり、拘束された。

プ）は第二の赤狩りです。支配体制に最も脅威となる勢力、最も進取的な勢力を従北として烙印を押す宣伝工作です。事実であるか、ないかは関係ありません。結局は民主党と連帯、連合して総選挙で勝利するのを見て、恐れをなしてしでかしたのです。

民主党が一二七議席で、第一野党としてもつ力は決して小さくありません。しかし現指導部の中道化、改良化は深刻です。はなはだしくは対北問題さえ後退しています。一言で言って、野性を失ったのです。これは偶然には見えません。安哲秀《アンチョルス》は、新しい政治を渇望する民心の歪曲されたアイコンです。実際に、民心を代弁しうる新しい政治勢力は進歩党です。しかし、彼らが従北という「赤い風呂敷」をかぶせ、恐怖と不信の対象に仕立て上げてくるので、容易ではありません。安哲秀については難しく考えていません。民衆は自分のアイデンティティーがない勢力を絶対に支持しません。安哲秀の実態は、蘆園区補欠選挙で明らかになりました。当分、安哲秀ブームが続くように見えますが、大激変期にふさわしくありません。

三つのキーワード「光明星三号・三次核実験・停戦協定無効化宣言」

現情勢を理解するのに必要な、三つのキーワードがあります。最初は「光明星三号（三号二号機）」です。北は米国の二〇年間の経済封鎖に続き、中国さえも国連の対北制裁に参加する悪条件の中で光明星発射に成功しました。次は「三次核実験」です。さまざまな意見が乱れ飛んでいますが、米国国防情報局の評価によれば、科学技術的側面から見ても相当なものです。水素爆弾まで成功したと見ています。この二つの成果に続いて、最後に出たのが「停戦協定無効化宣言」です。米朝間の古い関係を終わらせようと宣言したのです。国際法上は、今も戦争状態です。

この四月の一ヵ月間は事実上、戦争をしていたのです。米国は、プレイブックという北侵計画をもとに実戦シュミレーションを進めました。本土から核爆撃機まで動員しました。

北の核に対して、米国行政府内では見解がわかれています。まず国務省、国家情報長官室は一定の核保有能力はあるが、武器化段階には達していないと見ています。それに反して、国防総省、国防情報局は相当程度の核保有能力を備えた、現実的な脅威勢力だと主張しています。前者は政治的判断をする部門であり、後者は実際の戦争を遂行する部門です。そのため（私は）後者が正しいと見ています。小型化、軽量化、多種化をなし、米国本土を攻撃しうる精密度を持った、というのが国防総省の評価です。対外的に認められていないだけです。

北は、憲法を通して核保有国であることを明示しました。非核化は、現実的に難しくなりました。米国内でも非核化のかわりに不拡散に移行しています。特に、米国が憂慮するのは核技術の「イラン」移転です。そのため北に対して、非公開の提案もしました。過去、米国の歴代軍事戦略では本土侵攻を念頭に置く必要がありませんでした。一例として、ハリウッド映画で米国に侵攻したのは宇宙人しかいません。核保有強国として浮上した北が米国の脅威であることを認め、従来の軍事戦略も修正することになりました。

価値判断を排除して、北が核保有強国として米国の脅威になったというのは客観的なファクトです。この三月の「停戦協定無効化宣言」により米朝間の古い関係は、これ以上維持できない状況です。今や新たな段階に進むしかありません。まさに、それだからこそ、世界的規模で、特に朝鮮半島で米国の支配秩序が崩れつつあると見るのです。私たちの力量が強化されれば新たな秩序の到来は早まりますが、できなければ、従来の古い秩序が形だけ変化して維持されるでしょう。

沈黙も一種の表現

現情勢をどのように見るのかについて、一部に偏向があります。南側の観点から見ることも、北側の観点から見ることも、ともに一面的です。わが民族と外勢の間で自主的な観点、韓国社会に責任をもつ主体的な立場から現情勢を見なければなりません。

偏向の代表的事例は、最近ある市民団体の「銃より花」パフォーマンスです。南側がすべての銃を下ろそうといいながら、実際には米国が抜け落ちていました。現情勢を南北間の対立と葛藤として見る錯覚のためです。しかし現情勢の本質は、わが民族と米国の対決です。他方、米朝間で全て決定して、南側を従属変数と見る偏向があります。本当に米朝決戦によって朝鮮半島情勢の転換期がもたらされるのであれば、私たちは一生懸命、お祈りさえすればよいのです。しかしそのように単純に見ては、深刻な代価と犠牲を払うことになります。

最近、党代表の名義で出された声明にも遺憾な点があります。「北はミサイルを撃ってはならない」というものです。現在の危機の本質は、わが民族と外勢の問題であり、緊張の主たる原因も米国にあります。まさにこの点をミスリードしかねない点で一種の失策です。

しかし、もし私たちが北の自主権の問題や、主権の次元から接近すると、やはりまた従北とされ、ひどい目にあうでしょう。従北騒動というのは一種の韓国版マッカーシズムであり、五〇年代の同族間の悲劇、七〇年代の赤狩りのような暴力性が歴史的に内在しています。もちろん根本的には核をなくし、朝鮮半島を非核地帯化しなければなりません。しかし米国が一〇〇〇余基以上の核兵器を持っていながら、北に対してのみ直ちに核を捨てろと言うことは自主、平等という国際的な原則にも合致しません。

沈黙もまた一種の表現です。分断問題のこうした複雑な現実、わが民族と外勢との間の力学関係により、時には沈黙が正解である場合があります。たとえ正しい主張であっても、政党としてそのようにはっきり主張するには、まだ力不足です。今回の場合も、北がミサイルを発射すれば、また苦しい立場に置かれます。「なぜ遺憾表明をしないのか。従北ではないのか」こうなるのです。結局、沈黙して時が来るのを待ち、ひるまず、もちこたえればよいのです。それが立場としても正しく、政治的にも賢明です。

その点で、再三強調しますが、米国の侵略脅威、軍事的支配体制を終わらせる自主的な観点、韓国社会に責任を負う者らしく、この情勢を展望して準備するという主体的立場から、私たちがブレてはいけません。

最近、ある保守新聞が「以民為天」という額縁について非難しました。だれもが知っている常識的な言葉であるのに、北と結びつけて、陰湿に攻撃したのです。彼らが従北魔女狩りの機会を虎視眈々と狙っているのは、現在の深刻な情勢とも無関係ではありません。

私たちが「銃より花」を望んでいることは明らかです。しかし軍事的侵略という暴力構造を根本的に清算せずには、平和が自然にやってくるわけではないことも明らかです。それでは、現情勢において、私たちはなにをなすべきでしょうか。

必勝の信念で武装せよ

第一は必勝の信念で武装しなければなりません。

そのためにはまず、現情勢に対する認識が正確でなければなりません。南の側面、または北の側面からのみ見て、一面的に理解してはなりません。信念は神話ではありません。客観的根拠にもとづいて激変期の情勢、変化の大きな流れのダイナミズムを信じるのです。勝利の局面にもかかわらず、実際には私たちには過酷な試練が予見されます。米国の支配秩序と軍事的侵略脅威に反対する、全ての行為はみな反逆とされるためです。彼らの立場からは、私たちの全ての行為が反逆です。

時間の関係上、省略した内容に言及すれば、核保有強国には全面戦はありません。インド、パキスタンは単なる核保有国です。軽量化して核兵器を保有した国を核保有強国と言いますが、それは三、四の国家にすぎません。今回、北がそこに入ったのです。これら核保有強国の間では全面的対決はありえません。自国民一〇〇〇万人以上の犠牲を、米国が選ぶことはありえません。そのため、朝鮮半島でも全面戦ではなく、局地戦、正規戦のかわりに非正規戦のような新たな形態の戦争が展開されるでしょう。

例えば、西海五島での軍事的衝突の危険性が高い理由もそのためです。人口密度が低く、戦争拡大への可能性が高くなく、にもかかわらず、軍事的デモンストレーション効果を極大化しうる場所だからです。

少し話がそれますが、少し前に延坪島に行き、三歩一拝をしたのも、一面的な情勢理解に起因しています。武力衝突を防ごうという意図はよいものですが、三歩一拝をする場所を誤りました。発砲命令権がない海兵隊に行くのではなく、米国大使館に行くのが正しかったのです。

前述した新しい形態の戦争において極めて重要なものは心理戦、思想戦です。特にサイバー宣伝戦は最近、国家情報院心理専門家によって相当に精鋭化されています。三、四月の深刻な局面でも、国民が大して動揺しなかったのもそのためです。しかし、民心は当然、本質を見ています。三週間前、レトルトごはんの販売量が前年に比べて三七％増加し、非常用品を購入したのは五〇歳代が最多でした。彼らはそうした世論の推移を敏感に検討して、対応しました。軍人の外泊外出も禁止しませんでした。

「コムシン」という軍隊に彼氏を送った人たちのインターネット・サイトがあります。ここに誰かが「彼氏が心配だ」と書き込みます。すると、すぐに「お前、誰だ。従北だろう？」と誰かが書き込みます。現在、それぐらい徹底的に心理戦、思想戦、宣伝戦が体系化されています。

このように新たな形態の戦争はすでに先鋭に進められています。しかし、彼らにとって最も恐ろしいのは、「体制安定妨害勢力」です。その勢力から手にかけようとします。しかし、これほどおびただしい弾圧にもかかわらず、進歩党と私は依然として生きています。

自主こそ、進歩と保守を分かつ唯一の基準

現在、進歩党は、韓国社会で自主の旗を掲げる唯一の政治集団です。ある意味では、進歩と保守を分かつ唯一の基準が自主だということができます。朴槿恵、民主党、安哲秀を問わず、みなが福祉を語りますが、自主はだれも口にしません。自主という価値を通して見ることで、朝鮮半島の複雑な情勢、多様な利害関係を単純化して見ることができます。現象的には複雑でも、本質的にはわが民族と外勢の問題であることが明らかになります。結局、私たちを脅かすのは北ではなく、外来侵略者なのです。

自主の旗を掲げる自主・民主・統一勢力を除去しようとするのは、彼らの立場から見れば当然の

ことです。軍事戦略的にも、政治的にもそうです。これが進歩党弾圧の背景です。その渦中で実施された先月の再補欠選挙の結果は、相当な成果です。

今後、軍事的危機局面が持続すれば、戒厳に準じる状況が来ることもあります。最初に着手されるのは宣撫工作(4)です。以前とは異なり、民心が重要であるためです。すでに軍、検、警、国家情報院全てが動員され、想像もできない力で展開されています。宣撫工作で一旦、敵として、従北として規定されれば、法理的な弾圧、物理的なテロが横行するでしょう。彼らは私たちを反体制と見ているので、実際のテロはかつての張俊河《チャンジュナ》、ＤＪ（金大中）の時よりも深刻でしょう。ここにいらっしゃる方々も例外ではありません。

昨年、公安検察が党のサーバーを奪い、党員名簿と投票用紙を全て持ち去りました。すでにリストが作られていることでしょう。私と顔を一度も合わせたこともないような地方の党員でも、比例代表予備選挙で私に投票したとの理由で、リストに名前が上がることもありえます。最近では家宅捜索も日常化しました。ある公開進歩団体の場合は裁判所で有罪判決を受けて、団体名称も変更しましたが、その後も弾圧状況は変わっていません。鉄道（労組）の場合は、緩いレベルの現場集会にすぎなくても、弾圧を受けています。

かつてのＤＪ、盧武鉉政権時代の自由奔放な政治活動文化と緩さを警戒しなければなりません。当時、自主・民主・統一を前面に掲げていた人々は事実上、全て捜査対象者として見られています。国家保安法第七条(5)の乱用は、韓国社会において、依然として現存する危険です。

だからこそ、ここで信念を強調しているのです。信念とは、目に見えない勝利、つまりまだ来てはいないが、その勝利が必ず来るという確信のことです。またそれを作りだす目に見えない力に対する確信です。結局、その力は私たちが作りだすのだと確信することです。

また見逃してはならないことは、価値に関することです。私たちは、私たち自身が幸福を享受しようとするのではありません。私たちの大切な子どもたち、愛する子孫がその成果を享受できるならば、そのために幸福を作りだそうとすることも本当の幸福です。力に対する確信、幸福に対する価値、この二つこそが必勝の信念です。今の厳しい情勢で私たちにまず求められる一次的な課題は、こうした必勝の信念でしっかりと武装し、団結することです。

物質技術的準備を整えなければならない

第二は、物質技術的準備を整えなければならないということです。

現実は力対力、意志対意志の対決です。六〇年間の古い秩序から、彼らは容易に退かないでしょう。あらゆる妨害と弾圧、工作が用いられるでしょう。それを勝ち抜くには、物質技術的な準備が必要です。

〈原注〉4　宣撫工作：軍やそれに準ずる国家機関が、特定の主張を伝播する目的で対外的に展開する宣伝活動。
〈原注〉5　二〇一一年国連のフランク・ラリュ特別報告官は「韓国の国家保安法第七条（賛揚・鼓舞罪）は人権と表現の自由を深刻に侵害する」「韓国の国家保安法第七条は曖昧であり、公益関連事案に対する正当な論議を禁じている」として廃止を勧告した。市民団体「国家保安法廃止国民連帯」によれば二〇〇八年以後、二〇一二年半ばまで国家保安法違反嫌疑で検挙された人は合計四八二名で、そのうち七条違反嫌疑者が四〇二名、全体の八二％に達する。

なぜ物質技術的な準備というのか。現情勢は先鋭な政治軍事的対決局面です。観念的、抽象的な準備ではだめです。具体的、実践的に備えなくてはなりません。それでこそ守勢ではなく、攻勢に出ることができます。犠牲を最小限にする賢明な道です。

新たな形態の戦争における彼らの圧倒的な心理戦、宣伝戦の力量については先に言及しましたが、それに比べれば、私たちの力量は相当に不足しています。これを認めましょう。しかし必勝の信念をもっていれば、その中に物質技術的な準備の回答も十分にあるのです。

無から有を作り出した事例として、光明星二号もあります。北に従おうというのではなく、私たちにもそれだけの能力があるということです。数限りない弾圧にもかかわらず、この地の進歩勢力は生き残りました。六〇年代、七〇年代、八〇年代ならば夢のような話を今、私たちは堂々と主張しています。今こそわが民族と米国が相対する民族史の大決戦期です。私たちが先頭に立ち、朝鮮半島統一の新たな段階に出れば、これもまた名誉あることです。私たちが予想するにせよ、しないにせよ、米国による北に対する挑発が明らかであれば、予め備えましょう。一定の時間が過ぎれば、この局面が終わるだろうと思うのは錯覚です。現情勢を理解し、検討しましたが、古い秩序が交替しない限り、軍事的緊張と危機はいつでも再燃するほかありません。先ほど申し上げたとおり、すでに新たな形態の戦争に向かっています。

あまり悲壮がらずに、笑いながら行きましょう。行ってみれば、苦しいこともあるでしょうが、苦しみも人生にはよいものです。一度苦しめば民族史が変わるというのに、これはどれだけ価値あることでしょう。迫りくる大激変期に、私たちが先頭に立つことを幸せと感じて、誇らしく考えましょう。

統合進歩党京畿道党委員会所属党員一三〇名余りが集まったこの日の講演で、李石基は一時間近くにわたり前述のような話をした。講演が終わり、少しの質疑応答時間を持った。

■質疑応答

質問1　米国がこれまでのように安易に挑発するのではなく、中国などをも引き込んで経済を封鎖し（北を）孤立圧殺することが多くなるのではありませんか？　オバマの「戦略的忍耐」のように安易に挑発せずに、攻勢を続けるなかで、軍事的な問題が大きく浮上するのではないですか？

答弁1　講演をよくお聞きにならねばなりませんが、先ほどその「戦略的忍耐」というオバマ第一期政権の対北政策は、米国自身も失敗したと認めているのです。光明星二号、三次核実験、停戦協定無効宣言、これらのことが起きて、従来の対北政策は総体的に失敗であったと評価されたのです。

それから、軍事的衝突のことは誰にもわかりません。九四年、米国が寧辺の核施設を爆撃しようとした当時、YS（金泳三）も知りませんでした。誰も知りませんでした。実際、二次核実験の時は、米国は北に対して、攻撃隊を整えて、脅迫しました。しかし、北はそのまま強行したのです。

米国の立場から見て、本土に対する脅威が現実化したということと、現実に理解するということはまた別の話です。ある意味では偶発的なものですが、実際、挑発したいという考えもあるのではないでしょうか。本当に核の惨禍は起こりうることです。もちろん、私は核よりは通常兵器による戦争可能性が高いと見ます。

最悪の状態はもちろん、全面戦、武力衝突状況です。歴史的に見る時、平和の前段階として戦争が起きる事例もあります。しかし、一番望ましいことは戦わないで犠牲を最小限にすることです。そのためにあらゆる備えをすべきではないかということです。

質問2　地域では平和協定締結署名を集めています。停戦協定を平和協定に変えなければならない、これはわかります。しかし、市民に会って「朴槿恵政権と米国は北と対話せよ」という話をしますが、朝鮮半島の危機の本質を明らかにする側面からみる時、これは正しいのでしょうか？

答弁2　討論で話し合うのが適切だと思います。本質的な根本問題についてのみ、少しお話しします。反戦闘争、平和の呼びかけをすることは至極正当であり、また当然です。それとは別に米国が作りだした朝鮮半島の軍事的葛藤の根本構造を壊すことも重要です。すなわち、反戦平和を呼びかけて、当面する戦争の危機を防ぐことも重要ですが、根本的には米国の対朝鮮半島戦略を変えなければなりません。

本講演の主題の一つが、政治軍事的危機状況に対する備えについてです。停戦協定を平和協定に変えるための努力もゆるがせにはできませんが、最後の状況、軍事的に決定される状況が起こりうるために、新しい形態の戦争に対する備えのことを強調しました。

質問3　政治、軍事の特徴とはどういうものですか。政治軍事的体系ということも理解できません。それがわかれば、物質技術的な備えも…。

答弁3　それを討論されるよう望みます。簡単に話して、接近しうる現実が全てではなく、またそれが重要なのでもありません。祖国の明日のために、率直で、熱のこもった討論をすること自体にも大きな意義があります。

ところで、みなさんがそれぞれ抱えている現実の問題もあるはずです。例えば、国立病院の職員であるとか、大型免許所持者の招集令(6)であるとか、前に座っていらっしゃる方は「いっぱい取った」と今、おっしゃいましたが、いずれにせよ、こうしたことが現実的な問題でしょう。討論してみてください。

質疑応答が終わってから、約一時間、地域ごとの分班討論がなされ、三〇分間討論内容に関する発表があってから、李石基のまとめの発言があった。

■まとめの発言

今日、強調したのは、物質技術的な備えの問題だけではありません。現情勢に対する自分の立場を見直して、さまざまな古い考え方を一掃しようというものです。現情勢に対する立場、主体的観点が明らかになれば、物質技術的な備えは各自多様に創造的に作りだすことができます。しかし、現実の闘争から遠ざかっていたり、上層で活動していたりする方々は、相変わらず観念的に理解す

〈原注〉6　戦争や国家非常事態時に、関係法令により強制的に動員される人的資源を意味する。予備役、補充役などをはじめ、特定免許取得者、特定業種従事者などがそれに該当する。

る場合が多いです。そのため、言葉では急進的なことを言っても、実際には現実問題に対する理解はとても低いものです。

かつての抗日独立運動の歴史を振り返れば、「二丁の拳銃」[7]が意味するものは大きいです。「二丁の拳銃」に込められているものは、抗日運動の強い大衆的基盤です。今、米国と相対するためにも、大衆の中に深く入るならば、無数の方法があります。

討論とは関係ありませんが、面白く聞いた話を紹介しましょう。ある鉄塔を破壊することが軍事的に重要だとしましょう。外ではいろいろな方法を論じることができますが、実際その現場ではとても単純なやり方を用います。結局、大衆の中に答えがあるということです。本講演で新しい形態の戦争は結局、民心を動かす思想戦、宣伝戦、世論戦、心理戦であることを強調しました。私たちが全国で同時多発的に世論を動かせば、彼らには姿は見えませんが、その威力はものすごいものです。

もう一つ強調すれば、この闘いは勝ちます。ロシア革命当時を見れば、ツァーリがドイツと戦争した時、多くの革命家が戦争に賛成しました。少数に過ぎないボルシェビキだけが戦争に反対し、内戦に転換しました。そのため、当時はおびただしい犠牲を被りましたが、結局はそれを契機に、革命で勝利しました。

日帝時代は日帝に反対する人を「不逞鮮人」[8]と言い、抗日武装闘争する人々を「匪賊」と罵りました。分断時代にも分断を壊そうとする人を「従北勢力」と言っています。だから、従北と攻撃されたら、むしろ名誉と考えましょう。先ほど南部圏域の討論班で、誰かが刀を持とうと言っていましたが、もう今は刀は持ち歩かないでおきましょう。銃？　銃も持ち歩かないようにしましょう。

核爆弾よりも重要なのが思想の武器です。私たちは勝つために闘うのであり、死ぬために闘うのではないことを肝に銘じなければなりません。

勝つ闘いであるために、勝つための準備を科学的に徹底的にしましょう。分断から統一へ向かう闘いはすでに始まっています。最後に物質技術的な備えのところで、先ほどは飛ばしましたが、宣伝部隊が必ず必要です。

もともと、宣伝戦は私たちの得意分野です。ところで、先の青年班での発表では宣伝戦を軽視していたようですが、これはとても重要です。どんな状況でも独自に宣伝戦ができるように、物的土台を構築することが物質技術的な備えです。

先ほどみなさんの発表を聞いていると、「銃をどうやって準備するか」「釜山に行って銃を作って」とかを耳にしましたが、これはただの戯言だと思います。実際に彼らは、私たちよりもはるかに緻密に現情勢に対する準備をすでにしています。例えば、インターネット上の私製爆弾製造サイト、ボストン・テロのような圧力釜マニュアル、これらはもう内査中で、追跡中です。彼らは現情勢に対して、それほど機敏で迅速に対応しています。むしろ彼らが現実に敏感になっている点を強

〈原注〉7　日帝強占期、臨時政府をはじめとする海外独立運動団体が武装し、日帝に立ち向かうために、各界の同胞が軍資金を募集し、支援したこと。すなわち、自主独立を熱望する大衆の意志を象徴化した表現である。

〈原注〉8　「不逞鮮人」：日本帝国が日帝強占期に植民地統治に反対する朝鮮人を不穏で、不良な人物と呼んだ用語である。

調したいと思います。

現実はかくも熾烈です。民族史の大前進を本当に正しく成し遂げようという主体的観点にさえ立つならば、各自が準備することはいくらでもあります。また情報戦もとても多様で、かつ重要です。私たち自身の力と知恵で大激変期を迎えることは名誉あることです。これまで積み上げてきた矜持、自負心をみな置いて、本気で取り組みましょう。お互いに一体感を高めるために努力する中で、自然に勢いもついてきます。より大きな力が出てくる原理とは、そういうものです。

講演出席党員一三〇名が全てROのメンバー？

初めてメディアに公開された李石基の講演内容は、国家情報院録音記録の誤謬が弁護団によって修正される前の、歪曲された内容そのままだった。李石基が銃器準備を指示したというのは、法廷での録音ファイル分析により、事実でないことが立証された。実際に李石基が言ったのは「銃や刀を持って歩き回るな」というものだった。当時、メディアの報道で大きな衝撃を与えていた基幹施設攻撃事前準備も、やはり事実でないことが明らかになった。

検察が証拠として提出した「韓電ＨＰ《ホームページ》検索記録」は、保有している韓電株価検索のためであったこと、また「インターネット振興院住所を手帳に記載」は、医療生協ＨＰのリニューアルにさいして、障害者のアクセスを問い合わせるためであったことが弁明された。

やはり大きな論争になったＫＴ恵化支店襲撃目標発言は、南部圏域分班討論に出席した一党員の個人的な発言にすぎず、分班討論の録音ファイル全体を聞いてみれば、出席者がはっきり異なる意見を表示していたことが確認される。

検察は、一〇分だけで解散した五月一〇日の昆池庵での講演と、五月一二日マリスタ講演の内容の多くを歪曲して発表した。検察が歪曲した部分をいくつか検討してみれば次のようである。


〈検察側〉 → 〈実際の発言〉

「全面戦だ、全面戦!」 → 「全面戦にはならない」

「暴力的な対応」 → 「統一的な対応」

「中央指揮部がみなないのです」 → 「中央党職がみなないのです」

「実弾があっても連絡できない状況」 → 「市単位においても連絡できない状況」

「金根来指揮員、お前今何しているんだ」 → 「金根来、お前今来たのか?」


検察は、録音記録の内容を歪曲することに止まらなかった。李石基の講演内容と、分班討論で出た話を区分せず、ごちゃ混ぜにして「国家基幹施設攻撃」とか、「武器指示」とかいった内容が、李石基の講演の中で出た話であるかのようにメディアを通して発表した。事件が報道された初期に、人々を驚かせた話は大部分、分班討論の時にいろんな人が好き勝手に言い放った内容であった。

事件が起きてから、誰よりも驚いたのは、その日の情勢講演に出席していた京畿道党委員会の党員たちであった。講演に出席した党員一三〇名がみなROのメンバーであるという発表に、出席者は呆気に取られた。

その日彼らが出席した情勢講演は、党員が集まる他の講演会や党行事と特に違った点はなかった。

京畿道党委員会といっても、互いに遠く離れた地域に住んでいて、久しぶりに会った人たちは互いに懐かしく挨拶をし、近況を尋ねた。日曜日の夜一〇時に突然開かれた講演会に集まった人たちは、平素から党の行事に積極的に参加する熱心な党員が大部分であった。

夜遅い時間に講演の日程が設けられたことについても、特に変だと思う人はいなかった。みな職場や仕事があるので、より多くの人が出席することを望んで、そのように日程を決めたものと思った。預けるところがなくて、子どもをおぶって来た女性もいた。とにかく、李石基議員が講演するからと、期待して出席した人が多かった。主題が多少重く、雰囲気は真摯だったが、途中で笑いがこぼれ、和やかな雰囲気の中で講演がなされた。

検察の中間捜査結果発表時、新聞に載ったROの組織図を見て、出席者たちは失笑を禁じ得なかった。そこに出た名前は会合で司会をしたり、質問したりした人が全部だった。録音記録に登場する人たちを中心に仕立てあげられたようだった。出席者がみなROのメンバーだと言いながら、検察はどうして出席者全員を反国家団体結成などの嫌疑で起訴しないのか、説明できなかった。

洪珣碩・京畿道党委員会副委員長が討論を率いた中西部圏域討論会では、誰かが「戦争になれば、私たちは銃でも準備しなければならないのでは?」という話をすると、他の人が「もう、銃は難しいからハッキング技術でも磨かなければならないんじゃないか?」と返した。そうすると、洪珣碩が「そんな雲をつかむような話をしていないで、現実的に私たちがなすべきことはなにか、これについて話そう」と整理した。

ところが、国家情報院と検察はこれをもって「先端ハッキング技術で国家主要施設の麻痺」を企図したと発表した。実際には銃であるとか、ハッキングという言葉が出た時、皆笑った。現実感がない話だから、笑ったのである。

国民の視点に照らしてみる時、度が過ぎているのではないか？

マスコミから最も多くの攻撃を受けたのは、李尚浩の石油関連施設や鉄道施設などを破壊しなければならないという発言であった。この日の講演会出席者のうち、証人として法廷に出席することになった白賢種は、『ハンギョレ』のインタビューで次のように語った。(9)

記者　京畿道党委員会が主催した会合であり、公的な党員会合で国家基幹施設破壊のような話が出たのはあまりに過激ではないか、国民の視点に照らしてみる時、度が過ぎているのではないかとの指摘がある。

白賢種　党では、さまざまなレベルの会合が開かれると思う。公的な会合であれば、主要幹部が集まり、決定と執行がなければならないはずだが、当時の会合はそれこそ討論して、情勢認識を共有する場であったために、自由討論が可能だったと思う。公的会合であったならば、決定を下し、党の活動方向を規定する過程が必要ではなかったかと思う。

記者　たとえそうだとしても、石油関連施設破壊といったような話が出るのは穏やかではないと

〈原注〉9　「新マッカーシズムの時代①統合進歩党『五月会合』参加者は語る」(『ハンギョレ』二〇一三・一一・二)

思うが？

白賢種　区分する必要があると思う。その日の会合は京畿道党委員会が主催した公式的な場だった。ここで重要なことは、京畿道党委員会がそうした話をしたならば明らかに問題だ。ところが、それを言った人は党員だった。党員は自分の考えを表現したのだ。一三〇名が集まって一三〇の互いに異なる考えと意見を自由に述べた。この過程で誰かは眠くて話すことがないと言い、ある人は過激な話、ある人は冗談、ある人は雲をつかむような話もしたのだ。ところが、その一三〇名の話の中から一人だけを選んで、「それでも党の公式的な場なのに、そんな話をしてはならないのではないか」、こんなふうにアプローチするのはあまりに扇情的で不当だと思う。

白賢種は、「五月一二日の党員会合が録音記録として作られ、公開される可能性についてわかっていれば、私たちは冗談一言にも自己検閲をしただろう。でも『冗談一言にも自己検閲をしなければならないのか』という思いもする。進歩党を孤立させるためのシナリオの中でこの事件が進められていたと思う」と付け加えた。

この事件で見逃してはならない点である。国家情報院は、政党の公式行事を協力者を通して「こっそり録音して」公安事件を作りあげた。典型的な不法査察である。このように個人はもちろん、政党の行事までこっそり探り追いかける国家情報院の行為ははたして正当なのか？　これは深刻な人権侵害だ。しかし韓国のマスコミの中で、こうした点について問題提起するメディアはほとんどなかった。ひたすら国家情報院が垂れ流す情報を書き写すのに忙しかっただけだ。国家情報院がそれほど信頼に値する機関でないことぐらい、全ての国民が知っているにもかかわらず、である。

もう一人の講演出席者である金美羅《キムミラ》は『ハンギョレ』とのインタビュー（先に引用した白賢種と同じ記事）で、統合進歩党に集中している非難について、次のような答弁をした。

記者　今回の事件が起きて、極右・保守勢力とは別に一部の進歩的知識人、政治家も進歩党の理念的硬直性と閉鎖的組織文化などについて批判しているが。

金美羅　私たちに対するそうした批判は、国家情報院が流した情報を既成事実化することを前提にした時に可能なものですが、少なくとも進歩とよばれる人々が、なぜ国家情報院の言葉をそのまま信じるのか問い返したい。それでも一時、運動を一緒にした人たちに対してエセ宗教集団、発達障害(10)という表現までも使わなければならないのか…。

〈原注〉10　五月会合の内容が知られた後、陳重権は八月三〇日、自分のツイッターで李石基議員ら会合出席者を指して、「まさに小説の中のドン・キホーテの武装水準、思慮のない子どもでもあるまいし、三〇～五〇代のおばさん、おじさんというのに…発達障害でしょう」と言及した。続いてキム・テホ（社会デザイン研究所長）もフェイスブックで「一九八〇年代の化石」「発達障害」などの表現を用いて批判した。今回もやはり事実確認や検証なく国家情報院の発表を書き写したマスコミ報道が出るとすぐ、軽はずみな発言をしたのである。さらにこうした発言は、障害者に対する差別であるとの批判も受けた。朴敬石・全国障害者差別撤廃連帯常任共同代表は「二人の文を読んで、主流社会が持つ障害者に対する偏見と差別があまりにも厚い壁として立ちはだかっている」と述べた。

白賢種は前掲の記事で、統合進歩党を「古い進歩」という人たちに、次のように問い返した。

進歩陣営の一角で私たちを指して古い進歩、物置部屋進歩と言っていますが、彼らが変えようとしていた一九七〇～八〇年代の韓国社会の現実と構造的矛盾、そして今の韓国社会の現実と構造的矛盾ははたして違うのか。変わったものがあるならば、それは単に彼らだけである。私たちの現実認識に問題があるならば、討論すればよい。私たちも人間ですから、誤ることがありえますし、現実認識に問題があることもあります。誤りがあれば認めます。ところが、なぜ私たちに対してのみ烙印を押して、排除しようとするのか。進歩であれば多様性を認め、尊重しなければならないのではないか。

分断、自主を語れば「古い進歩」というのだが…

白賢種が指摘したとおり、統合進歩党を「一九八〇年代の化石」と批判する人たちは、今の韓国社会が一九八〇年代と比較できないほどに民主主義が発展した、と信じているのか。李明博政権を経て、退行しはじめた民主主義は、朴槿恵政権になってどうすることもできない速度で後戻りしていることを、本当に知らないとでもいうのか。

韓国社会の冷戦反共主義が分断体制を固着化させている現実が変わっていないのに、統合進歩党が自主・民主・統一路線を守ることがなぜ時代遅れなのか。米国が戦時作戦権を持っている現実が変わっていないのに、自主路線を主張することの、なにが誤りだというのか。労組問題、環境問題、人権問題、公正言論問題、財閥改革問題などを提起するたびに、従北フレームアップの中に押し込める口実を探す保守既得権勢力に抵抗することこそ、進歩政治がなすべきことではないのか。

分断問題の解決なくして、韓国社会に真正な民主主義は根づかないという認識が「古い進歩」であるならば、彼らが考える「新しい進歩」とは一体、どのようなものなのか。統合進歩党を「古い進歩」だと批判する人たちは、個人の人権と自由と幸福を優先価値とせずに、「自主」を強調するのは古い思想だと主張する。自主を堅持できない政府を持った国の国民がはたして人権を尊重され、自由と幸福を享受できるのか。

検事は李石基の情勢講演について、次のように主張した。

革命の準備期に組織の力量と大衆の革命力量を強化することで、革命の決定的時期を準備していた組織は、二〇一二年末頃、北朝鮮が長距離ミサイル発射、三次核実験などに続き、持続的に戦争の危険を高め、二〇一三年三月五日、停戦協定白紙化を宣言すると、現情勢を戦争状況、即ち革命の決定的時期が切迫した状況と判断し、講演などを通じてこうした情勢認識をメンバーの間で共有した。

革命の決定的時期か、準備期か

これは、国家情報院での李成潤の陳述をもとに提起されたものである。李成潤は「二〇一三年五月一二日、マリスタ教育修道士会講堂で開かれたメンバー非公開の会合時、全体メンバーが一堂に会すれば、メンバーの身元露出が避けられないが、『単線連携、複線ポーチ』という組織保衛守則に背くのではないか」との国家情報院捜査官の質問に、「そうです。それにもかかわらず全メンバーを集めたことは、総責任者李石基が現情勢を決定的時期が切迫した戦時状態と認識し、これ以上、地下組織としての存在ではありえないと判断したのだと思います」と答えた。

しかし、当時ＲＯが現情勢を革命の決定的時期と認識したというのは李成潤個人の判断であり、彼は法廷で陳述を数回翻した。

金七俊　革命の決定的時期と見るのか、見ないのかについての質問には答えることができませんか？

李成潤　まだそういう時期ではない。例えば、全民抗争を語った時、一九八七年六月抗争も全民抗争の一種だった、こうした話は聞きました。二〇一三年の状況はそれほどではなかったと思いました。戦争時期を強調するのは、李石基代表がずっと強調していたために、そのように申し上げるのです。

金七俊　繰り返し質問して申し訳ございませんが、被告人李石基の認識は革命の決定的時期ではないと見るのでしょう？

李成潤　李石基代表が革命の準備期、革命の決定的時期という表現をしたことがないために、私はその部分については答えることができません。私が法廷で革命の準備期なのか、決定期なのか、現情勢をどのように見るのか、そういうことについて話したので、そうした質問をなさるものと理解しますが、李石基代表がその部分をどのように考えるのかは講演中に出たものではないので、答弁をすることができません。ただ戦争の脅威を強調しつづけたために、李石基代表は二〇一三年五月を戦争時期と規定するのだなと、そう申しあげたのです。

裁判長　補充質問をすることにします。被告人李石基が講演をした時、またはまとめの発言をした時、革命の準備期だとか、革命の決定的時期だとか、こうした単語を使いましたか？

李成潤　李石基代表からは、直接的な表現はありませんでした。

沈載桓　これまでの陳述と関連してお尋ねします。その準備期、決定的時期と関連して、証人が少し曖昧に答弁をしつづけています。マリスタ修道院での李石基議員の発言の一部を見れば、正確にそのような発言があったのかどうかはまだわからないのですが、提出された録音記録にこのように書かれています。「今、冷静に客観的な状態を見れば、私たちの力量は考える以上に相当に不足しています。すごく足りないでしょう？　軍事的な衝突の時期に。しかしこれを全部認めましょう。現在の私たちの力量というものを全部認めて、今からでも準備しよう」こう発言したのです。この発言の意味は、証人が見るに準備期でしょうか？　決定的時期でしょうか？

李成潤　私が法廷で革命の決定的時期や準備期、このように申し上げたために、弁護士の方もそのような質問をなさるようなのですが、その内容のみ見れば、準備期でしょう。私は今、準備期と申し上げざるをえません。足りないものが多くあるというので、決定的時期ではなく、彼我の力関係から、革命というのはなによりも多数の力で包囲、孤立、殲滅することを言うのです。しかし、私たちの力がそれほどではなかった。しかし重ねて申し上げますが、革命時期ではないが、戦争時期だ。それでそういうことを準備しよう、こういうことを言った場が五月一〇日と五月一二日の会合でした。

沈載桓　だから、その戦争時期というのは、しばしばお話が行ったり来たりするのですが、戦争時期というのはある一定の局面の特徴をいうもので、証人も法廷ではっきり陳述されましたが、準備期であるか決定的時期であるかは、いわゆる彼我の間の力関係から判断するということですね？　それでその力量に関して、李議員が私たちの力量がない、このように発言したのでしょう？

李成潤　（私たちの力量が）足りない、足りない…。

内乱扇動構成要件に該当しない理由

弁護人側では李石基の五月一〇日と五月一二日の講演について「内乱陰謀・扇動の構成要件に該当しない」との結論を下し、弁論要旨書を通じてその理由を次のように説明した。


第一、被告人らは、（当時の情勢を）戦争状況、革命の決定的時期と認識していなかった。

第二、被告人らには、国憲紊乱の目的がない。

第三、被告人らには、内乱罪の実行行為を準備する目的がない。

第四、被告人らの発言内容には、暴動を実行するための準備行為に関する明確な認識がない。

第五、被告人らの行為は、内乱を実行するための謀議としてのいかなる実質的危険性もない。

第六、内乱扇動の具体性と危険性もない。


五月一〇日と一二日の講演会の開催背景と動機、実際にあった発言内容とその趣旨を全て検討してみても、内乱陰謀・扇動の構成要件に該当する目的と認識、行為がなかったことは明白である。さらに五月一二日以後にも内乱陰謀を準備したり、実行したりするいかなる動きもなかった。従って被告人らに対する内乱陰謀・扇動の公訴事実は全て無罪である。

13 くやしい、すまない、大丈夫

私たちはミサイルを正しく撃つことはできても、人間を正しく導くことはできないのです。

——マーティン・ルーサー・キング

李尚浩に問題発言が多い理由

この事件で拘束された人の中で、悔しいと思わない人は一人もいないであろう。しかし一緒に裁判を受ける過程で感じる感情は、みな少しずつ異なったであろう。李尚浩《イサンホ》は悔しく、むしゃくしゃしながらも、同志にすまないとまで感じていた。

李尚浩は、五月一二日の講演会場で、南部圏域討論会の司会をしていた。李成潤が南部圏域に所属していたために、地域別討論会で唯一録音されたのが南部圏域討論会の内容であった。メディアの扇情的な報道で広く知られた通信・鉄道・ガス・石油関連施設遮断、改造銃を作る話、インターネットに爆弾製造法があるといった話は南部圏域討論会で出た発言であった。

李尚浩は講演途中、李石基が言及した予備検束(1)について敏感な反応を示しながら、多少感情が高ぶった状態で、そのような発言をした。李尚浩はなぜそれほど予備検束を恐れたのか？　水原で社会団体活動と政党活動をしながら、李尚浩と長く親交を深めてきた金賢哲《キムヒョンチョル》は二〇一四年一月二日、第二九回公判で証人として出廷し、こうした疑問を解いてくれた。金賢哲は水原市議員を三回歴任し、水原民主労働者会と失業克服水原センター、緑色環境研究所など、市民社会団体で活動してきた。

〈原注〉1　朝鮮戦争初期に、鎮安地域で起きた予備検束により発生した民間人被害事件。李承晩政権は過去、左翼活動に加担していた人たちを容易に統制・管理するために、一九四九年より国民保導連盟を組織し、これらの人々をみな加入させた。戦争が勃発すると、これらの人々は北朝鮮軍に協力する可能性がある潜在的な敵とみなされ、戦争初期、軍警が退却する過程で無差別検束と処刑がなされた。民間人殺害は一九五〇年七月七日より二三日までの一七日間、軍警の退却経路に沿って進められた。京畿道、全羅道、慶尚道地域が主要被害地域であった。全羅北道地域では当時、全州刑務所に収監されていた左翼容疑者をはじめ、群山と金堤などで大量虐殺があったと記録されている。全州刑務所在監者一〇〇〇名を含む一一二一名が全州刑務所裏山の共同墓地と黄尨山などで虐殺されたことが明らかになっている。鎮安地域では警察が約三〇名の予備検束者を拘禁していたが、退却する直前の七月二〇日に白雲面新岩里で処刑したという記録がある。予備検束について二〇〇〇年代以後、真相究明作業が始まったが、一部の地域を除いては依然として確かな真相は確認されていない。現在は政府が真相究明作業を全面中断した状況である。

金七俊　証人が李尚浩被告人を初めて知るようになった時期はいつで、どのようなきっかけで知るようになったのですか？

金賢哲　一九八九年水原基督教労働者連盟に会員として参加するようになり、その当時、同じ会員として活動していた李尚浩代表を知るようになりました。

金賢哲は、李尚浩が自分の後任として水原地域失業克服対策委員会代表に就任し、水原地域で放課後無料勉強会「開かれた教室」を自ら運営し、「一三一八青少年勉強部屋」を作り、李尚浩の夫人が運営していることを確認した。李尚浩は水原市社会的経済支援センター長として勤務していた当時、自分の給与から八〇万ウォンないし一〇〇万ウォン程度を毎月、雇用福祉京畿センターに寄付することもした。金賢哲は李尚浩に、「親環境給食センター」のセンター長採用に応募する人を推薦してくれるよう言い、李尚浩が李成潤に応募を勧めて、その職に就けるようにしたと証言した。李尚浩が公安機関の査察に対して被害意識を持つようになった最初のきっかけは、いわゆる「水基労（水原基督教労働者連盟）事件」であった。

金七俊　証人は一九九〇年初め頃、水基労会員のイ・サングが京畿道警察庁保安捜査隊に連行され、四～五日間にわたり、暴行と脅迫を受け、スパイ活動を強要されたことを知っているでしょう？

金賢哲　はい。知っています。

金七俊　当時、イ・サングはスパイ活動を強要され、不安と恐怖に怯えていたが、こうしたことを知人に知らせる一種の良心宣言をしたことで、スパイ強要の全貌が明らかになったのでしょう?
金賢哲　はい。
金七俊　そのような良心宣言をしてから一ヵ月ほど後に、イ・サングは再び保安捜査隊に引っ張られ、数日間調査を受け、釈放されたことがあったでしょう?
金賢哲　はい、ありました。
金七俊　それ以後、イ・サングは事務室の物品を壊すなど暴力的な性向に変わり、そうした異常な症状が約一年間続き、水基労を脱退したのでしょう?
金賢哲　はい、そうでした。
金七俊　この事件前後に、水基労事務室が泥棒に入られた形跡がしばしば確認されたでしょう?
金賢哲　はい、そうです。
金七俊　また水基労事務室の前に会社の管理者が常駐し、水基労に相談にきた労働者を監視、尾行することが頻繁にあったのでしょう?
金賢哲　はい。
金七俊　それで水基労の会員たちはこうした日常的な監視、尾行、事務室捜索などに備えて生活面での保安を日常的にし、仮名も使ったのでしょう?
金賢哲　はい、そうです。
金七俊　生活面での保安とは、どういうことをいうのですか?

金賢哲　日常的に常に周囲を意識して立ち振る舞い、約束をしても事前に周囲に気づかれないよう、見回りつつ、人に会うようにする場合があり、一緒に写真なども撮らず、互いに証拠を残さない、こうした行動を常時する、生活面での保安対策と規則を内部で自然に作り、実行するようになりました。

続いて、金賢哲は一九九五年に全労協（全国労働組合協議会）や民主労総といった労働団体が、サムスン電子に民主労組を作るつもりだとの発言をした後の状況について証言した。当時、李尚浩は金賢哲に「水原民主労働者会」事務室の向かい側に自家用車二台が常時待機していたので、調べてくれるよう頼んだ。水原市議員であった金賢哲はマスコミの記者を通じて、車両番号を確認した結果、サムスン・コーニング、サムスン電気所有の車であることを確認し、李尚浩に知らせてやった。その後、李尚浩はサムスン電子の人事課長に会い、全国労働者団体でサムスン電子に労働組合を作るとの言及があり、李尚浩を常時、監視するようになったとの話を聞いたと言った。

当時、サムスン電子解雇者のユ・ジェヒョンを誰かが盗聴し、彼の下宿に盗聴器を設置して発覚した事件など、類似の事件が数回起きていた。その後、李尚浩は労働団体事務室に対する日常的な監視と自らに対する監視、尾行などを経験したために、保安意識が鋭くなり、誰かの監視などに対しても鋭敏で、激昂するなどの反応をしばしば示してきた。

二〇一三年一月、尾行していた国家情報院職員を捕まえた李尚浩

二〇一三年一月五日頃、李尚浩は金賢哲に、自分が通っているプールで最近数日間、誰かから撮影され、尾行されていると言った。金賢哲は最近、特に理由もないのに、そのように監視して査察する理由があるのかと思い、李尚浩に過剰反応ではないかと言った。そうしているうちに二〇一三年一月九日、李尚浩は自分を尾行していた一人の男性を捕まえて、派出所に連れて行った。当時、その男性は自分は捜査官ではないと言って、最後まで自分の身分を明らかにしないまま、釈放された。しかし、二〇一三年一月一一日、国家情報院はその男性が同院の職員であり、裁判所の令状により公務遂行中であったことを公式に発表した。その後にも李尚浩の自宅周辺に車が常時待機していたり、外出する家族をも尾行して撮影したりするなど、査察が続けられ、李尚浩と彼の家族は不安にさいなまれるようになった。

さらに水原市では李尚浩に対する国家情報院の査察が知られると、市の負担になるので、水原市社会的経済支援センター長として在職していた李尚浩に辞職を勧めよと、金賢哲に促した。国家情報院の査察と水原市の辞職圧力に追い立てられた李尚浩は、国家権力に対する強い不信を持つと同時に、有事の際には予備検束がなされるかもしれないとの不安な心境を金賢哲にしばしば吐露した。金賢哲は李尚浩の不安には理由があると思い、心配していたが、市からの要請で李尚浩に辞職を求めなければならない、難しい立場に立たされていた。

金七俊　（李尚浩被告人は）不眠症と悪夢の苦痛を忘れるために毎日、寝酒しているという話をしたことがあるでしょう？

金賢哲　はい。

李尚浩は五月一二日の講演に出席した頃、深刻な精神的苦痛にさいなまれていた。李尚浩は一審裁判の最終陳述で、そのような心情を吐露した。

金七俊　次は李尚浩被告人が最終意見陳述をします。

李尚浩　監獄という特殊な環境で最終陳述を準備しながら、私のこれまでの人生を改めて振り返りました。…偶然に知ることになった視覚障害者の方々との縁と、ナヌム教会の牧師の生き方は私の人生の羅針盤になり、二七年間私は失業と貧困を解決する社会福祉活動家として、労働運動家として生きてきました。…このように失業と貧困問題を解決するための社会的経済事業に邁進していた最中に、二〇一三年一月、私を尾行していた身元不詳の男性を捕まえ、警察に引き渡す事件が起きました。

この事件を契機に国家情報院が私を尾行、査察していたことを知りましたが、なぜ尾行していたのかはわかりませんでした。ただ国家情報院の尾行が暴露され、私を引き続き尾行しなければならない理由がなかったので、これ以上の尾行はないだろうと信じていました。しかし私の予想ははずれ、その後も国家情報院の尾行と査察は続きました。国内公安機関を代表する国家情報院が私に関心を持っているということだけでも息が詰まり、その重圧感が小さくないのに、査察が続けられただけでなく、この事件を理由に水原市から辞職圧力が加わり、肉体と精神が急速に衰弱しました。…そうしているうちに、今私が経験している一連の事件が、戦争の危機と無関係ではないと思うようになりました。地域の言論運動をしていた知人からは戦争の危機に伴う予備検束レベルの尾行だろうとの助言もありましたが、その他に国家情報院が私を尾行しなければならない理由が思い当たらなかったからです。すでに二年前から進歩団体における役割と活動を中断し、当時、水原市傘下団体の機関長として社会的経済事業に邁進していた時で、公安機関に関心を持たれ、目を付けられるような特別な理由がなかったのです。

そうこうして、五月一二日京畿道党委員会の講演会に出席することになり、南部圏域討論会の司会をしました。私の不適切な発言が波紋を呼ぶことになり、同時に南部圏域の責任者となったことが、今、私が法廷に立つことになった理由だと思います。しかし、講演の録音記録によっても確認されるように、その日の討論の主題を私が勝手に変更するほど、予備検束に対する被害意識があったのです。それにともなう興奮によって衝動的に出た私の不適切な発言を除けば、他の出席者が私の過激な発言に対して異なる意見を持ったり、他の意見に討論の方向を変えようとしたりしていることがわかります。また南部圏域の責任者という主張もどれだけ無謀で、説得力がない主張であるかもよく現われています。特に私が国家情報院の尾行を知ることになったのは二〇一三年一月でしたが、国家情報院はすでにその二年前から私に対する尾行と盗聴など、一挙手一投足を査察していたので、私の潔白と嫌疑がないことを最もよく知っている立場にあります。

三年前より李成潤は京畿南部圏域の責任者として私に目を付け、密着監視していましたが、李成潤の主張のほかには、どんな証拠も容疑も立証できませんでした。それは当然な結果です。ないものをあるというのは、ねつ造と嘘にほかならないためで、ＲＯは国家情報院の公安的必要と買収者の過剰忠誠が結びつき、国家情報院がでっち上げた組織にすぎません。

こうしたねつ造とでっち上げにより、私が犠牲になるとは想像もできませんでしたが、八月二八日、国家情報院に連行され、内乱陰謀という罪名の調査を受けて、あまりに驚き、あきれかえりましたが、その混乱は長くはなく、すぐに整理することができました。国家情報院と検察が捜査中に責任を互いになすりあい、つぎはぎされた録音記録を故意に流出し、魔女狩りの世論裁判が津波のように政局を覆い、民主主義の根幹を揺るがした国家情報院の大統領選挙介入というとてつもない不正選挙を一気に覆い隠すことで、大きくなりつつあったキャンドルも一瞬にして消してしまったためです。

最後に、言動を慎重にし、社会の光と塩になる生を生きようと思います。ありがとうございます。

国家情報院の不法査察は深刻な人権弾圧

李尚浩がそうであったように、二〇一四年二月三日の第四五回公判で最終陳述をした被告人らはみな一様に、裁判官が裁判を公正に進めてくれたことに対し、感謝の意を表した。

洪珣碩《ホンスンソク》と韓同謹《ハンドングン》は、「三人会」の録音記録自体が検察の掲げる有罪の証拠であるが、逆に自分たちの無罪を立証する唯一の根拠だと語った。そして同志と信じていた李成潤が自分たちを誣告したことについて、惨憺たる心境を吐露することもした。

韓同謹　尊敬する裁判長、今回の裁判過程で私は、二七年間自分の友人であったたいわゆる国家情報院協力者と称する李成潤に事件以後、初めてついたて越しに声だけながら会うことができました。これまでともに泣き笑いしてきた友人が、あらゆる嘘と陰謀で固められた主張をなんのはばかりもなく脚本どおりに繰り返す様子を見ながら、胸の張り裂けるような思いがしました。この三年間、国家情報院は李成潤を利用して、私をはじめとする数多くの人々の一挙手一投足を監視しました。昼食をとりながら、なんのはばかりもなく、私的に交わした話から進歩党の公式行事、選挙対策行事に関する内容までくまなく、国家情報院が提供した録音機で録音しました。提出された録音ファイルのみで三年間に実に七〇時間を超す分量でした。私が働いていた協同組合の職員の話、両親と子どもの話、さらには夫婦喧嘩の話など、極めて個人的な生活についての話までもためらうことなく録音し、国家情報院に提出しました。…四〇代の終わりから五〇代にさしかかる中年の先輩後輩が集まり、何気なく交わした話が一夜にして地下革命組織の細胞会議に歪曲され、法廷で録音された音声全てが公開されて、個人の人権が国家情報院により丸裸にされる思いもしました。

CNP戦略グループが経営する四つの会社の一つ、社会動向研究所の代表を務めていた趙楊遠《チョヤンウォン》は、国家情報院の不法査察と監視で自分と家族に加えられた苦痛を訴え、これは深刻な人権弾圧だと吐露した。

趙楊遠　私は去る二〇一二年六月、会社の家宅捜索以後、ずっと国家情報院によって査察されてきました。二〇一二年一〇月からは国家情報院の査察が合法的になされていたことを拘束後に知りましたが、それ以前から査察されていたことが、あちこちでわかりました。ある日、（私は）

社員と食堂に行ったのですが、誰かが尾行をしていたので、うちの社員が映像に撮影しながら追いかけたのです。その人は当惑したのか、抗議もできないで、数百メートル走り、タクシーに乗って逃げて行ってしまったこともありました。

個人が、巨大組織である国家情報院という国家機関に監視されていると思えば、どんな気がしますか？　全ての神経が逆立って、生活の中の全てのことを疑うようになり、どこかに逃げたいとだけ思うようになります。圧迫感のために眠れない時が、一度や二度ではありません。李尚浩センター長の陳述に一〇〇％共感しました。

国家情報院の査察は、令状発布以前からありましたが、通信制限措置令状発付後一〇ヵ月間、私を（合法的に）査察しました。しかし、令状に提示した根拠を一つも明らかにできませんでした。国家情報院の査察で個人の生活は荒廃し、不安の中で一年近く生活してきました。査察は私個人の問題ではありません。私の家族の生活さえ正常ではなくなりました。妻は車にデータレコーダを設置しました。事故を防止するためではなく、誰かが査察しているという不安のために設置したのです。家の中に防犯カメラを設置しようと言ったりもしました。家の周辺を見回すのが習慣になったと訴えました。

これがどうして正常な家庭の姿でしょうか？　一〇ヵ月を超えて査察され、私の家庭生活と会社生活は正常とは言えませんでした。不安で逃げ出したいというのが、現実です。

前回、判事がお尋ねになられた時、保安プログラムを二重三重に使用した理由についてきちんと答弁できませんでしたが、こうした状況で二重三重ではなく十重でもできるならばやっただろうと思います。国家情報院は、私に対する査察と党に対する査察を長い間行ってきました。これは個人と政党に対する弾圧であり、民主主義に対する深刻な挑戦です。民主社会でこれ以上、あってはならないことだと思い、この機会に断罪されなければならないと考えます。

一審公判は二〇一三年一一月一二日の第一回公判に始まり、二〇一四年二月三日の第四五回公判での検察の求刑と弁護団の弁論、被告人の最終陳述で締めくくった。検察は李石基に懲役二〇年と資格停止一〇年、残り五名の被告人に懲役一〇～一五年、資格停止一〇年という重刑を求刑した。

四ヵ月にもならない期間に四五回の公判が進められたのは、一審裁判があまりに短い時間で無理に早く進められたことを示している。裁判部は平均一週間に三～四回、二日に一回の割合で裁判を強行した。被告人らは防御権を掲げて、裁判をそれほど早く進めるのを拒否することもできた。弁護団と被告人らが裁判日程に同意したのは、裁判部が比較的公正を期すそぶりを見せたためである。

検事の誘導尋問に異議を提起する弁護人の言葉を受け入れることも多く、弁護人側の証人に対する検察側の反対尋問で、主尋問と関連がない尋問に対して制止することもした。裁判長は裁判の雰囲気を柔らかくしようとするかのように、冗談もしょっちゅう言った。

五月一二日の講演の録音記録を確認しながら「金洪烈氏、司会うまいでしょう？　今日の一等は誰でしたか？」と冗談を投げかけた時は、被告人や傍聴席の家族たちが大笑いしたこともあった。被告人らは一審で無罪を宣告されれば、検察が控訴しても拘置所から出られるので、裁判を早く受ければ、それだけ早く自由の身になれるだろうと期待もした。弁護人も無罪を証明する自信があった。証拠の量は膨大であったが、証拠能力を認定するのが難しいものが大部分で、検察の公訴要旨を立証するには不十分だと考えた。

検察の意見を一〇〇%反映した判決文

しかし、いざ判決を言い渡された被告人と弁護人、そして被告人の家族らはあきれかえった。二〇一四年二月一七日月曜日、午後二時に水原地方法院で宣告公判が開かれた。裁判部は内乱陰謀と内乱扇動嫌疑全てと、国家保安法違反嫌疑の大部分を有罪として認めた。李石基に懲役一二年と資格停止一〇年を宣告した。李尚浩、趙楊遠、金洪烈、金根来にはそれぞれ懲役七年と資格停止七年を宣告し、洪珣碩には懲役六年と資格停止六年、韓同謹には懲役四年と資格停止四年を宣告した。判決文は、全部で四七三頁に達した。午後二時に始まった判決公判は、判決要旨を読んだ後、最終主文を宣告するまで約二時間二〇分かかった。

一審裁判部は、その間熾烈に争ってきた情報提供者の信憑性、ROの存在と李石基の総責任者としての地位、二〇一三年五月一二日の講演での武装暴動謀議いかん、現存する危険性などに対する検察と国家情報院の主張を認定しうると判断した。

裁判部は「被告人らが内乱謀議を通じて大韓民国の存立と自由民主主義秩序に実質的で明白な危険を招いたこと、その罪質は極めて重大と言えるが故に、被告人らを厳しく処罰せざるをえない」と述べた。

裁判部はまた判決文で「被告人らは革命の決定的時期を準備しつつ、政党、大衆組織、さらに国会にまで浸透し、持たざる民衆を主体思想と対南革命論で誘惑し、暗々裡に自分たちの勢力を拡張してきたものであり、革命の完遂という美名の下に、メンバーをして上部の指示を徹底的に貫徹せしむるよう教育してきた」と語った。

　裁判部は「この事件で提出された様々な証拠を綿密に検討しても、この事件がねつ造されたという疑いをもつ事情は全く発見しえないにもかかわらず、被告人らは別段の根拠もなく、この事件が国家情報院によりねつ造された事件だと主張してきた」とし、「これは被告人に保障された防御権行使の範囲を超え、真実の発見を積極的に隠蔽したり、裁判所を誤導したりしようとする試みにもとづく行為であり、積極的に社会の分裂と混乱を助長する行為と見るのが相当であり、量刑加重事由として参酌せざるをえない」と述べた。

釈放嘆願署名を集める被害者救援委員会のメンバー

　裁判長が判決要旨を読んでいる間、李石基はこわばった表情で正面をみつめ、微動だにせず座っていた。残りの被告人たちも一様に、沈鬱な表情になった。最終宣告が下ると、家族らは椅子から崩れ落ち、慟哭した。被告人の夫人らは虚脱感と憤怒で言葉を失い、裁判官をにらみつけた。夫人はみなそろって裁判長に手紙を書き、夫に善処をしてくれるよう訴えていた。夫人たちはその手紙を奪い返して、破りたいほどに腹が立った。裁判長金正運に愚弄されたような気がした。傍聴席からは「政治判事、辞めてしまえ！」との叫び声も飛びだした。

　当惑したのは弁護人たちも同じだった。金七俊弁護士は記者と会い、「惨憺たるもので、無念極まりない」と、苛立ちを隠せなかった。

「(今度の判決は)予め決められた結論に向かって、一直線に突き進んだという印象を拭えない。検察の公訴事実要旨と求刑意見が、ほとんど一〇〇%反映されたと考える。裁判の過程で多くの論争があり、客観的評価が必要なファクトについて、言及さえなかった。決議文一つなく、これについての具体的実行計画がないのに、どうして内乱陰謀たりうるのか? 釜林事件は三三年かけて真実が明らかになり、カン・ギフン遺書代筆事件は正すのに二三年かかった。私はこの事件なら、この時代の法廷で真実が明らかになるのに六ヵ月あれば十分だと考えていましたが、より多くの時間が必要なようだ。もちろん控訴するつもりであり、控訴審で最善を尽くし、必ず無実を明らかにする」

14　ROは国家情報院と李成潤の合作

私たちは戦闘には負けたが、戦争に負けたわけではない。
——シャルル・ドゴール

懲役一二年は軽すぎるという検事

二〇一四年四月二九日午後二時、ソウル高等法院で控訴審裁判の初公判が開かれた。

裁判長　李敏杰、判事　陳相勲、金東炫
被告人　李石基、洪珣碩、韓同謹、李尚浩、趙楊遠、金洪烈、金根来
検　事　崔鉉奇、崔兌源、鄭在旭、姜寿山那、金熏栄、崔斗憲、崔宰熏、洪承杓
弁護人　沈載桓、金洧廷、黄貞化、金七俊、趙志訓、千洛鵬、呉永中、崔炳模、尹永太、薛昌壱、李ボラム、蔡熙濬、朴致絃

弁護団は一審宣告の衝撃と虚脱感を振り払い、控訴審で勝つため、戦列を整えて裁判に臨んだ。まず検察側の控訴理由陳述があった。

検察はこの事件を「北朝鮮の主体思想と対南革命論に追従する地下革命組織のメンバーが、北朝鮮との戦争状況が切迫したという情勢認識の下、戦争状況になれば、大韓民国の自由民主体制を暴力的に転覆することを決議したが、発覚した事件」と規定した。

次は原審判決の概要、並びに検察の控訴要旨である。

鄭在旭　原審裁判所は諸般証拠を総合する時、主体思想を指導理念とし、徹底した保安守則と指揮統率体系に依拠して秘密裡に活動していた地下革命組織ＲＯの実体が認められ、被告人らをはじめとする五月一二日マリスタ会合参加者一三〇余名は全てＲＯのメンバーであり、これらが内乱扇動、内乱陰謀、並びに国家保安法上の利敵同調などの犯行を行った点などが認められると判示し、公訴事実の大部分について有罪を宣告しました。被告人李石基に懲役一二年を、被告人李尚浩、趙楊遠、金洪烈、金根来にそれぞれ懲役七年を、被告人洪珣碩に懲役六年を、被告人韓同謹に懲役四年を宣告しました。まず原審の量刑を検討すれば、大韓民国を敵と規定する革命勢力の危険性、不特定多数の国民の生命と財産を根こそぎ破壊しうる内乱陰謀の犯行の重大性、地下革命組織の特性上内乱陰謀摘発が極めて困難である点、自由民主主義体制の脅威勢力に対する厳重な警告の必要性、被告人に改悛の情がなく、再犯の危険性が極めて高い点などを勘案する時、あまりにも軽い刑を宣告したというのが検察の意見です。検事の求刑にふさわしい適切な刑の宣告が必要です。

次に原審は一部国家保安法違反の点については証拠不十分などを理由に無罪を宣告しましたが、被告人韓同謹を除く被告人らは二〇一二年八月一〇日の「赤旗歌」斉唱、被告人趙楊遠の二〇一三年五月一日付李石基講演聴取・総括実施、被告人趙楊遠の二〇一三年五月初旬頃の総括報告書作成、被告人金洪烈の二〇一二年五月三日、自民統路線に沿い、闘争を扇動する内容の詩発表、被告人金根来の北朝鮮小説「同志」のファイル所持などと関連した国家保安法違反の点は証拠判断に対する事実誤認、録音された対話内容の証拠能力と利敵性に関する法理誤解などによるものであるゆえ、有罪判決が宣告されるのが妥当です。

暴動ではなく、言葉と思想に対する裁判

一時間半にわたる検察側の控訴理由陳述が終わり、一〇分間休廷して、弁護人の控訴理由陳述が始まった。

金七俊《キムチルジュン》　内乱陰謀、内乱扇動罪控訴理由の要旨はまず、いわゆる地下革命組織ＲＯは存在しないというものです。李石基議員は地下革命組織ＲＯの総責任者ではなく、五月一二日情勢講演の参加者一三〇名はＲＯのメンバーではなく、内乱陰謀の主体でもないというのが最初の控訴理由です。

五月一二日当日の講演・討論は「朝鮮半島危機状況の本質」と「恒久的平和体制」に関連したものであり、「内乱罪の結果を招く目的」である国憲紊乱の目的はありませんでした。また暴動

準備行為という認識もなく、暴動準備行為についての通謀や合意も全くありませんでした。そして五月一二日の講演で一部に論じられた内容が直接実現されるものでもなく、危険性や実現可能性もありませんでした。

金七俊弁護士は引き続き「原審は証拠能力・証明力判断の問題に関する録音ファイルと押収物などについて、違法収集証拠の排除法則、伝聞法則を解釈・適用するにさいして深刻な法理誤解をした」点と「国家情報院協力者李成潤の陳述についても過度な信憑性を付与し、誤った判断をした」点を指摘した。

これとともに、金弁護士は「原審は証拠によるのではなく、推定と論理的飛躍で犯罪事実を認定した問題点があり、原審は内乱罪の主体、目的、行為、陰謀、扇動に関する構成要件の解釈、適用において法理誤解の違法があった」点を主要な控訴理由として挙げた。

金七俊は、この裁判が本質的に武力を使用して暴動を陰謀したのかに対する裁判ではなく、「言葉と思想」に対する裁判である点が最も大きな問題と指摘した。そして憲法裁判所が、表現の自由の保護範囲と関連して「対立する多様な意見と思想の競争メカニズムによっても、その表現の害悪が最初から解消されえない性質のものであるか、または他の思想や表現を待ち、解消されるには、あまりにも甚大な害悪を帯びた表現」を除いては、全て保護されると判示している点を強調した。

この事件で、原審判決が問題とした代表的な表現である「米帝国主義」「自主・民主・統一」という言葉は、多様な政治的見解を表現する言及の一つにすぎず、これと同一であるか、類似した脈絡の研究も現在活発に進められている状況である。こうした言葉は思想の競争市場で十分に討論可能であり、実際に韓国社会で多様な形態ですでに討論されている主題である。

参謀総長の前でクーデタを扇動しても「嫌疑なし」だったのに

金七俊は、二〇〇四年に内乱扇動で告発された金龍瑞《キムヨンソ》教授事件を例に挙げ、李石基議員らの「嫌疑なし」を主張した。

金七俊　内乱と関連した事案を探していた中で、最近、内乱扇動嫌疑を適用した事例を探すことができました。…梨花女子大前教授である金龍瑞が二〇〇四年三月頃、前海軍参謀総長らが多数理事を務めている韓国海洋戦略研究所の朝食会で、「今は革命状況」であり「正当な手続きを踏み成立した左翼政権を打倒し、自由民主主義体制を回復するには軍部クーデタ以外に方法がない」として「戦略戦術」を論じる講演をしたことがありました。これに対して市民団体が内乱扇動であると金龍瑞氏を告発しました。

検察はこの事件に対して最終的に「嫌疑なし」とした。その理由は「軍事クーデタの事例または抵抗権について言及したことを暴動や国家変乱を扇動する行為と見ることは難しく、これらに内乱を扇動する犯意があったと見ることはできない」「これらが当時の政治状況で自らの考えを表現する上で過度な側面があったとしても、刑法上内乱扇動罪が成立するとするならば、暴動などを扇動した行為がなければならないが、講演とインターネットサイトを通じて行ったこれらの発言を暴動扇動行為と見るのは難しい」というものだった。

軍を動かすことのできる軍部によるクーデタ以外に他の方法がないとした発言さえ、内乱扇動ではないとしたのが検察の立場だった。金七俊はこのように政治的意思表現についてそれなりに幅広く許容されていた物差しが、なぜこの事件では全く適用されないのか、それについて問題を提起した。

金弁護士は「被告人らの発言には合理的根拠があり、わが社会で通用し、討論可能なものであるゆえ、表現の自由の保護領域に該当するのが当然」であると、控訴理由を明らかにした。それならば、被告人らの発言が明白に現存する危険の法理に照らして、危険と判断しうるのかという問題が残る。金弁護士はその判断において、ホームズ大法官が挙げた例が最も適切であるとみた。ホームズ大法官は人々でいっぱいに埋まった劇場で「火事だ」と叫ぶ行為は危険性があるとみるが、それはその声を聞いた直後、人々がすぐに飛び出すであろう点が明白に予測されるため、という理由によってである。

ところが、この事件で被告人と、二〇一三年五月一二日の講演出席者は講演が終わった後、なんらかの行動に出たのではなく、みな家に帰った。その後も、計画した旅行に行ったり、自分の日常生活をそのまま営んだりした。検察や国家情報院の捜査過程で尾行や盗聴が続けられたが、どこか一つでも危険性が伴うような、いかなる行動もとったことはなかった。それならば、害悪発生の明白な蓋然性がないものと見なければならず、従って被告人らが特定の性向の言葉を述べたことをもって、それを政治的、社会的討論の対象として論争を起こすことはあっても、この法廷を通して、裁判を通してこのように有罪を宣告しなければならない事案ではない、と見なければならない。

通信秘密保護法違反と執行委託の違法性

千洛鵬《チョンナクブン》弁護士はこの事件で提出された録音ファイルの、デジタル記録媒体が証拠能力を付与されるために必要な基本的手続きを全て無視したものであり、当然に排斥されねばならないと陳述した。続いて完全保全の原則、保管連続性の原則、信頼性保証の原則が一つも守られていないことを逐一指摘した。

家宅捜索過程における違法性についても、論破した。押収物中、多数は収集過程が違法であり、証拠能力がない点を一つひとつ明らかにした。被告人李石基の住所地と麻浦のオフィステル、国会内の議員室などで実施された家宅捜索過程で、国家情報院捜査官は家宅捜索令状を提示しなかったり、当事者がいない場所では予め通知せず、ドアを壊して入ったりした。

被告人李尚浩の事務室では、被告人の所有物であるかどうかを確認せず、容疑と無関係なコンピューターを丸ごと押収した。被告人金根来の河南生涯教育院に対しても、立会権や令状提示規定を守らなかった。令状提示、立会権保障のための手続きが守られなかったことは、家宅捜索全般にわたる重大な違法事由である。

千洛鵬弁護士は、続いて通信秘密保護法違反と執行委託の違法性について論破した。

千洛鵬　この事件で証拠として提出された録音ファイルは、通信秘密保護法に違反して取得した違法収集証拠であり、証拠能力がありません。執行委託の違法性について検討します。まずこの事件に証拠として提出された録音ファイルは、私人である国家情報院協力者に委託し録音したものです。しかし通信秘密保護法には、対話録音を私人に委託しうる根拠規定がありません。通信秘密保護法第一四条第二項は対話録音について、通信機関などに対する執行委託に関する第九条第一項後段を準用していません。これは私生活の秘密など基本権侵害の重大性とその執行方法の非倫理性などを考慮して、捜査機関でない者をして権限を乱用せしめないようにしたのがその趣旨だと考えます。以上のように、通信秘密保護法が対話録音について執行委託規定を準用していないことは明白です。従って、国家情報院協力者による対話録音は、通信秘密保護法が許容していない執行方法であり、違法なものです。

いかなる予備行為もなかった講演出席者

千洛鵬弁護士は、続いてＲＯの虚構性と、五月一二日の講演以後の講演者らの行動を例に挙げ、原審判決の不当性について論破した。講演出席者の半分が女性で、拳銃一丁持たない民間人であり、彼らは講演後に平凡な日常に戻り、だれも武装暴動のための準備をしなかったことを指摘した。「三人会」も講演から一ヵ月が過ぎた六月五日に再び集まり、その席で主に、白頭山観光と免税店ショッピングの話を交わしただけであった。

組織の存亡がかかった問題といえる武装暴動方針とその取り消しを、組織の公式指針なく有耶無耶にすませてよい組織であれば、原審は「ＲＯは指針下達と貫徹を別に重要視しない地下革命組織」であると、その性格規定をしなければならなかった。原審は、二〇一三年五月一〇日、五月一二日講演出席者らはみなＲＯのメンバーであると判示したが、実のところ、原審は一三〇名についての特定も、尋問も、証拠調べもしなかった。千弁護士は「原審の判断は論理と経験則上とうてい両立不可能な反対事実のためにも、これ以上維持されえない」と陳述した。

千洛鵬　五月一〇日、五月一二日の講演参加者がみな内乱の主体としてＲＯのメンバーであるということは、それ自体として厳格な証明により明らかにされねばなりません。その陳述を信じることができない国家情報院協力者李成潤の一方的主張や、関連が極めて希薄な「三人会」のみをもって判断しえない問題であり、特に講演に出席したためにＲＯメンバーとする判断は、典型的な循環論法にほかなりません。結局、地下革命組織ＲＯは李成潤と国家情報院による合作であるというのが結論です。

この時、傍聴席からは拍手が沸き起こった。被告人の家族と党員、特に五月一〇日と五月一二日の講演に出席した人たちの間から自然に沸き起こった拍手が法廷に響きわたった。しかし、裁判部では極めて気に入らない拍手だったようだ。

李敏杰　もう一度申し上げます。もう一度こうしたことが起きれば、すぐに退廷させます。決して弁論の助けにはなりません。

私たちの時代に、私たちの国でこんな裁判があった

　千洛鵬弁護士の理路整然とした弁論を聞き、拍手をした人たちは、毎回休むことなく出席した常連の傍聴人たちであった。被告人の家族を除いても二〇〜三〇名の人が毎回裁判を見に来ていた。大部分が党員であったが、この事件に関心があって来るようになった人もいた。一審裁判の時は保守団体の人たちが団体で傍聴に来て、被告人らの発言を妨害して、騒ぎを起こしもしたが、控訴審の時には彼らの姿は別に見えなかった。裁判のたびにほとんど休むことなく傍聴しに来た青年たちに会い、なぜ裁判を見にきたのか尋ねてみた。

「私たちが忘れていないことを示すために来ました。元気を出してと。ところが、むしろここに来て、私の方が力づけられることが多いです。弁護士の先生方がへこまずに、闘われる姿もそうですし、李石基議員や他の方々が毅然として裁判に臨まれる姿を見ながら、私たちも外で、統一運動や平和を守るための活動を続けなければならないと勇気づけられます」

「水原で一審裁判をした時はなんていうか、雰囲気がすごく殺伐としていて、議員や他の人たちが入ってくる時、私たちが手を振って、お元気ですかとあいさつすれば、警察官が静かにしろとどなったりもしました。ところが、控訴審裁判の時は雰囲気が和やかです。出産して間もない方が来ていたので、産後処置をちゃんとしていますかと聞いてみたりして。午前の裁判が終われば、前に出て握手もして、長くは話せなくても、言葉も一言ずつ交わしたりもします。裁判が終わり、護送バスが法廷を出る時も私たちがついて行って、元気を出してと言えば、バスがすぐに出発せず、ゆっくり行ったりもします。そういうことがなんでもないようでも、中にいらっしゃる方々に少しは

李石基議員を出迎える青年たち

慰めになるみたいです。それで裁判のたびに、できるだけ休まずに来るようにしています」

「時には少し申しわけなく思われるみたいです。忙しいのに、やることも多いのに、もう来るなという時もあります。でも、私たちはそうはできないのです。どれだけつらくて、悔しいか。なんでもないですが、こうやって来てみもしなければ。そして私たちの時代に私たちが住む国で、こんな裁判があったということを必ず覚えておきたいと思います」

最後の青年の言葉が、胸に刺さった。私たちの時代に、私たちの国でこんな裁判があったことを覚えておきたい、という言葉。

私がこの本を書く理由は、それを記録するためではないのか。

15　学者の良心

しかし私は信じない。アメリカよ。世紀末最後の夜まで。奴隷貿易でたっぷり儲けた自由の国。人類最初に人間の頭上に原爆の洗礼を浴びせた平和の国。そして二、三日前にもリビアで、パナマで、グラナダで数千の人命を殺傷した人権の国。アメリカよ、アメリカよ、アメリカよ。今夜のＴＶの前で私は信じない。お前が掲げた自由の旗と、空高く飛ぶ平和の鳩を私は信じない。私には信じることができない。

――金南柱・詩「アメリカよ、アメリカよ、アメリカよ」の中から

北朝鮮の核兵器開発背景

二〇一四年六月二三日、第八回公判で政治学者李在峰《イジェボン》が専門家証人として出廷した(1)。李在峰は分断の過程を正しく理解し、統一を平和的手段で成し遂げようという主張を一貫して展開してきた。彼は国家保安法関連裁判で、しばしば専門家証人として出廷している。李在峰は内乱陰謀事件裁判でも平素のように、韓国社会でタブー視されてきた北朝鮮の核兵器開発に対する考え、分断状況における米国の役割、反米主義の背景、統一運動の歴史と方法などの敏感な主題について、学問的研

究をもとに自分の考えをはばかることなく主張した。

金洧廷《キムユジョン》　米国の対北戦略、北の核問題に関連してお尋ねします。北朝鮮が核兵器を開発するようになったのには軍事的、地理的、経済的、戦略的、政治的背景など多様な理由があるのでしょう？

李在峰　はい。

金洧廷　軍事的背景としては、一九五一年末より米国が北朝鮮に対して核兵器で攻撃できると脅し、一九五八年一月頃より韓国に大量の核兵器を配備しはじめたためでしょう？

李在峰　私が持っている資料によれば、遅くとも一九五八年一月ですので、そのように言ってもよいと思います。

金洧廷　地理的にも北朝鮮をめぐる四大強国（中国、ロシア、米国、日本）が一九六〇年代にすで

〈原注〉1　東国大学政治外交学科卒業、米国テキサス大学政治学修士、ハワイ大学政治学博士。現在圓光大学社会科学部学部長、政治外交学科教授、平和研究所所長、韓中政治外交研究所所長として在職している。米国の対外政策と韓米関係を主題に修士・博士学位を取得。著書に『二一世紀の南北韓政治』（二〇〇〇）、『転換期韓米関係の新構想二』（二〇〇七）、『二つの目で見る北朝鮮』（二〇〇八）などがある。「北朝鮮崩壊論と戦争挑発説について」「米国の対北朝鮮政策の変化と南韓統一外交の課題」「北朝鮮の核兵器開発と米国の対北政策」「南韓の核兵器配備と北朝鮮の核兵器開発」「朝鮮半島統一と社会民主主義」など多数の論文がある。

に自ら核兵器を開発したり、米国の核兵器を配備したりしていたためでしょう?
李在峰　はい、そうです。
金清廷　経済的背景として、核兵器開発が最小の費用で最大の安保効果を持ってきたためでしょう?
李在峰　はい。
金清廷　つまり、大量破壊兵器を持つようになれば、安保に対する心配なく、通常兵器の維持・増強などにかかる費用を経済開発に使うことができるためでしょう?
李在峰　はい。
金清廷　北朝鮮は友邦であるロシアと中国から支援が断ち切られたり、減ったりする状況で、戦略的に米国を交渉テーブルに引き出すための手段として、核兵器とミサイル開発カードを使用したりもしたのでしょう?
李在峰　そうです。
金清廷　前述のように、米朝間の合意または六者会合の結果、「北の核兵器と核施設の廃棄、不可侵条約や平和協定締結」など朝鮮半島の平和と東北アジア安定のための方向が定まり、数回確認されましたが、その履行においてどれを優先するのかという問題と関連して、米朝間の対立が続いているのでしょう?
李在峰　そうです。

北の交渉提議を拒否するオバマの戦略的忍耐政策

金洧廷　オバマ政権になり、進められてきた戦略的忍耐政策について、北はどのような反応を示して来ましたか？

李在峰　早く交渉をしようということでしょう。それで好戦的な発言もして、よく私たちが言う挑発もしてみて。それで北朝鮮の究極的な目標は米国と平和協定を締結しようということにあるので、平和協定が締結されるまでは、私たちがよく言う、いわゆる北朝鮮の挑発が続くと思います。

金洧廷　教授は、昨年三月から五月頃にあった緊張と緩和局面はこれまで常にあった米朝間の対決局面の一つであって、特に異なるところはなかった、こういうことですか？

李在峰　戦争勃発の時期、戦争勃発が予想される時期では全くなかったと思います。

金洧廷　戦争が全く問題にならない、ただこれまで続いてきた緊張局面の一時期にすぎない、そのようにご覧になられますか？

李在峰　米国を交渉テーブルに引き出すための荒っぽい言動が続いていたと見ればよく、それがどうして戦争の危機か、このように考えます。

金洧廷　朝鮮労働党の規約には「わが民族同士力を合わせ、自主、平和統一、民族大団結の原則で祖国を統一し、国と民族の統一的発展を成し遂げるために闘争する」と記されていますが、その意味はなんですか？

李在峰　これは南側でも、北側でも、当然のことではないですか？　一九七二年の南北共同声明に出ている内容です。互いに自主的に民主的に、民族同士で平和的に統一しようというもので、南側でも北側でも必ず受け入れなければならない内容でしょう。ところが、「自主」についての解釈のために、南側では少し申しわけない言い方になりますが、憚られるところがあります。そうだとしても、「自主」に反対する人がどこにいますか。また「平和」に反対する人がどこにいますか。また一つの民族として民族大団結しようというのに、反対する人や名分がどこにありますか。

金洧廷　二〇一〇年の天安艦事件、並びに延坪島砲撃事件は、政治学的にどのような意味を持つ事件ですか？

李在峰　政治学的な意味ではなく、ただ実際問題として極めて残念に思います。よく韓国社会ではなにか事件が起きれば、「どのように」に焦点を合わせます。どのようにそのようなことが展開したのか、発生したのか。私は研究者としてこのようなおぞましい事件を耳にした時、まず考えなければならないのは「なぜこのような惨事が起きたのか、その原因を、背景をきちんと把握しなければならないのではないか」このように考えます。このような話をすると、私がいかなる反応を得るかわかりませんけれども、天安艦事件や延坪島事件、これは私たち南側で刺激したために起きたものではないのか。しかし韓国社会ではこのように言えばすぐに親北だ、従北だと罵倒されるために、きちんと話す知識人さえ見つけることが難しいですが、私ははっきりそう思います。私たち南側の刺激により北側が行ったものであると…。

私たちはこうした結果だけをもって北朝鮮が挑発したと言いますが、そのような挑発が起きることになった背景はどこにあるのか、私はこれから徹底的に確かめなければならないと思います。ところが、韓国社会ではこのような原因究明、なぜこうしたことが起きたのか、それを確かめることさえも不可能です。こうしたことを学術的にも、学者同士でも話せば、すぐに従北論難を浴びせられるからです。

北朝鮮の核は米国の脅威に対する対応

金洧廷　北朝鮮が三回核実験をしましたが、これはどんな意味を持っていますか？

李在峰　私が政治学者だからかもしれませんが、延坪島砲撃事件も政治学的に、核実験も政治学的に分析するといいますが、あえて政治学という修辞をつけるまでもなく、北朝鮮の核実験は自分たちの体制を守ろうとするものです。米国の脅威に対抗して、…韓国の地上からは一九九一年に核兵器が撤収されましたが、韓国の領海には米国の核兵器が数多く存在しています。核兵器が使用される場合、最もありうるのは、潜水艦から撃たれるものです。過去、一九四五年に米国が日本で爆発させたように、戦闘爆撃機に載せて行き、核兵器を落とすのはあまりにも旧式です。先ほどB52核爆撃機の話が出ましたが、それからミサイルに搭載する場合もあります。最も多くの核兵器は潜水艦に搭載されています。今も米国の潜水艦が韓国の領海を往来していると思います。そのため私たちはすでに、北朝鮮に対して核兵器を多く持っているわけです。五〇年代後半から今まで。私は北朝鮮の核兵器を擁護するものではありません。こうした状態で北朝鮮が核兵器を持ったならば、なぜ持つようになったのか、それを確かめることです。私は常に学者として「なぜ」に焦点を合わせます。北朝鮮がどのようにして核兵器を持ったのかではなく、北朝鮮がいつから、なぜ核兵器を持ち、今もこのように途切れることなく開発しているのか。私は米国のせいだと言っているのです。

金洧廷　延坪島砲撃事件、並びに北朝鮮の三回の核実験だけをとらえて、北朝鮮が赤化統一路線や対南革命戦略を放棄していないと見ることはできないのですね。

李在峰　米国の脅威に対する対応であって、南側を赤化するということは全く考えていません。

米国が平和協定を拒否する理由

金洧廷　在韓米軍の性格変化などと関連して、在韓米軍が米朝関係や朝鮮半島の平和問題に対して持つ意味はなんだと考えますか？

李在峰　朝鮮半島の平和における、最も大きな躓きの石だと思います。今、この場でそれこそ反米、従北主義者と罵倒されるかもしれませんが、在韓米軍が存在していては北朝鮮との平和協定を絶対に望みえません。北朝鮮は絶えず、六〇年代から「南側や米国と不可侵条約を結ぼう、平和協定を結ぼう」と言っていますが、韓国と米国は今も停戦協定を固守しなければならないと主張しています。世界で最も好戦的であるといわれる北朝鮮は数十年間平和を叫んでおり、世界平和を守るという米国は停戦協定を固守する、こういうアイロニーがなぜ起きるのでしょうか？それはまさに在韓米軍のためです。もし米国と北朝鮮の間に不可侵条約や平和協定が結ばれるならば、在韓米軍が引き続きここに維持されなければならない法的な名分が弱くなるか、消えてしまいます。万が一、在韓米軍が撤収することになれば、冷戦以後、冷戦の終息以後に米国の最も大きな対外政策目標といえる、中国をけん制して封鎖する政策に穴が空くことになります。それで中国をけん制し、封鎖するためには、在韓米軍がここに居つづけなければならないのです。もちろん、米国の国防政策ではこれを明示していません。米国の国防政策はなんと述べているかといえば、南北が統一されても、在韓米軍は引きつづき維持されなければならない、そう表明しています。もし在韓米軍の最も大きな役割が北朝鮮の南侵を阻止することにあるならば、なぜ南北が統一された後にも維持されなければならないと主張するのでしょうか。そうではないからです。

実質的には中国をけん制しようとするのに、中国をけん制したり、封鎖したりするためには、在韓米軍を維持しなければならず、在韓米軍を維持するためには、北朝鮮をならず者としなければならないのです。絶対に交渉できないでしょう。それで私は在韓米軍が残っている限り、朝鮮半島の平和は絶対に来ないと考えます。

金淯廷　韓国の統一運動勢力が掲げてきた「自主・民主・統一」というスローガン、その淵源はどこにありますか？

李在峰　一九七二年の南北共同声明、ここからくるものと見なければなりません。そしてスローガン自体はそこから出たものと思いますが、こうした精神自体はずいぶん前からあり、続いてきたものではなかったでしょうか？

金淯廷　こうした「自主・民主・統一」スローガンは、北朝鮮の対南革命路線と関連がありますか？

李在峰　それはどうでしょうか。在韓米軍撤収であるとか、自主、こういうことを全部北朝鮮と結びつけようとするのですが、もちろん、北朝鮮でこれを主張していますし、私たちもこれを主張しますが、こうした価値は北朝鮮が主張したものであれ、していないのであれ、私たちが必ず受け入れなければならないものではないでしょうか？　私たちが先だと言うこともできますし、北朝鮮が先だと言うこともできます。ところで私たちは、南側の進歩運動家たちが北側に追従して、自主・民主・統一をなそうとしているとは全く考えていません。南側の進歩運動家をあまりにも無視しています。世界で一体、どの国の人が自主・民主・統一を拒否するでしょうか？　拒否するほうがおかしいのです。

二〇一三年は戦争危機状況ではなかった

続く検事鄭在旭《チョンジェウク》、金熏栄《キムフニョン》の反対尋問にも李在峰は、自らの見解をはっきりと憚ることなく述べた。

鄭在旭　二〇一三年と一九九四年の状況を比較すれば、九四年は戦争危機状況であり、二〇一三年は戦争危機状況ではなかった、こうおっしゃるのですか？

李在峰　九三年、九四年は北朝鮮の挑発ではなく、米国が爆撃しようとしたのですから。そして私たち南側でも「戦争の準備をする」との放送事故が起きたことがありました。…ところが、二〇一三年には南側の将軍たちは前方でゴルフをしていたという報道まで出ました。三〜四月に北朝鮮が戦争を始めるような、そういう兆候が見えれば、いくら気の緩んだ軍人たちでも、指揮官らがゴルフできますか？　だから軍部では、北朝鮮の威嚇的な発言をただ常套的な表現と考えたのでしょう。それをどうして戦争危機だと言えますか？

鄭在旭　証人は、北朝鮮が平和協定締結前には軍事的挑発を続けるだろう、こういう趣旨のことをおっしゃいましたが。

李在峰　軍事的挑発ではなく、私たちがよく言う挑発というものですが、米国と私たちは極めて大規模な軍事演習を一年に数回行います。それも極めて敏感な地域においてです。それは私たちには当然のことなのですが、北朝鮮がソ連、今のロシアや中国を呼び寄せて軍事演習をするというのを聞いたことがありますか？　それなのに私たちは自分たちが軍事演習をすれば当然視し、北朝鮮がミサイルを発射すれば挑発と呼ぶでしょう。これも均衡あるものの見方ではないと思います。

鄭在旭　天安艦事件や延坪島砲撃は、南側で刺激したためで、韓米合同軍事演習のためだ、このように分析なさったのですが。

李在峰　私は確かに、そう思っております。

鄭在旭　停戦協定以後に北朝鮮が数百回にわたり、停戦協定に違反する行為をして、その過程で多くの軍事挑発と事件があり、多数の人命が殺傷される、そうしたことがありました。このような現象は北朝鮮の対南戦略や対南政策とは関係がないのですか？

李在峰　関連があるでしょう。しかし、停戦協定を数百回破ったとおっしゃいましたが、私たちは停戦協定を破るのは北朝鮮、スパイを送るのは北朝鮮、このようにしか考えません。韓国や米国からはスパイを送りませんか？　停戦協定は米国がまず先に、より大きく違反しました。核兵器を導入するために中立国監視委員会を無力化し、核兵器を導入しました。これほど大きな停戦協定違反はありません。

北の核と長距離ミサイルは米国を狙った兵器

金熏栄　二〇一三年三月から五月までは、戦争状況ではなかったということですね。

李在峰　はい。危機状況ではなかったです。

金熏栄　それでは二〇一二年一二月にあった光明星三号（二号機）発射、二〇一三年二月にあった第三回核実験なども戦争危機状況とは関係がない、こういうご意見ですか？

李在峰　南側を侵略するためにミサイルを開発し、核兵器の実験をしますか？　韓国を攻撃するのに長距離ミサイルは必要ありません。白頭山から漢拏山までの距離がどれだけですか？　ところが、北朝鮮が開発したのはいわゆるＩＣＢＭで、長距離ミサイルになりうるものです。人工衛星、それは米国を狙ったものであり、どうして、私たち南側を狙ったものでしょうか。

金熏栄　北朝鮮と米国の戦争に関連した話にすぎず、北朝鮮と韓国の戦争に関連した話ではない、こうおっしゃるのですね？

李在峰　はい。私が強調したように、米国の脅威に対する自衛手段であって、韓国を攻撃しようとすれば、長距離射程砲で十分です。短距離ミサイルでも十分です。南側に対してなら中距離ミサイルも必要ありません。ソウルまでどれくらいありますか？　一〇〇㎞以上になりますか？

休戦線からどんな長距離ミサイルが必要ですか？

金熏栄　体制維持のための自衛的な手段にすぎず、戦争危機とは関係がないとみる、こうおっしゃるのですね？

李在峰　はい。

二〇一三年五月一二日の講演を前後した頃が、戦争危機状況であったのかどうかを検事たちが改めて問うた理由は、検察側の公訴要旨や一審判決文で「当時、被告人らは北朝鮮が戦争を引き起こす時、北朝鮮に同調する暴動を起こそうとした」と主張していたためである。しかし、李在峰は当時の状況は、米国の脅威に対する北朝鮮の荒っぽい対応程度と分析できると説明した。

また、朝鮮半島の平和を脅かすのは米国であるという見解をはっきり述べた。北朝鮮は公式的には在韓米軍のない平和協定を掲げているが、実質的には交渉するに伴い変化する可能性があるとしつつ、韓国と米国は一日も早く平和協定を締結するための交渉に応じなければならないと主張した。

去る数十年間、北朝鮮は平和協定を願い、これを拒否してきたのは米国と韓国政府であるので、今や前向きの姿勢に変わらなければならないというのである。

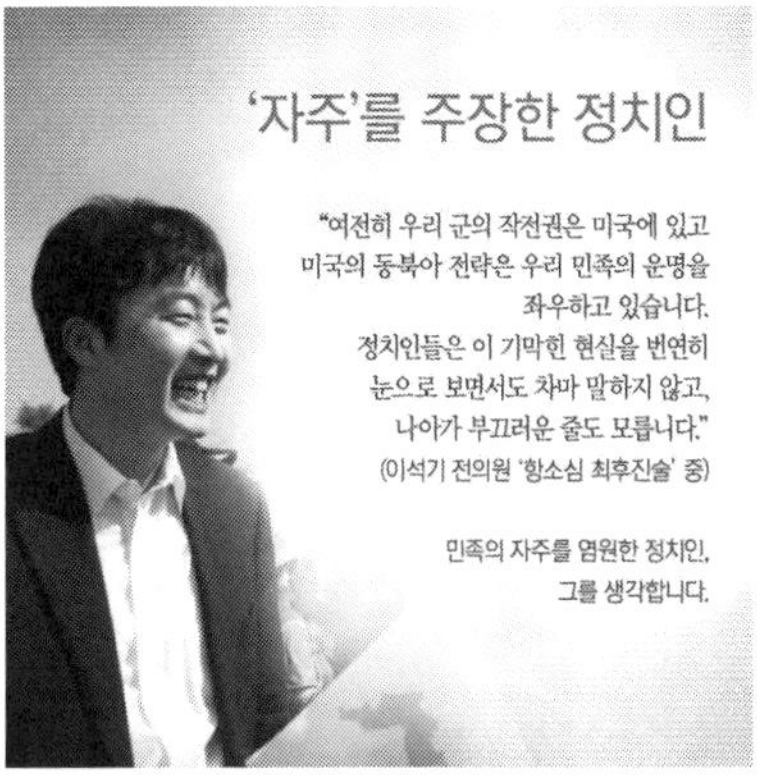

「自主」を主張した政治家：「依然として韓国軍の作戦権は米国にあり、米国の東北アジア戦略はわが民族の運命を左右しています。政治家はこのあきれた現実をはっきりと目にしていながら、全く口にしようとせず、さらに恥ずかしいとも思いません」（李石基前議員控訴審最終陳述中）

16 「口にする」だけで内乱、韓国にしかない

「金日成万歳」 韓国の言論の自由の出発はこれを認めることにあるのだが、これさえ認めればよいのだが、これを認めないのが韓国の言論の自由だと趙芝薫という詩人が言い張るので、私は眠るしかない。

――金洙暎・詩「金日成万歳」の中から

表現の自由に該当する録音記録の内容

第八回公判には、重要な証人がもう一人出廷した。韓国の代表的な人権運動家パク・レグンである。[1]

金七俊 (事件当時マスコミに公開された録音記録を読み) 証人は当時、録音記録の内容をどのように理解していましたか?

パク・レグン 当時、南北間の関係がとても緊迫していた状況で、こうした中で情勢講演会と討

論会が開かれたと理解しています。それで、韓国で戦争が起きることになれば、米国により戦争が起きるのであり、そうした戦争を防ぐために、どのようなことを中長期的に準備するのか、こうしたことを李石基議員が講演を通して提起し、分班討論することになったものです。分班討論は他の討論と同じように、ありとあらゆる話が出るものです。それでそうした話が多く出ましたが、最も重要な部分はまだ準備不足なので、それについて準備しよう、こういう程度で話したもので、これを内乱陰謀と見るのは話にならず、表現の自由の領域に該当するものと私は考えています。

〈原注〉1　延世大学国語国文学科卒業、大学時代に学生運動と労働運動をしたが、一九八八年、弟のパク・レジョンが盧泰愚政権に抗議して焼身自殺した後、本格的に人権運動家の道に入った。弟パク・レジョンは、一九八八年六月四日、崇実大学学生会館の屋上で焼身自殺した崇実大学国文学科の学生であり、焼身自殺当時「光州は生きている」「軍事ファッショ打倒しよう」「青年学徒よ、歴史が呼んでいる」というスローガンを叫んだ。良心囚釈放、拷問追放、疑問死真相究明活動から住居権、最低賃金、非正規職問題まで人権の地平を広げてきた韓国の代表的な人権運動家である。平澤市大秋里の米軍基地反対運動と龍山撤去民惨事の汎国民対策委員会活動などで三回拘束されたことがある。また「国家保安法廃止国民連帯」執行委員長として活動している。セウォル号惨事の真相究明を要求する「四月一六日の約束国民連帯」（四・一六連帯）常任運営委員として活動したが、セウォル号追悼行事で集会・デモに関する法律違反、並びに特殊公務執行妨害などで二〇一五年七月に拘束、収監され、その年一一月保釈された。

金七俊　表現の自由の領域に属すると理解したというのは、証人がその場で出た発言に同意するとか、同じ考えを持っていることを意味するのではないでしょう？

パク・レグン　そうです。表現の自由において最も重要な点はその社会で同意していなかったり、嫌悪したりする少数の思想や意見さえも寛容するもので、そうしたことをいかなる恐怖もなしに表現しうることです。それをも擁護するのは当然、民主主義、自由民主主義の基本であると考えれば、その時の講演会や分班討論で話された内容は私の考えとは異なる部分もありますが、自由に話すことができることがらであると言えます。

金七俊　証人はこの事件、内乱陰謀という公訴事実は結局、二〇一三年五月一二日の情勢講演会での言葉、すなわち発言を根拠にするものであるために、内乱陰謀として起訴されたのは「表現の自由」という人権を制約するものだと考えたのですね？

パク・レグン　そうです。内乱と言えば、銃でも持って戦う、こうした内戦状況を念頭に置くものですが、それで外国では、アムネスティ（国際赦免委員会）という団体では、これを翻訳するのがとても難しいということです。外国では内乱と言えば銃を持って戦う内戦、こうしたことを言うのですが、はたしてそれを準備したのか、それならば李石基議員をはじめとする、それに参加した人たちがそうしたことを具体的に準備したのかということです。そうした事実がなく、口で言っただけで、こうしたことをもって内乱陰謀事件として処罰するというのは、外国では理解されないと言えるのです。

金七俊　アムネスティのような団体では、内乱陰謀の経緯を英語で翻訳するのも難しいという意味ですね？

パク・レグン　はい。
金七俊　証人に、国際人権法上の表現の自由に限定していくつかお尋ねします。証人はわが国も条約当事国である市民的及び政治的権利に関する国際規約（以下「自由権規約」）第一九条が、表現の自由に関して規定していることはご存じでしょう？
パク・レグン　はい、よく知っています。
金七俊　一九条の、表現の自由の具体的な内容について知っていますか？
パク・レグン　一九条は三つの項から成り立っていますが、まず一項は意見を持つ権利について規定しており、二項は表現の自由と関連して、国境に関係なくいかなる手段と方法を通じて取得した意見だとしても、自由に平和的に表現しうるというもので、三項は…。
金七俊　三項についてはは私がお尋ねします。証人は第一九条三項で、法律により規定された場合に限り他の者の権利又は信用の尊重、国の安全、公の秩序又は公衆の健康若しくは道徳の保護のために必要な場合にのみ、一定の制限を受けうると規定していることをご存じですよね？
パク・レグン　はい。

緊急事態でも保護されなければならない思想の自由、意見の自由

金七俊　証人は、国連自由権規約委員会が二〇一一年七月、第一〇二次会期で自由権規約第一九条の解釈と関連して、自由権規約一般的意見（以下「一般的意見」）を議決して発表したことをご存じですか？

パク・レグン　はい、存じています。
金七俊　一言で言えば、「一般的意見」とは人権に関する規約を解釈、適用する機関である条約機構が出した規約の具体的内容に対する解釈基準であるため、事実上、規約と同一の効力を持っていると見ることができるのでしょう？
パク・レグン　はい。そうです。
金七俊　それでは、自由権規約「一般的意見三四」の場合も、自由権規約一九条の表現の自由とそれに対する制限に関する内容があまりに抽象的であることから、乱用される危険があり、これをより明確にする目的で国連自由権規約委員会が議決した解釈指針なのでしょう？
パク・レグン　はい、そのように存じております。
金七俊　自由権規約第四条では「国民の生存を脅かす公の緊急事態の場合において…規約の締約国は事態の緊急性が真に必要とする限度において、この規約に基づく義務に違反する措置をとることができる」としながらも、第一八条の思想、良心、宗教の自由など人権の核心的な事項については緊急事態であっても制限されないよう、規定しているのでしょう？
パク・レグン　はい、そうです。
金七俊　ところが、先の自由権規約第四条で制限できない場合として一八条の思想、良心、宗教の自由については列挙していますが、一九条の「意見の自由」は列挙していないでしょう？
パク・レグン　はい。国際人権法では、こうした思想の自由や意見を持つ権利のような場合は絶対的権利として保護するものです。緊急事態を含め、いかなる場合にもこの部分は侵害されてはならないことになっていますが、韓国の場合は国家保安法があり、こうした思想、意見自体を処罰する、国際人権法の当事国であるにもかかわらず、これに違反する法が存続しており、これで処罰している状況です。

金七俊　自由権規約第四条では、明示的に一九条の意見の自由は列挙していませんが、解釈指針である「一般的意見三四」で、この意見の自由も国家の緊急事態などの場合にも、猶予されてはならない権利として解釈しているのでしょう？

パク・レグン　はい、そうです。

金七俊　また意見の自由と関連しては「政治的、科学的、歴史的、道徳的、又は宗教的性質を持つ意見を含む、あらゆる形態の意見が保護される。意見の保持を犯罪とすることは、第一項と矛盾する。個人が持っているかもしれない意見を根拠に逮捕、抑留、裁判、拘禁刑を含む嫌がらせや威嚇、非難は第一九条第一項違反となる」[i]と定めているのでしょう？

パク・レグン　はい。人権の原則に違背するものとしており、人権の次元ではない国際社会のいかなる慣行に照らしても、意見それ自体をもって処罰することは民主社会と見ることはできないというのが、一般的な評価ではないかと考えます。

国家安全保障、表現の自由、及び情報へのアクセスに関するヨハネスブルグ原則

金七俊　ヨハネスブルグ原則についてお尋ねします。証人はいわゆるヨハネスブルグ原則につい

〔訳注〕 i　日本語訳は日本弁護士連合会仮訳による。

てご存じですか？

パク・レグン　はい。

金七俊　どういうものですか？

パク・レグン　一九九五年に「アーティクル一九」という国際人権団体が招集した会議で、一九九五年一〇月頃に南アフリカ共和国のヨハネスブルグで会議が開かれ、論議しました。国連をはじめ、ヨーロッパと米州、世界各国の専門家が多数集まりました。地球上で国家安保を理由に表現の自由が極めて深刻に侵害されているので、専門家が明確に基準を作り、国家が侵害しうる表現の自由の範囲がどこまでであるのか、こうしたことを規定したものと見ることができます。これは、以後に国際人権機構をはじめ、国連で受け入れて、表現の自由と関連した慣習法として認められています。

金七俊　それでヨハネスブルグ原則の正確な名称は、「国家安全保障、表現の自由、及び情報へのアクセスに関するヨハネスブルグ原則」なのですね？

パク・レグン　はい。

金七俊　「ヨハネスブルグ原則七」は、表現の自由に関する権利の平和的な行使は国家安保に対する脅威とみなされてはならないと規定していますが、そうですか？

パク・レグン　はい。

金七俊　特に、先の「ヨハネスブルグ原則七」の二号で国家、国家の象徴、国民、政府、政府機関、ないし公務員または外国、外国の象徴、国民、政府、政府機関、ないし公務員に対する批判と侮辱的表現は、国家安保に対する脅威とはならない表現の例として明確に規定していますか？

パク・レグン　はい、そうです。米国の例を頻繁に挙げて申し訳ありませんが、米国で星条旗を燃やしたために起訴されたことがありましたが、連邦最高裁が表現の自由は擁護されなければならないとして、無罪宣告したことを存じています。

金七俊　先の原則によれば、米国を「アメリカ帝国主義」と表現したり、これに対する闘いを「反米大決戦」と表現したりすることを、国家安保に脅威となる表現と見ることはできないとお考えですか？

パク・レグン　はい。アメリカ帝国主義と書くのであれ、なんと書くのであれ、その表現一つひとつをもって司法的な定規をあてはめること自体が、人権とはかけ離れているものです。人権原則に違背するものと見なければなりません。ヨハネスブルグ原則に背くもので、私たちが加入している自由権規約一九条に違反するものと見ることができるでしょう。表現は自由にすることができ、討論を通じて検証すればよく、国家保安法で処罰することは、国際人権法では非常識なものと見ています。

金七俊　先のヨハネスブルグ原則によれば、「政府を変えよう」という表現、国家や国旗を侮辱する表現、徴兵反対、戦争反対などの表現も一般的に「国家安保に脅威とはならない表現」だと見ているのですね？

パク・レグン　はい。

金七俊　ヨハネスブルグ原則は単なる理想のレベルにとどまらず、すでに多くの国家で「現実」の法的原則として根づいている基準ですか？

パク・レグン　はい。そのように見なければならないと思います。

金七俊　韓国の国家保安法と関連して、数回報告書が発表されましたが、報告書はともに「公然と通用している資料を所有していたという理由だけで、彼らの行動が敵に利するものだという点を知っていたという仮定の下に、有罪判決を受けた」ことに対して、深刻に憂慮を表しましたね？

表現の自由を源泉的に封鎖する国家保安法は米国政府も批判

パク・レグン　はい。国連だけでなく、私たちが友邦という米国政府が出す人権関連の年次報告書で、毎年指摘される事項でもあります。国家保安法は表現の自由を源泉的に制約する悪法であるため、廃止されなければならない、とはっきりと繰り返し述べられています。

金七俊　特に一九九九年一一月一日、自由権規約委員会は最終見解を発表して「単に思想の表現が敵性団体の主張と一致しているとか、その実体に対し同調していると思われるという理由のみで思想の自由を制約することは許されない」とし、国家保安法の段階的廃止を一九九二年に続いて再び勧告したこともありましたね？

パク・レグン　はい、そうです。そして個別事件が提訴され、調査する事件ごとに、常に類似の見解を述べています。例えば、申鶴澈《シンハクチョル》さんの絵画「田植え」のような場合は北朝鮮体制を賛揚したとして処罰されましたが、国連ではそれが無罪であることを明らかにしました。その他に数件、私たちが国家保安法に関連した個別事件を提訴するたびに、同様の見解を述べ、韓国政府に国家保安法を段階的に廃止せよと繰り返し要求しています。

金七俊　証人もまた、北朝鮮に友好的であるとか、利敵同調と考えられるとの理由で、これを北朝鮮との理念的連携性の根拠として、暴動を実現する意図があったとまで推断するのは、こうした国際規約に背くものと見ているのですか？

パク・レグン　はい、そうです。

金七俊　結局、この事件は内乱陰謀の対象というのが、二〇一三年マリスタ修道士会での講演と討論発言を通じて出た内容であり、従ってそれらのことは原則として表現の自由として保障されねばならず、厳格に保障されるべき表現の自由の限界を超えるものなのかどうか、こうした観点から見なければならないということですか？

パク・レグン　はい、そうです。

検察側の反対尋問で検事崔宰熏《チェジェフン》は、パク・レグンに国際人権団体の英語略字を正確に知っているのかと聞いた。人権運動家としての専門性を検証するために、そうした質問をするのかと、傍聴席から野次が飛びでて、裁判長まで不適切な質問であると指摘した。

崔宰熏　その略字がＨＲＣですが、もしかしてHuman Rights Committeeと聞かれたことがありますか？

パク・レグン　はい、人権理事会と訳します。

崔宰熏　人権理事会はHuman Rights Councilです。Human Rights Committeeは他のものですが、ご存じありませんか？

パク・レグン　変わったのではないですか。数年前に変わったことはご存じでしょう。人権理事会と訳します。
崔宰熏　すみませんが、変わったのも人権理事会はHuman Rights Councilで、その前にCommission on Human Rightsというのに変わったのでしょう。いまおっしゃったのは、Human Rights Committeeが…。
パク・レグン　私に講義しておられるのですか？
崔宰熏　いえ。証人に専門性があると言うので質問しているのです。

検事のふてぶてしい尋問態度に、傍聴席から野次と大声が飛びだした。

李敏杰　後ろの方、静かにしてください。今、大声を出した人、立ってください。すぐに退廷してください。しばしば「専門家証人」とおっしゃるのですが、「専門家証人」というのは「事実関係証人」と区別して、経験や知識に照らして事件について証言する人を通称して「専門家証人」と呼ぶのです。それなのに、特定の部分をそのようにまで尋問をして、専門性を検証するものではないと考えます。
金七俊　意見を申し上げます。今の点は専門性を検査するというよりは、英語の略字を知ってこそ専門性をもっているという偏見に基づき、述べている侮辱的な質問です。
崔宰熏　そういう趣旨ではありません。
李敏杰　私が聞いても、それはとても侮辱的な質問です。手続きを知っているのか、知らないの

手前右が金在姸議員、その隣がパク・レグン氏。「李石基議員釈放せよ」の横断幕を手に。

か、そのような話は控えてください。間違ったことを言ったならば、間違った点を指摘なさるようにしてください…弁護人、落ち着いてください。崔検事の趣旨は私には十分にわかるのですが、そのように質問なさるのは、決して望ましいことではありません。

この日、検察側はこの事件の一審判決と公訴趣旨が世界人権団体の規定に背くという主張に反駁することができず、専門家証人の専門性に傷をつけようとする稚拙な態度を示してひんしゅくを買った。

17　内乱の記憶

新しい斧の柄を作る時は、今の斧の柄を見て手本にし、後に続く荷車は前の荷車の車輪の跡を目印にして注意するとのことです。過去の国家の栄枯盛衰の歴史こそ、未来の人々が戒めとすべきものであり、ここに一編の叙事を編さんして王に捧げるものです。

――「進高麗史箋」の中から(1)

韓国現代史の内乱陰謀事件

二〇一四年六月三〇日の控訴審第九回公判では、歴史学者韓洪九《ハンホング》(2)が専門家証言をするために出廷した。韓洪九は韓国現代史で起きた内乱陰謀事件の歴史について詳細に陳述した。

金洧廷　五・一六クーデタ以後、クーデタの主役たちの権力闘争過程で朴正煕は主導権をとるために、政敵に内乱嫌疑をかけ、これらを除去していったのでしょう?

韓洪九　はい。代表的な人物は当時、陸軍参謀総長で、国家再建最高会議議長を務めた張都暎《チャンドヨン》将軍も内乱嫌疑をかけられました。革命検察部の検察部長として強大な勢力を振るった朴蒼巌《パクチャンアム》将軍も内乱嫌疑をかけられましたが、実際に兵力を動員する謀議がなされた事件は、最高会議公報室長として朴正熙の口とよばれた元忠淵《ウォンチュンヨン》大領が一九六五年に起こした事件一つだけだと思います。

金洧廷　当時、権力によって除去の対象になっていた張都暎、金東河《キムドンハ》、崔周鍾《チェジュジョン》らは内乱罪で法廷で死刑や無期懲役などを宣告されましたが、実際には刑の免除や減刑がなされ、後には馬事会の会長をしたり、住宅公社社長になったりするなど、恵沢に浴したのでしょう？

韓洪九　はい、そうです。

韓洪九は、朴正熙が一九六四年に、日韓会談推進に反対していたソウル大生金重泰《キムジュンテ》をはじめと

〈原注〉1　朝鮮時代一四五一年に鄭麟趾らが『高麗史』を編さんし、文宗に献上するにさいして付した前文。

〈原注〉2　ソウル大学国史学科卒業、ソウル大学大学院修士、米国ワシントン大学博士学位取得。「国家情報院過去事件真実究明を通じた発展委員会」委員を歴任。現在、聖公会大学教養学部教授、平和博物館理事として在職中である。『ハンギョレ』や『プレシアン』などのメディアに現代史を主題としたコラムを連載。『大韓民国史1・2・3・4巻』（うち1・2巻は『韓洪九の韓国現代史』・同II高崎宗司監訳、平凡社、二〇〇三・二〇〇五年）『特講韓洪九の現代史話』（『倒れゆく韓国』米津篤八訳、朝日新聞出版、二〇一〇年）『1％の大韓民国』『維新・ただ一人のための時代』などの著作がある。

する大学生を内乱罪で拘束起訴しようとしたが、証拠がなかったため起訴できず、騒擾と集会・デモに関する法律違反嫌疑を適用した事例と、同年高麗大学の「救国闘争委員会」執行部の一人であった李明博を内乱嫌疑で起訴した事件などについて陳述した。続いて金淯廷弁護士は、人革党事件に関する証人尋問を続けた。

金淯廷　一九六四年八月に発生した第一次人民革命党事件、以下人革党と呼びます。朴正熙政権が、各種学生デモの背後に不純勢力がいるということを主張するために、この事件をでっち上げたのでしょう？

韓洪九　はい、そうです。

金淯廷　この人革党事件が発表された時期と背景について説明して頂けますか？

韓洪九　その時は一九六四年八月ですが、一九六三年一二月に民政移管をし、大統領になり、政府が発足しました。軍服から洋服に着替えて、六ヵ月後に六・三事態が起きたのです。学生たちの立場からは、四・一九のように大規模学生蜂起に市民が加勢する形で朴正熙政権の退陣を夢見ていたようで、政権維持に危機感を持った朴正熙政権がこの事件をねつ造しました。この事件はソウル地検公安部が担当していました。今、検事席にいらっしゃる方々の大先輩であると思います。その当時、公安部検事が全部で四名ですが、四名がみな辞表を出すことにしましたが、崔大《チェデ》賢《ヒョン》検事一人だけが中央情報部の側に回り、残り三名の李龍薫《イヨンフン》、金秉璃《キムビョンリ》、張元燦《チャンウォンチャン》、これら検事が辞表を出しました。辞表を出した理由はこの事件があまりにも根拠がないでっち上げで、拷問で自白を得たものであったためで、反国家団体といえば、綱領があるとか、規約があるとか、明確に結成されたとかいう証拠がなければなりませんが、そうしたものが全くないではないか、それでこの事件については担当できないといったのです。当時検察総長の申稙秀《シンチクス》は、元中央情報部次長でしたが、就任していくらもたたない人でした。それでその時、検察では事件捜査をしてもいない当直検事が署名をして、無理矢理に起訴したという、とても有名な事件です。この事件については私は「国家情報院過去事委」で民間委員として担当し、調査したことがあるのでどのようにでっち上げられたのかをよく知っています。でっち上げの核心部分は、この事件でスパイが入ってきて人革党を組織し、北に戻ったという部分ですが、私が中央情報部の内部文書で探した資料によれば、そのスパイというのは北から送ってきた南派スパイが北に戻ったのではなく、米軍諜報部隊で北に浸透させた北派スパイでした。

それでその点については、遺家族が再審を請求して無罪判決を受け、国家賠償まで終わった事件です。東亜大教授であったキム・サンハンという人が、北派スパイであったにもかかわらず、南派スパイであるとでっち上げたのがこの事件の核心です。一〇年後の一九七五年に(第二次)人革党事件で八名が死刑になった時も、朴正煕大統領が「人革党はスパイが組織したものだ!」といって、死刑にさせたという有名な話が伝わっています。

火炎瓶一〇〇個で内乱を陰謀?

韓洪九は続けて一九六五年八月に、日韓国交正常化が最終段階に入った時、朴正煕政権が学園に対する超強硬対応方針を掲げ、デモの主導者級に反共法と内乱扇動罪を適用せよと警察に指示した事件について証言した。またその年に、予備役将軍らが愛国市民に銃口を向けるなという呼びかけ文を新聞紙上に発表したが、デモが大きくなると、それらのうち四名を内乱罪で起訴することもした。

一九六五年には、陸軍参謀総長出身の現職議員であった金炯一《キムヒョンイル》が、元忠淵大領事件に連累して、内乱罪で拘束されもした。一九六五年一一月頃には、金斗漢《キムドゥハン》韓独党議員が内乱陰謀事件に連累して拘束された。現職議員が拘束された内乱陰謀事件について、韓洪九は次のように語った。

韓洪九　その時、五〇年前には金炯一議員と金斗漢議員、二人の国会議員が別々に拘束されましたが、当時の国会は今の国会と違い、事件がねつ造されたことは明らかと判断して、釈放同意案を可決し、二人とも釈放されました。

韓洪九の証言を聞いていると、五〇年前には検事や国会議員に、今よりはるかに良心が生きていたことがわかる。韓洪九もそうした趣旨で当時の歴史を振り返っていた。

金湑廷　三選改憲などを経た後、朴正熙政権下で一九七一年一一月一三日、中央情報部はソウル大生内乱陰謀事件を発表したでしょう?

韓洪九　はい、そうです。

金湑廷　このソウル大生内乱陰謀事件が発表された、当時の社会的背景はどうでしたか?

韓洪九　一九七〇年の全泰壱《チョンテイル》焼身自殺に始まり、一九七一年に大統領選挙があった年です。その時を前後して、インターン医師らが集団で辞表を提出する事件があり、七一年には「司法波動」がありました。裁判官らも集団で辞表を提出し、学園では教練反対デモがあり、片時もよい風が吹く日がない、そんな時期でした。大統領選挙では、朴正煕が当時としては新人に近かった金大中にかなり苦戦し、国会議員選挙では事実上、政治的に野党が勝利する、そんな状況であったために、朴正煕がコーナーに追いつめられた状態で、なにか大きな事件が必要であったために、内乱陰謀事件をねつ造したと見ています。この事件をもってしても収拾できないため、内乱陰謀事件を発表して一ヵ月ほど過ぎてから、非常事態を宣布しました。しかし、非常事態宣布でも収拾されないので、翌年秋に戦車を投入して戒厳令を宣布し、維新クーデタをすることになったのです。

金洧廷　当時、張基杓《チャンギピョ》、李信範《イシンボム》、沈載権《シムジェクォン》、趙英来《チョヨンレ》らソウル大の学生運動における核心人物四名が拘束され、彼らは拷問の末に、「四・一七大統領選挙で朴正煕が再び当選すると、合法的な政権交替が不可能になるので、暴力で政府を打倒、転覆する道しかないと判断し、内乱を陰謀した」と嘘の自白をすることになったのでしょう?

韓洪九　はい、そうです。その時、この事件で拘束された方は四名でしたが、指名手配された人が一人いて、その方が亡くなられた金槿泰《キムグンテ》前議員でした。内乱罪を被せられた理由は当時、二三、二四歳という若いソウル大生であった彼らが集まって、マッコリを飲みながら、「朴正煕を退陣させねばならない」と言ったのです。酒の席の冗談で「朴正煕政権が退陣すれば、お前は法務部長官で、お前は文教部長官をしろ」「いやだ、俺は中央情報部長をやるんだ」こんなふうに笑いながら酒を飲んで、それが内乱陰謀罪になったという笑えない話があります。この事件の裁判の時、しばらく前まで京畿道教育監でいらした金相坤《キムサンゴン》教授が当時、軍人の身分でありながら法廷に出て、真実の証言をして、勇気を示しましたが、そのためにひどい目にあったという話を聞きました。

金洧廷　起訴状によれば当時「ソウル大生内乱陰謀（事件）の被告人は、一九七一年六月初旬頃、ソウル市内約九万名の大学生のうち、三万名ないし五万名を動員して激烈な反政府デモを一斉に展開し、ビール瓶と揮発油など化学工業薬品を使用して、大型自動車一台を十分に破壊しうる火炎瓶一〇〇余個を製造、準備してソウル市内の治安と政府主要機関の機能を麻痺させ、このような状況を利用して、朴正煕大統領を強制的に下野させた後、金大中を首班とする革命委員会を組織し、立法、司法、行政など三権を統括して、政権を樹立する計画を立てた」というものでしょう？

韓洪九　はい。起訴状にそうした内容が書かれています。

金洧廷　当時、火炎瓶一個をつくるのに一〇〇ウォンかかりましたが、それならばたった一万ウォンで内乱を陰謀したのかと、起訴状そのものが虚構であるとして、世間の笑いものになったのでしょう？

韓洪九　はい、そうです。

維新時代（一九七二〜七九年）最大の内乱事件、民青学連事件

維新時代最大の内乱事件は「全国民主青年学生総連盟事件」いわゆる民青学連事件である。

金洧廷　民青学連事件が発表された背景はなんですか？

韓洪九　維新を宣布してから一年近くは反政府デモがなかったのですが、金大中拉致事件があって、次いで一九七三年一〇月二日、ソウル大でデモが起きて、それは瞬く間に広がり、張俊河《チャンジュナ》先生と白基琓《ペクキワン》先生らが主導者になり、維新憲法を改正しようという改憲請願運動が起きました。改憲請願というのは、維新憲法にはそうした手続きはありませんでしたが、それ以前の第三共和国憲法には、五〇万名以上の国民が発議すれば改憲案を提出しうる、そういう制度がありました。国民はみなそれを覚えていましたので、張俊河先生らが改憲請願運動を始めたのです。今のようにインターネットがあるのでもなく、SNSが発達していたわけでもないのに、わずか数日間で数十万名が署名することになったので、そういう状況に危機感を持って、緊急措置一号を発表して、張俊河、白基琓らを拘束しました。しかし学生デモが鎮まらず、一九七四年三月、春になり、全国的に拡散しそうな兆候を見せると、中央情報部で先制攻撃をかけたのが民青学連事件です。

金洧廷　当時、一〇〇〇名を超える学生が調査され、二三〇名余りが拘束されたのでしょう？

韓洪九　はい、そうです。

金洧廷　民青学連の背後として目を付けられた人革党再建委関係者二一名も拘束され、一九七五年四月九日、そのうちの八名が死刑にされたのでしょう？(3)

韓洪九　はい。少しだけ補えば、この事件で極めて膨大な数の人が調査を受けたので、全国から対共警察、情報警察などを総動員して調査しました。

韓洪九の話を要約すれば、次のようである。
事件が終わった当時、中央情報部長であった申稙秀は朴正熙に、中央情報部捜査局の人員を増員するよう要請した。彼が掲げた理由は、捜査官が大学生に比べて資質が低いために、拷問などの事故が多く生じるので、今後、大型事件が起きるのに備えるというものである。その時、対共捜査局の人員七〇〇名を増員したが、北朝鮮からは七〇年代以後、費用が多くかかるわりに効率が悪いとの理由で、南派スパイがあまり送られてこなくなった。中央情報部では人員は夥しく増えたにもかかわらず、スパイは送られて来ず、大型事件も起きないので、事件をでっち上げ始めた。そのようにして一九七〇年代に、スパイでっち上げ事件が夥しく発生した。盧武鉉政権下で過去事調査委員会が作られて、それらの事件が水面に浮上し、再審請求が相次ぎ、司法府の判決を待つことになった。そのうち、大多数が無罪判決を受けている。

そのように肥大化して膨張した組織は、国家安全企画部（安企部）時代を経て、現在の国家情報院（国情院）にそのまま引き継がれている。そして仕事もない国家情報院は、大統領選挙に介入するなど、国内政治に関与して、スパイをねつ造する伝統を引き継いでいる。「李石基内乱陰謀事件」は情報機関の政治介入に対する反発を鎮めると同時に、進歩政党を空中分解させる一石二鳥の効果を挙げたのである。国家情報院としては、中央情報部時代からのでっち上げの伝統を今日に引き継ぎ、情報機関維持の歴史的使命を果たしていると見ることができる。

実際の内乱事件は一二・一二、五・一六、麗順事件

金洧廷　一九八〇年、金大中内乱陰謀事件の場合、戒厳司令部が民主勢力の支持を受けている金大中を除去するために起こした、代表的な内乱陰謀ねつ造事件でしょう？

韓洪九　はい、そうです。

金洧廷　先に見た内乱事件は時間が経ち、その真実が明らかになり、再審などを通じて関係者が無罪を宣告されたでしょう？

韓洪九　はい、そうです。韓国現代史では内乱事件がとても頻繁に起きました。実際、内乱というるのは麗順事件があります。その次に、朴正熙大統領が起こした五・一六軍事反乱と一〇・一七維新、これは親衛クーデタでしょう。それが内乱でした。その次に、（一九七九年）一二・一二から（一九八〇年）五・一七に至る、その過程が内乱でした。実際に兵力が動員されたレベルの内乱といえるのはその四つです。残りの大部分は政権を執った人たち、韓国史では政権を執った人たちは極めて不法な過程を通して政権を執りましたが、一種の内乱を通して政権を樹立した人たちが、自分の権力を維持するために無辜の市民、また民主化運動をする人々に内乱罪を被せる歴史が絶え間なく繰り返されてきました。

金洧廷　二〇一三年八月、李石基議員に対する内乱陰謀事件が発表されました。発表当時の社会的状況はどうでしたか？

〈原注〉3　人革党再建委事件死刑囚：徐道源（五二、無職、前『大邱毎日新聞』記者）、都禮鍾（五一、サムファ土建会長）、河在完（四三、醸造場経営）、李銖秉（三七、サムラク日本語学院講師）、金鏞元（三九、京畿女子高教師）、禹洪善（四五、韓国ゴールデンステンプ社常務）、宋相振（四六、養蜂業）、呂正男（三一、無職、前慶北大学生会長）（数字は年齢）

韓洪九　その当時、国家情報院が深刻な危機に追いやれられていた状況ではないですか。おそらく国家情報院ネット書き込み事件の選挙介入問題まで重なって、そうした状況をふまえて、八月四日か、五日に金淇春《キムギチュン》秘書室長が任命されました。私が金淇春秘書室長の経歴についてはよく知っているので昨年末に『ハンギョレ』に長く書いたことがありますが、（金淇春が任命されていたその頃に）『オーマイニュース』のインタビューで、こういう話をしました。金淇春と南在俊《ナムジェジュン》がツー・トップとなり、おそらく民衆に対する大弾圧があるだろう、なにが発生するかはわからないけれども、とこう話しました。それでも大韓民国の第三党を狙い、政党解散審判請求まで、また現職国会議員を内乱陰謀罪で捕まえる、こうした大規模な事件が起きるとは、私も民衆弾圧があるだろうと話はしましたが、私が考えていたより、はるかに大きな大型事件が作られたのを見て、とても驚きました。

制憲憲法に盛り込まれた進歩的民主主義

金湞廷　韓国現代史上、これら一連の内乱陰謀事件が投げかける歴史的意味はなんだとお考えですか？

韓洪九　私は金大中内乱陰謀事件が、韓国社会で最後の内乱陰謀事件になるかと思っていました。なぜなら、死刑囚であった金大中が大統領にまでなったからです。死刑囚が大統領になるのにかかった時間が一七年、その方が大統領になってから一六年が経ちました。それほどの時間が流れた後に、再びこうした「含量不足」の内乱陰謀事件が起きたのを見て、大韓民国の民主主義がこれほど後退したのかととても悲しく思います。

続いて韓洪九は、「進歩的民主主義」についての原審裁判所の判決が誤りであったことを指摘した。

金洧廷　証人の言葉によれば、この事件の原審裁判所は、金日成が一九四五年一〇月三日、平壌労働政治学校学生の前で行った講義や、同じ年に各道党の責任者の前でした演説で「進歩的民主主義」という言葉を用い、その内容が共産党強化、並びに共産党集結事業などと関連していて、自由民主的基本秩序を脅かしうる内容だと判断したこと自体が誤りであったと、こうおっしゃるのですね？

韓洪九　ナンセンスだと思います。百歩譲っても、私たちが確認しうるのは金日成がその日平壌労働政治学校に行き、演説をした、その演説に進歩的民主主義と似た単語を用いたようだ、その程度までが、私たちが認めうる最大値だと思います。

韓洪九は、金日成研究で博士学位を受けた人であり、金日成が「進歩的民主主義」という言葉を初めて用いたのではないことを強調しつつ、建国準備委員会宣言文と臨時政府創立記念日の一九四五年四月一一日に、臨時政府速記録に出ている内容を紹介した。キム・ギュクァン議員は、臨時政府憲法について言及し、「(臨時政府は)すぐれた進歩的民主主義思想の基礎の上に樹立された」と発言したというのである。

金淯廷　整理すれば、「進歩的民主主義」という単語はすでに臨時政府時代から使われ続けてきた言葉で、これを使ったからといって、民主主義に反するとか、さもなければ共産主義に追従するとか、社会主義の立場にあるとか、こういう趣旨とは全く関係ないということですね？

韓洪九　使われたぐらいではなくて、臨時政府の憲法と政府、そして議会が進歩的民主主義の思想に基づいていると、臨時政府の文献にはっきり規定されています。そして大韓民国は臨時政府の法統を継承しました。それなのに進歩的民主主義を違憲とするならば、私たちがわが憲法を踏みにじっていることになるでしょう。

韓洪九は、自分の外祖父でもある初代法制処長の兪鎮午《ユジノ》博士が書いた制憲憲法解説書である『憲法解義』の内容をもって、制憲憲法に反映された「進歩的民主主義」の精神について説明した。

韓洪九　わが国は経済問題において個人主義的資本主義国家体制を廃棄し、社会主義的均等の原理を採択した…どのように敷衍説明したのかといえば、私たちが社会主義をしようというのではありません。そして資本主義国家の体制を経済的な面では廃棄するが、個人主義的資本主義の長所は各人の自由と平等、並びに創意の価値を尊重する。政治的民主主義と経済的社会的民主主義は一見対立するようですが、二つの主義がいっそう高い段階で調和し、融合する新しい国家形態を実現することを目標に定める。このようにおっしゃいました。政治的民主主義とはまさに自由民主主義であり、社会的経済的民主主義は経済民主化であり、その当時、進歩的な人々が見た時にこれがまさに進歩的民主主義なのです…まさに大韓民国の建国精神が進歩的民主主義なのですが、それを否認するのは親日派とかが言うのでしょう。

親日派だけが進歩的民主主義を否定

金洧廷　当時の制憲憲法に出ている進歩的民主主義は、現在論議されている統合進歩党の進歩的民主主義より、その内容がはるかに急進的だったのでしょう？

韓洪九　はい、そうです。ここにいらっしゃる判事と検事、弁護士の方々は憲法の勉強を多くされたでしょうが、一般人はおろか、知識人さえ制憲憲法の内容をよく知らないのですが、その内容は現在の基準から見ると、桁外れです。実はこれが韓国の真正の右派、民族的良心を持った右派が取っていた態度です。問題は、この優れた制憲憲法がそれ以後に政治的に極めて厳しい困難を経て、紙切れ同然になってしまい、親日派が…（実権を握ったのです）。制憲憲法を作った方々は実はみな右派です。左派ではありません。左派は大韓民国政府樹立に参加せず、中間派と呼ばれる人々も白凡（金九《キムグ》）先生について南北協商をしに行っていて参加しなかったために、制憲憲法はもっぱら右派だけが集まって作りました。この民族的良心を持った右派が、親日派に除去されたのです。それが「国会プラクチ事件」(4)です。

国会議員が中心になった内乱陰謀事件、それが今回再び起きたのですが、私が実に悲しく思うのは、一九四九年に起きた「国会プラクチ事件」の意味はなにかと言えば、この事件が起きてすぐに反民特委が襲撃されたのです。まさに反民特委を壊すために、国会で反民特委を作るのに先駆けた議員を南労党のスパイに仕立てて捕まえ、その次に反民特委を襲撃し、白凡先生を暗殺しました。この三つの事件が一ヵ月半の間に起きたのです。白凡先生を暗殺して、それで終わりではなくて、始まりでした。ちょうど一年後に朝鮮戦争が起きて、だれが粛清されたのかと言えば、崔能鎮《チェヌンジン》先生をはじめとして、臨時政府の制憲憲法を作るのに先駆けた人々が附逆（反逆）罪処罰という名の下にみな粛清されたのです。漢江の橋を壊して逃げた親日派たち、金昌龍《キムチャンリョン》と盧徳述《ノドクスル》、そうした人々が中心になり附逆罪の処罰をします。それはまさしく韓国で正常な民族主義と民主主義が侵奪され、親日派が（権力を）握ることになり、制憲憲法が持っていた基本精神が裏切られる契機だったと思います。

進歩も六月抗争以後には選挙革命のみ追求

韓洪九は、韓国は朝鮮戦争と四・一九革命の記憶のために権力者であれ、進歩陣営であれ、光州抗争以後には武力使用を自制してきた点を指摘した。独裁権力さえ、民衆に向けて銃を撃つと巨大な抵抗にぶつかると考えたため、八七年六月抗争以後には選挙を通した権力掌握のみを考え、それは進歩陣営も同様であったと説明する。

韓洪九　一九四五年頃、解放の転換時期に出た進歩的民主主義という歴史的な記憶を蘇らせ、今日、三権分立と選挙制度に立脚した社会の変革と再構成に新たな社会を夢見ていた人たちが集まり、統合進歩党も作り、多様な試みをしてきたのではないかと思います。

韓洪九は韓国の進歩陣営が自主・民主・統一を重要視するようになったのは、北朝鮮の指令を受けてではなく、植民地から解放された国、封建の桎梏から抜けでようとする国、二つに引き裂かれた国としては、あまりにも当然の路線だと言った。

金洧廷　韓国の進歩運動は北朝鮮の指令を受けたり、それに追従して、自主・民主・統一という課題を受容したり、路線として定立したりしたものではなく、自らの活動を自ら評価し分析する理論的努力を通して、その活動方向と路線を定立してきたのでしょう？

韓洪九　はい、そうです。

韓洪九は、韓国現代史で「内乱事件」なるものがどのようにしてでっち上げられ、政治的に利用

〈原注〉4　李承晩政権が、反民特委の活動を妨害した一連の動き。一九四九年三月、制憲国会議員中進歩政治家たちが、外国軍隊撤収案、南北統一協商案などを骨子として「平和統一方案七原則」を提示した。北進統一論のみを強調していた李承晩大統領は、彼らが南労党と接触したという名分で当時、国会副議長金若水ら一三名を、一九四九年四月末より八月中旬まで三回にわたり検挙した。彼らの相当数は、反民族行為者特別調査委員会（反民特委）活動に先駆けた国会議員らで、いわゆる一九四九年五月、国会プラクチ事件で拘束された後、同年六月四日、武装警察が反民特委を襲撃して、特委の活動を封鎖した（『時事常識事典』博文閣）。

されてきたのか、実例を挙げて一つひとつ説明した。彼は韓国史においては五・一六クーデタや光州抗争に対する武力鎮圧、一二・一二軍事反乱のような不法な過程、一種の内乱を通して政権を執った者たちが自らの権力を維持するために、無辜の市民、特に民主化運動をする人たちに内乱罪を被せる歴史が、絶え間なく繰り返されてきたことを指摘した。韓洪九は「李石基内乱陰謀事件」も、そのような脈絡から見なければならないと証言した。

18 ユダヤ人

なべての力に抗い立ちて

――インゲ・ショル『白バラは散らず』[i]の中から

得体のしれない恐怖におびえる家族

この事件には、数万人の目に見えない被害者がいる。予備選不正事態を機に始まった大々的な従北魔女狩りと狙い撃ち捜査で、満身創痍になった統合進歩党党員たちである。党員たちは「従北」という烙印を押され、古い知人や隣人、さらには家族からも排斥され、疎外されるつらい経験をした。それよりもさらに耐え難いのは、恐怖であった。国家機関により疑われ、監視されているという不安が、党員たちを締めつけていた。監獄に入っていない人たちも多くは、心の監獄に閉じ込められて暮らしている。その中でも最大の被害者は、内乱陰謀事件で拘束された人たちの家族である。

〔訳注〕i 日本語訳は内垣啓一訳『白バラは散らず』（未来社、一九六四年）

ミヨン（仮名）は動悸がした。(1) その日から、ややもすれば、そういう症状が現れた。霧の中を歩いているように、視野が白くかすみ、起きていても夢を見ているように、世界が非現実的に見えもした。見知らぬ人の影を見て驚いて、誰かが自分を監視しているという思いから逃れられなかった。数日前、久しぶりに拘束者の家族同士で会い、話をしてみると、みな似たような症状を経験しているようだった。あの日以来、胸の動悸が収まらないとみな口をそろえて言った。一晩も気を休めて眠ることができず、得体のしれない恐怖に苦しまなければならなかった。常に家の周辺を見まわし、見知らぬ人がいないかを探るようになった。眠っても、がさがさいう音がしただけで目が覚めて、寝なおすことができなかった。他人には見えない物が見え、聞こえない音が聞こえるような錯覚が繰り返し起きると、ついに自分は気が狂ったのではないかと心配もした。

忘れもしないその日、二〇一三年八月二八日、夫は遅くまで働き、明け方二時過ぎに帰宅した。暑い日で、ミヨンは居室でうたた寝をし、夫は寝室のベッドで寝ていた。早朝六時半頃、インターホンが鳴った。インターホンを取って、外の様子をうかがうと、普段着を着た、三〇代半ばの女性と制服を着た派出所の警官二人が立っていた。

「どんなご用件ですか？」ミヨンが尋ねると「接触事故を起こして、当て逃げした車があるという通報がありました。車の持ち主がこの家の住人のようなので確認に来ました。ちょっとドアを開けてください」

ミヨンは昨夜遅くに帰り、マンションの前に駐車する場所がなく、自分の小型車をショッピングモールに駐車しておいた。モールの駐車場は空いていたので、安全に駐車し、自分の車の横も空いていた。職場の同僚と会った場所も、それほど遠くなく、車もほかになく、どこにも当て逃げ事故が起きるような可能性はなかった。

「私は当て逃げなんてしていません」

ミヨンは自信をもって言ったが、警官は引かなかった。横に立っている女性を指して「この方が通報なさったのですが、この家の車に間違いないとおっしゃるのです。ちょっと申し上げることがあるので、いったん、ドアを開けてください」と、ドアを開けるように催促した。

ミヨンは気を悪くしたが、警官があまりにもしつこいので、寝室に向かって「あなた、接触事故の通報があったからドアを開けろと、しつこいのよ。私、そんなことしていないのに」と、夫に意見を求めた。夫は寝ぼけた声で「ちょっと開けて確認させてやれ」と言った。

ミヨンが玄関のドアを開けた瞬間、外からものすごい力でドアをぎゅっと握ったまま、一〇名余りの頑丈そうな男がミヨンを押しのけて居室に押し入った。ミヨンが止めようとしたが、力不足だった。「あなた！　あなた！」ミヨンが大声を上げると、夫は本能的に寝室のドアに鍵をかけた様子だった。靴を履いたまま、居室に押し入ってきた男たち二人くらいが寝室のドアを足で蹴飛ばした。ドアが壊れ、男たちはパンツ一枚で寝ていた夫を居室に引きずりだし、無理矢理にひざまずかせた。

ミヨンが後から考えてみると、国家情報院の捜査官たちがこの日行った全ての行動は、違法であった。家宅捜索令状を持って執行しに来ていながら、当て逃げ事故を調べに来たと騙して、ドアを壊したこと、そして家宅捜索の対象でない物までみなごっそり持って行ったことなど、どれ一つを

〈原注〉1　取材に応じた、拘束者家族の一人である。本人の要請により仮名で表記する。

とっても違法でないものはなかった。ミヨンは初めて経験したことで、その瞬間は弁護士を呼ばなければならないとか、適法な手続きを求めなければならないという考えが思い浮かばなかった。ただ胸がドキドキして、冷や汗が出て、手足がブルブル震えるだけだった。当て逃げ事故の通報者と言った女性は、国家情報院の職員だった。

彼らは、各部屋をそっくりひっくり返していった。洋服ダンスの中の服まで、金属探知機を使って調べた。息子の部屋に置いてあったコンピュータは寄宿舎に入っている高校生の息子のものなのに、それも丸ごと持っていった。捜査官の一人が、息子の部屋を漁って成績表を見つけ出し「息子さんは○○高校に通っているのですね。優秀なのですか」と尋ねた時には、思わず怒鳴りつけたくなった。息子が家にいなかったのが、どれだけ幸いだったかしれない。

他の捜査官がミヨンのカバンをとって、中に入っているものをみなひっくり返した。ミヨンが声を上げながら、近寄って、カバンを取り返そうとすると、捜査官はカバンをつかんで、ふてぶてしい顔つきでミヨンに言った。

「なんですか？　ミヨンさん。なにか見られて困ることでもあるのですか？」

「これは私のです。どうして私のものを漁るんですか？」

ミヨンがわなわな震えながら、声を上げた。あのゲンの悪い人たちが、私の名前まで知っているのかと思った。

「家宅捜索令状があっても、夫の物だけ持っていったらいいでしょう。どうして私のものまで持っていくのですか？」と、ミヨンが声を絞り出して抗議すると、捜査官はわざと余裕ありげな笑みを浮かべて言った。

「家宅捜索しなければならない物かどうかは、こちらで判断します。ご主人が近所でとても評判がいいのに、捜査に協力しなきゃ。ちがいますか?」

心筋梗塞の応急薬ニトログリセリンで爆破実験

ミヨンが最もあきれたのは、家族みなが共用で使うコンピュータに夫がダウンロードしておいた健康情報フォルダについて、国家情報院が作り出したシナリオだった。九月六日付『東亜日報』に「ROメンバーの家から私製爆弾マニュアルが発見された」という記事が出たが、そのメンバーの家というのがミヨンの家のことだった。夫がインターネットからダウンロードした「健康二三〇」という医学情報を保存しておいたフォルダがあったが、ダウンロードだけして開けたこともないそのフォルダの中に、ニトログリセリンについての数行の説明がついていた。「心筋梗塞の初期症状に対する応急処置として、ニトログリセリン一錠を舌の下において溶かせ」という内容であった。

国家情報院は、特殊部隊員に奇怪な防護服まで着せて、「ROがした実験だ」と爆破実験する動画まで作って拡散した。李石基の家から圧力鍋使用説明書が見つかったのを、ボストン圧力鍋テロと関係づけて報道したことよりも、もっと荒唐無稽な作り話だった。心筋梗塞の応急薬ニトログリセリンで爆破実験をする国家機関なんて! ミヨンは、国家情報院とマスコミが合作した大々的な詐欺劇を見ながら、彼らがしかけた罠がどれだけ大きく恐ろしいものであるか、次第に実感が沸いてきた。

夫が拘束された後、ミヨンは女性団体の活動と地域活動、職場生活にも打撃を受けた。夫の面会と裁判準備のために、パートで働いていた職場はどうせやめざるをえなかったが、自分のせいで迷惑がかかるかもしれないと思い、活動を中止した場合もあった。ミヨンが関わっていた地元の会社が、ROの資金源であるという根拠のない憶測記事が新聞に載ると、自ら身を引いた。韓国社会には連座制が厳然と生きている、そのことを確認した瞬間だった。

夫は政党活動をしながらも、自動車販売と保険の営業をして、生活費を稼ぐ誠実な家長であった。夫とミヨンは民主労働党と統合進歩党の活動をしながら、それぞれ生業をもって一生懸命暮らしていたので、家族や知人から褒められ、周囲の人たちも好意的であり、支援を惜しまなかった。内乱陰謀事件が起きてからは、素朴ではあるが一家団欒で、幸せだった日常は、一日にして壊れてしまった。彼らをよく知る親しい人たちは心配してくれ、支えてくれたが、彼らを遠ざけ、避ける人も少なくなかった。

拘束者家族に会い、話をしてみると、みな似たような経験をしていた。携帯電話を変え、コンピュータを変え、掃除をこまめにし、いつも整理整頓して、必要のない物は捨てるのが習慣になったという。彼らはできるだけなにも書きとどめないようにした。手帳に書いた些細なメモでさえ問題になるかと憚るようになり、コンピュータを一切使わなくなった人もいた。家に見知らぬ人が入ってくるのが嫌で、出前を頼まなくなったのも、みな同じであった。

マンション入居者の代表として、町内の人とはみな知り合いであった、ある拘束者の夫人は、町内の人が自分と顔を合わせないように避けて通るのを見て、大きな衝撃を受けた。彼女は情報課の刑事が職場に電話して、しきりにまだ出勤しているのかと聞くせいで、社長が怖がり、職場を辞めざるをえなかった。

国家情報院は家宅捜索のさいに、ミヨンの家でしたように不必要な嘘を常用していた。「引っ越し屋だが、車を少し移動してくれ」と言って押し入った家もあり、夫の職場から来たように装って入った家もあった。次男の名前を出して、「警察署だがその子についてちょっと調べることがあって来た」と言ったため、家族が驚いてドアを開けてしまった場合もあった。彼らはどうしてこんな嘘をついて、苦しめるのか？　そういう行為自体が深刻な人権蹂躙である。

チスク（仮名）は、国家情報院が家宅捜索に来た時の状況を思い出すと、今も体が震える。チスクの家に押し入った国家情報院の職員は、嘘を言うかわりに「バール」でドアを壊して押し入った。チスクがインターホンをとると、「国家情報院です。今から入ります」と言った時には、すでにバールでドアを壊していた。チスクが驚いてドアを開けると、一四人もの国家情報院捜査官が、どかどかと家の中に入って来た。

当時六歳だったチスクの息子は、国家情報院の職員が居室に置いてあった自分のおもちゃを片方に押し寄せると、腹を立てて、「孫の手」を持ってきて国家情報院の職員を思い切りぶった。チスクは家宅捜索をする職員について回り、彼らがなにを漁っているのか、みな覚えておこうと努めた。彼らについてきた若い女性捜査官一人が、はあはあ息せききっているチスクの息子のそばに来て、しゃがんで猫なで声で聞いた。

「名前はなに？　年はいくつ？」

チスクは鳥肌がたって慌てて駆け寄り、息子の手をつかんで、その女性から引き離した。

自動車に「スパイの車」と落書き

家族は家長が連れて行かれて、自分たちが常に監視の視線の中で生きてきたことを知ることになった。夫が国家情報院の捜査を受ける時、チスクは水原に住む他の拘束者家族とともに面会に通った。その日も、チスクより少し年上のソンヒ（仮名）とソンヒの娘のユナ（仮名）とともに面会に行こうと、ソンヒの家に行った。午前一〇時頃、ユナと二人でまず住宅街の路地に止めてあった車に乗ろうと向かったところ、先に行ったユナが悲鳴を上げて座り込んでいた。チスクが走って行ってみると、ソンヒのところの車二台に「スパイの車」と大きく書かれた字が見えた。ほんの少し前に誰かが書いていったのか、油性ペイントがまだ乾いていなかった。あまりに驚いたせいか、ユナは鼻血をたらたらと流した。チスクはユナをなだめようと、作り笑いをしながら「誰がこんなばかなことをするのかしら？」と言った。ただのいたずらであるかのように。

ソンヒの通報を受けて、警察が現場検証に来た。警察は一瞥しただけで、「どうして字を消したのか」と咎めながら、調書を作成して帰った。しかし、犯人はついに捕まらなかった。ソンヒは「この町で一〇年以上暮らしてきた。町内に知らない人はいないのに、だれがこんなことをしたのか？　玄関もあけっぴろげで生きてきたのに。わが家の車二台を知っているところを見れば、町内の人の仕業かしら？」とぶつぶつ独り言を言った。三〇分以上、道端で声を出して警官も来て帰ったのに、どういうわけか様子を見に来る人は一人もいなかった。三人は真夏なのに冷水を浴びたような寒気を感じながら、だれもいない住宅街を見回した。ソンヒはその日、家の前に防犯カメラを設置した。

チスクは幼い息子に、お父さんがいないことをなんと説明したらいいのかわからず、ただ「パパはお仕事に行ったのよ」とだけ話した。夫は四〇歳にしてできた息子を、ことのほかかわいがった。あまりに幼くて面会に連れて行くこともできず、状況を理解させることも難しかった。

「ママ、でもパパはどうして電話してこないの？」

時間が経つにつれて、子どもは父親がいないことを気にするようになったのだろう。その小さな頭でいくらがんばっても、事態を理解することは難しかった。

「うん。そこは電話がうまくつながらない所なの」

チスクは作り笑いをして、子どもを安心させようとした。

しばらくは、なにも言わなかった子どもがある日、深刻な顔をして言った。

「ママ、パパは天国にいるの？」

チスクはわが子を抱いて、泣きじゃくった。

「ちがうわよ、ちがうわよ！　パパは天国にいるんじゃないの。お仕事しに行ったの。すぐ帰ってくるわ」

「ママ、パパに会いたい。パパとお風呂に行きたい。キャンプも行きたい」

夫は子どもが小さい時から一緒にキャンプによく行った。ある日、買い物から戻って来た時、子どもが駐車場で立ち止まったまま、身動きもしなかった。団地の他の家族がキャンプに行こうと車に荷物を載せる様子を、ぼんやり眺めていたのだった。

チスクは夫に面会するたびに、子どもがどれだけ大きくなったかを詳しく話した。彼らは、夫から子どもと一緒に過ごす大切な時間を奪って行った。夫は、初めて子どもの歯が抜けた時、一緒にいてやれなかったことに胸を痛めた。実際、そんなことはなんでもないことだった。息子は今年の初めに、父親がいなくとも小学校に入学した。

チスクは夫が引っぱられたのが李成潤のせいだとわかり、裏切られたとの思いもそうであったが、国家権力に対する身震いするほどの恐怖を感じた。二〇年以上の人間関係を利用して、友人を告発させたことが恐ろしかった。夫の友人であり、チスクには良い先輩であった李成潤は一緒に運動をし、政党活動をして、生涯をともにすると信じていた人だ。そういう人が夫を誣告した。チスクは今、だれを信じたらいいのかわからなかった。チスクは、周囲の人にみな電話して聞いてみたかった。

「あなたはちがうわよね？ あなたは信じてもいいのよね？」と。

「李成潤、あなたそれでも人間なの？」と問い詰めたくて

一審裁判が始まると、家族にはまた別の苦しみが始まった。ミヨンは夫の裁判を見るために水原地方法院に行くたびに、カメラのシャッターを切る音がいちばん嫌だった。カシャ、カシャ、カシャ、カシャ…数限りなく切られるシャッター音が銃声のように耳元に響き、チクチクと胸が圧迫された。記者たちは、護送車から降りる李石基と被告人の姿をカメラに収めようと競いあった。そのようにしてメディアに掲載された写真と記事の中に、被告人の立場から掲載されたものを見つけることは難しかった。

公安当局は脱北者団体を動員して、世論操作することもぬかりなかった。脱北者たちは護送車が

到着すると、駆け寄ってバスを取り囲み、揺さぶりながら「従北勢力を掃討せよ！」とスローガンを叫んだ。拘束者家族は彼らと揉み合いをしながら、もう一度血の涙を流した。公安当局は卑怯にも弱者をして、弱者と争わせた。実際、彼らは互いに争う理由など全くない人々だった。ミヨンは餓鬼のように走り寄る脱北者を見ながら、彼らの脆弱な立場を従北攻撃に利用する公安当局に、我慢ならない憤りを感じた。

家族らは、裁判を傍聴しに法廷に行くたびに心に深い傷を負った。法廷に入る時から他の裁判とちがい、傍聴券と身分証検査を厳格にし、空港のボディ・チェックを通過する時のように身体検査まで徹底していた。法廷の中には警官数十名が配置されていた。被告人らが法廷に入る時、家族らが手でも一度握ろうと通路側に行くと、警官がすぐに立ちはだかって、近くに行けないようにした。高校生のミヨンの息子は、通路側にぴったりとへばりつき、体で警官を押しながら、父親の手でも一度握ろうと必死になった。結局、父親の手を握ることができず、通り過ぎると、息子は怒りながら、ぜいぜい喘いでいた。ミヨンはビクッと怖くなった。彼らが息子まで捕まえていけば、どうしようかとの思いが頭をよぎったのである。

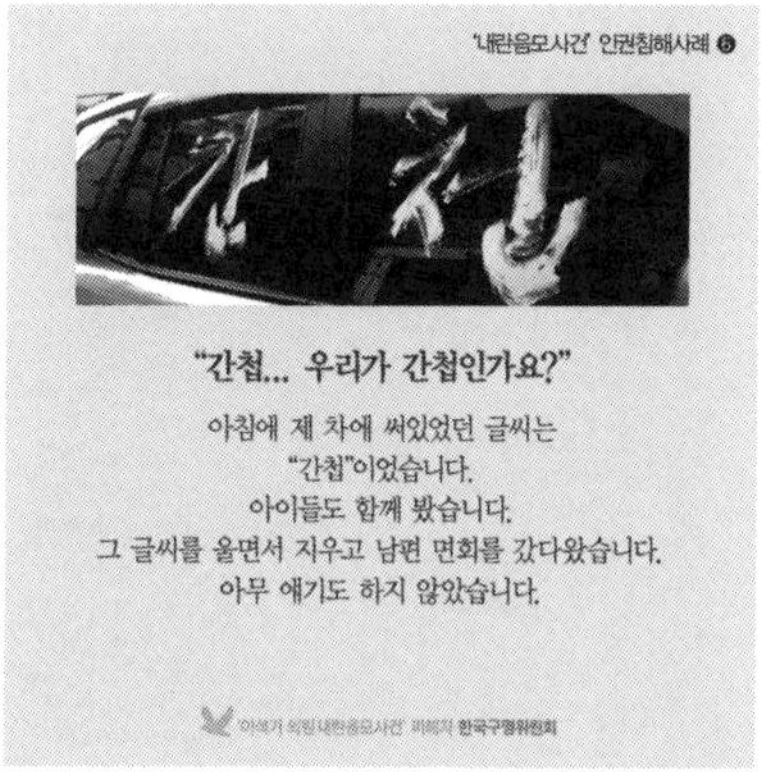

「スパイ…私たちがスパイなの？　朝、私の車に書かれていた字は『スパイ』でした。子どもも一緒に見ました。その落書きを泣きながら消して、夫の面会に向かいました。なにも言いませんでした」

チスクは、李成潤が遮蔽幕の後ろに隠れて

証言するのを聞きながら、胸が詰まった。自分の夫と数十年ともに運動し、政党活動をしていた同志を誣告する陳述をはばかることなく言い放つ李成潤は、チスクが知っていたその人ではなかった。一人の人間をあれほど別人のように変えてしまう国家権力に対して、改めて恐怖を感じた。裁判がみな終わってしまった後、チスクは李成潤に思う存分罵声を浴びせられなかったことを、いつまでも悔いた。

法廷から引きずり出されても、大声で「あなたそれでも人間なの？　どうしてそんなことができるのよ？」と問い詰められなかったことが恨めしかった。裁判の結果に悪い影響を与えるかとぐっとこらえていたのだが、こらえようが、こらえまいが、結果は同じであったことを、判決を見て悟った。

「悔しいです。五分の発言で五年も監獄暮らしだなんて」

ミヨンは大法院の宣告があった日、傍聴席から叫んだ。「悔しいです。五分の発言で五年も監獄暮らしだなんて」

李石基を除いて、彼女の夫が最も重い量刑を宣告された。物的証拠はなにもなかった。五・一二講演会で司会を務めたことが、ミヨンの夫が五年の懲役刑を宣告された唯一の理由だった。

内乱陰謀事件の被告人とその家族の時間は、とてもゆっくりと流れた。しかし時間が止まらない以上、季節は変わり、状況は変わった。内乱陰謀が無罪であったという高等法院と大法院の判決を見てから、この事件を見る人々の視線にも変化が生まれた。陰謀がなかったのに、扇動はあったという論理に疑いをもつ人が多く、国家情報院と検察が主張していた地下革命組織ROの実体がないことがわかると、この事件がでっち上げだったと考える人が増えた。李石基と金洪烈を除く残りの被告人たちは、国家保安法違反でのみ有罪を受けたことも釈然としなかった。

それでも、公安当局は二〇一五年五月、この事件と関連して禹為栄《ウウィヨン》（統合進歩党前代弁人、李石基議員前補佐官）、李英春《イヨンチュン》（民主労総高陽・坡州支部長）、朴玟貞《パクミンジョン》（統合進歩党青年委員長）を追加拘束した。五・一二講演に出席し、北朝鮮体制に同調する発言をしたという理由で、国家保安法上の利敵同調の嫌疑を適用したのである。「ROはない」という大法院判決が出た後でも、いくつかのメディアは依然として彼らを「RO会合出席者」と報道した。一度押された「従北」の烙印は、依然として鮮明に赤い光を発していた。

国家情報院と公安検察は、統合進歩党の前最高委員らを家宅捜索し、以前の党職者全員に家宅捜索令状が発付され、ローラー作戦を展開した。李石基に懲役九年を宣告し、量刑を上乗せするため、CNCに対する詐欺・横領事件の裁判を進めた。統合進歩党を解散させてからも、彼らは相変わらず飢えたハイエナだった。統合進歩党に対する彼らの弾圧は、この政権の間じゅう続くであろう。

二〇一五年八月三一日早朝五時、内乱陰謀事件の被告人の一人である韓同謹が、大田矯導所の門を開けて、社会に出た。内乱陰謀事件で拘束された人の中で、最も軽い刑である懲役二年を宣告された彼は、満期出所したのである。大田矯導所前で待ち受けていた家族と知人たち、統合進歩党党員たちは大きな拍手と歓呼で彼を歓迎した。母親と妻が代わるがわる彼を抱きしめた。

「同志を監獄に残して、一人こうして出てきたので、足取りも重く、心も重いです」

歓迎会に集まった人々の前でマイクを持った韓同謹は胸が詰まって、しばらく言葉を続けることができなかった。大田矯導所前で彼の出所を待っていた二〇〇名余りは、みな同じ思いだった。まだ監獄にいる人たちを思い、人々は涙を呑んだ。

「今日、私一人こうして出てきたとしても、みな一緒に監獄の門を蹴飛ばして出てくる、真実と正義が勝利するその日は、必ず来ると確信します」

韓同謹は多くの人に祝ってもらい、家に向かったが、複雑な心境だった。特に、監獄に残っている同志たちの家族を見るのがいたたまれなかった。先に出てきた者としての大きな課題は、他の在所者に対する名誉回復と救援運動である。韓同謹は、現在進められている「李石基議員内乱陰謀事件被害者韓国救援委員会」の活動に積極的に参加し、残っている同志が早く釈放されるよう、できることはなんでもやろうと決心した。

「含量不足」のでっち上げ事件

韓同謹が釈放された日、救援委員会共同代表の一人である鄭鎮宇《チョンジヌ》牧師（韓国基督教教会協議会人権センター長）は、次のように語った。

「韓同謹同志の釈放にはとても重要な意味があります。裁判所で繰り返し確認され、良心的な人々が確認したように、内乱陰謀はねつ造であったことが今日の釈放で確認されたのです。韓同謹は、その初めの一歩を踏みだした人です。韓同謹とともに最後の一人が出て、再びこうした腐った歴史が繰り返されないその日のために、前進して行かなければならない責任が求められていると思います。一緒に行きましょう。韓同謹とともに。再びこうした悲劇が生まれない歴史を作っていく

韓同謹「同志を監獄に残して一人こうして出てきたので、足取りも重く、心も重いです」

出発の場になることを願います」

鄭鎮宇の言葉どおり、最初この事件がメディアで炸裂した時の勢いのままであれば、関係者はみな法定最高刑を受けて当然である。彼らがみな北朝鮮と連携しており、北朝鮮の指令を受け、韓国政府を転覆させようとする地下革命組織だと騒ぎたてたのだから。そういうおぞましい容疑がある従北勢力が、わずか二年で監獄から出られたこと自体が、話にならないことである。自らこの内乱陰謀事件が韓洪九の言葉どおり「含量不足」のでっち上げ事件であることを告白しているわけである。

19 「内乱扇動」は政治的アリバイ

この国は命令があってこそ動くということを覚えておけ。情熱も誠実さのかけらもない卑劣な政府。立身出世と金儲けしか、関心のない国家。船長は単なる雑夫契約職、長官は単純労働非正規職、彼らが下す命令はただ一つだけ。じっとしていろ、命令に従え。

――ペク・ムサン詩「セウォル号最後の船長パク・チョン」の中から

四大宗教団体代表の嘆願書

控訴審で弁護団は専門家証言を通して、この事件の虚構性を明らかにするために多くの努力を傾けた。国家情報院と検察の証拠収集過程における違法性を指摘し、証拠能力がないことを証明することにも最善を尽くした。弁護団と被告人はそれこそ、できるかぎりのことをした。

裁判過程で明らかになった事実だけをとって見れば、合理的な判決が下されてこそ当然であった。原審判決によって、この裁判が政治的判断により左右されることを経験したため、無罪宣告への期待はそれほど大きくなかった。一審裁判の時と同様に、裁判で勝ち、判決で負ける結果が出るかもしれないと心配した。

控訴審裁判が終わった二〇一四年七月二七日、天主教・廉洙政《ヨムスジョン》枢機卿、曹渓宗・自乗《チャスン》総務院長、韓国基督教教会協議会・金栄周《キムヨンジュ》総務牧師、圓仏教・南宮誠《ナムグンソン》教正院長ら、四大宗教団体の最高位聖職者がソウル高等法院刑事九部（李敏杰部長判事）に嘆願書を提出した。嘆願書は、李石基ら内乱陰謀事件の被告人に善処してくれるようにとの内容であった。このように各宗教団体を代表する聖職者が、社会的イシューについてともに声を上げるのは珍しいことである。

廉洙政枢機卿は拘束されている被告人の家族に直接会い、一時間ばかり面談した後、善処を求めることを決定した。廉枢機卿は嘆願書で「イエス様は（罪を犯した者を）七回でなく、七七回でも赦さねばならないとおっしゃいました。カトリックが長い歴史を通じて監獄に閉じ込められた人たちのために祈り、助けを与えてきたのはこうしたイエス様の教えに基づく」ものと語った。また「裁判部が法の原則に則って正しく公正な裁判をしてくださるようお祈りし、同時に彼らにわが社会の一員として和解と統合、平和と愛を実践する機会を与えてくださることを請う」と述べた。

廉洙政枢機卿は、このような内容の嘆願書を自筆で作成し、裁判部に提出した。

自乗総務院長は嘆願書で「伝染病が怖くて、ハンセン病患者にだれも近寄らなかった時、手を差し伸べたのは宗教者の使命であった。誰がいかなる罪を犯したのであれ、助けを求められれば、その罪にかかわらず、救援のためにお祈りするのが宗教者の心と姿勢」であると語った。

続いて「これ以上、わが社会が愚かな葛藤で国力を消尽するよりも、互いの理解と包容が許容される社会に向かうことを希望する。いわゆる『李石基議員内乱陰謀事件』で拘束された七名の被告人にも、わが社会の和解と統合のために寄与する機会を与えてくださることをお願いいたします」

と呼びかけた。
金栄周総務牧師、南宮誠教正院長らも、自乗総務院長と同じ内容の嘆願書に署名した。

控訴審裁判部、RO実体なく、内乱陰謀嫌疑無罪

二〇一四年七月二八日、控訴審の結審公判が開かれた。検察は一審の時と同様に、最高刑期を求刑した。李石基は懲役二〇年に資格停止一〇年、李尚浩・洪珣碩・趙楊遠・金洪烈・金根来被告人には懲役一五年、韓同謹被告人には懲役一〇年がそれぞれ求刑された。李石基は控訴審の最終陳述で、自分の心境を次のように語った。

私たちは分断された祖国に生まれました。大部分の国で進歩と保守の葛藤があり、また、多くの国で軍事独裁と民主化勢力間の闘争があります。しかしわが民族に分断がなかったならば、今日のような法廷はなかったでしょう。それでも、私はこの地に生まれたことを一度も恨んだことはありません。一木一草、石ころ一つがとても貴く、愛おしんできました。この地をむしろ誇らしく思います。それは、わが民衆のダイナミズムを信じているからです。滔々たる歴史の流れを誰も止めることはできないことをよく知っているからです。分断は一時的なものにすぎず、決して永遠ではありません。政権も理念も一時のものです。決して倒れることがないような強大国も、結局は歴史の裏街道に消えます。しかし民族は永遠です。
私はすべての力を尽くして、分断の時代を終わらせ、民族和解の時代、統一の時代を開こうと

奮闘してきました。しかし残念ながら、まだ私は分断時代の法廷に立っています。分断時代の法廷に立つ被告人は私が最後になることを、切に望み願います。ありがとうございます。

控訴審裁判部は二〇一四年八月一一日、宣告公判を開き、李石基に懲役九年と資格停止七年を宣告した。内乱陰謀嫌疑には無罪を、内乱扇動と国家保安法違反嫌疑には大部分有罪を認定したのである。

裁判部は、金洪烈に懲役五年と資格停止五年、李尚浩に懲役四年と資格停止四年、趙楊遠・洪珣碩・金根来に懲役三年と資格停止三年、韓同謹に懲役二年と資格停止二年をそれぞれ宣告した。

裁判部は「内乱扇動罪が成立するには、必ずしも扇動目的である内乱行為の時期や対象が具体的に特定される必要はない。扇動相手が近い将来に内乱犯罪を決意、実行する蓋然性があれば、十分に内乱扇動罪を認定しうる」と述べた。

しかし、内乱陰謀罪については、会合出席者たちが内乱犯罪の具体的準備方策について、なんらかの合意に至ったとみるには証拠が足りず、無罪と判断した。裁判部はまた地下革命組織であるROについては、合理的疑いを排除しうるほどに、その存在が厳格に証明されたとみることはできないとして、実体を認定しなかった。

ただ、被告人をはじめとする一三〇余名が特定集団に属し、李議員を頂点とする位階秩序が存在するという部分までは否定しえないと述べた。裁判部は続いて、「昨年五月会合当時の被告人の発言をみれば、国家基幹施設の破壊を論じる場であったことは明白であり、特に李議員が主導的役割を担い、罪質が極めて重大」と説明した。

裁判部は「憲法と国会法に従わねばならない国会議員の主導の下で、国家の支援を受ける公的な政党の集まりにおいて、国家の存立と安全を害しうる内乱扇動罪を犯したことは決して許されるものではない」と指摘した。

控訴審裁判部は、いかなる法理によって李石基らに内乱陰謀無罪、内乱扇動有罪という判断を下したのだろうか？　控訴審裁判部は二一六頁にも達する長文の判決文で、一審とは異なる論理を展開した。控訴審裁判部の原審と最も異なる部分は、事実関係に対する判断である(1)。

控訴審裁判部は、ＲＯの存在を認めるには証拠が足りないと判断した。今回の事件の核心証人である、国家情報院スパイ、李成潤の陳述に信憑性があると見た点は、原審と同じである。しかし控訴審裁判部は、李成潤の陳述によっても組織の性格やメンバー、組織体系、そして五・一二講演の出席者がみなＲＯのメンバーであるというのは、李成潤の「推測」にすぎないと見た。

内乱陰謀の成立いかんについて、控訴審は原審とは異なる判断を下した。控訴審裁判部は内乱陰謀が成立するには、被告人が五・一二講演に出席した人たちとともに内乱犯罪の実行に合意したという点と、この合意が内乱の準備行為であることが明白に認識され、この合意に実質的な危険性がなければならないと見た。裁判部は事前準備行為の証拠がなく、講演中「はい」と答えたということだけで、内乱の合意に至ったと見るのは難しいと判断した。また五・一二講演が終わった後に、出席者が内乱のための追加論議や準備をしたと見る証拠がないと判示した。内乱に至る大まかな輪郭も特定されていないことから、客観的明白性や実質的危険性もないと見た。

一審の場合には、李石基がＲＯの総責任者であるという判断を前提に、五・一二講演と幹部の討論主導並びに発表、総責任者の集団的な決意の再確認へと続く過程を内乱実行のための謀議として十分に認定しうると判示していた。

講演者、司会者を内乱扇動で追加起訴した検察の意図

控訴審判決の前までは、李石基と金洪烈に対する内乱扇動嫌疑はほとんど注目されなかった。国家情報院が被告人らを拘束した当時は、内乱陰謀嫌疑のみであり、内乱扇動嫌疑はなかった。検察は起訴段階で、講演をした李石基と司会を担当した金洪烈に、内乱扇動嫌疑を追加して起訴した。これについて弁護団は、内乱陰謀が無罪と判断される場合に備えたものではないかと心配した。控訴審裁判部が内乱陰謀は無罪、内乱扇動は有罪と判示したのを見ると、こうした憂慮が現実になったわけである。

扇動は犯罪の実行ではなく、これを鼓舞することであるゆえ、刑法上の処罰対象にならない場合がほとんどである。扇動は「言葉」や「文」でなされるが、言語の抽象性と多義性を勘案すれば、扇動罪が結局、表現の自由を委縮させることが懸念されるためである。現行刑法では内乱と外患、爆発物を使用した犯罪の場合にのみ、扇動罪を規定しているが、刑法制定時よりこの条項については反対が多かった。乱用される危険があるためである。

控訴審裁判部は、こうした批判を意識していたかのように、扇動罪の成立は扇動行為をすることのみでは足りず、扇動の相手が扇動に呼応し、犯罪行為を実行する「蓋然性」まで認められなけれ

〈原注〉1 『民衆の声』二〇一四・八・一二判決文分析記事（チェ・ジヒョン記者）参照。

ばならないと判示した。裁判部は陰謀罪とは異なり、扇動罪が成立するためには、客観的明白性や実質的危険性が充たされる必要はないと付け加えた。扇動の対象となる五・一二講演の出席者らが追加的な論議を通して、近い将来に具体的な内乱行為の実行を決意し、さらにこれを実行する蓋然性が充分に認められるというのである。場所を問わず、不特定多数の群衆を相手に内乱を扇動する場合には罪が成立しないが、平素、一定の関係を保ち、活動してきた人たちの場合には扇動罪が成立するという論理である。

一審裁判部は、内乱扇動罪に関連しては別段の法理を掲げず、「国憲紊乱を目的とする暴動について鼓舞的で刺激を与える一切の行為」という大法院判例を引用して、内乱扇動嫌疑に対して有罪判決を下した。

一審と二審ともに、熾烈な論争を起こしたのは「内乱」そのものについてである。内乱陰謀が内乱という目的と陰謀という行為で構成され、内乱扇動もまた内乱という目的と扇動という行為とが結びついているためである。

控訴審裁判部は、内乱陰謀を無罪と判断したために七名の被告人の中で、李石基と金洪烈だけが「内乱」という目的を持っていたと判決した。李石基は講演者、金洪烈は司会者であった。

裁判部は、李石基と金洪烈が、朝鮮半島での戦争勃発時に一三〇余名が組織的に電気、通信施設など主要基幹施設を破壊することを扇動したが、これは多数人が結合して、暴行、脅迫するものであり、ある地方の平穏を害する程度の暴動に該当するものと見た。また二人が大韓民国の体制を転覆し、自主的民主政府を樹立することで、統一革命を完遂するために暴動を扇動したと見た。

こうした論理は一審とは異なる。一審は、李石基を総責任者とするＲＯが存在し、ＲＯは北朝鮮の対南革命路線に追従する秘密革命組織であることを前提としていた。ROの存在自体が「国憲紊乱」の根拠であったわけである。

しかし、控訴審裁判部はROを認めなかったために、内乱扇動罪が適用される李石基らの「言葉」を根拠にして、内乱という目的を説明するほかなくなった。控訴審裁判部は李石基らの発言と経歴、地位、該当発言をするに至った経緯などを総合的に考慮して判断したと述べた。結局、李石基らの「発言趣旨」が主要基幹施設の破壊にあったと解釈することで、内乱という目的を推論したわけである。

これまで弁護団は大法院の判例などを引用し、内乱罪が成立するには、暴動の対象が憲法に列挙された国家の基本組織でなければならないと主張してきた。検察の主張どおり、基幹施設攻撃を論議したとしても、これは内乱罪の対象たりえないという論理である。また弁護団は、北朝鮮の南侵という状況を媒介に起こす暴動は内乱罪ではなく、与敵罪の検討対象にすぎないと主張して来た。

特異な点は控訴審裁判部が認めた国憲紊乱が、刑法第九一条第一項「憲法または法律に定める手続きによらず、憲法または法律の機能を消滅させること」という部分である。全斗煥の五・一八内乱などこれまでの内乱事件で認定された国憲紊乱は、刑法第九一条第二項の「憲法により設置された国家機関を強圧により転覆またはその権能行使を不可能にすること」であった点と対比される。

控訴審裁判部は、李石基と金洪烈が主要基幹施設の破壊により、政府の戦争遂行能力を麻痺させ、大韓民国体制の転覆を企図したものと見た。しかし政府の戦争遂行能力が麻痺することと、憲法と法律の機能を消滅させることがどのように連関するのか、控訴審裁判部は説明しなかった。

「内乱陰謀が無罪ならば、内乱扇動も論理的に当然無罪」

弁護団は控訴審の判決に対して法理的に容認できないとして、上告する考えを明らかにした。金七俊弁護団長は控訴審宣告が下された後、取材陣に会い「内乱陰謀が無罪ならば、内乱扇動も論理的に当然無罪」と主張した。金七俊は控訴審判決について、次のように語った。

「内乱陰謀と内乱扇動は全部で四つの柱により維持されてきた。四つの柱とは第一にＲＯという地下革命組織、第二に事前準備行為、第三に戦争が切迫した時期であるか、革命の決定的時期、第四に提案と受諾という合意である。しかし裁判部はこの四つを全て否定した。ＲＯという地下革命組織が存在したという証拠はない。事前準備行為があったと見ることはできない。革命の決定的時期や戦争が目前に切迫した時期であったとは認められないという趣旨の判決は、内乱陰謀と内乱扇動を支えていた四つの柱を全て否定したものである。それにもかかわらず内乱扇動を維持した理由に対し、われわれは法理的に容認することができない。ただ、現時点において裁判部が感じている政治的重圧感の表現と理解している」

数日後、金七俊はあるメディアとのインタビューで「今回の判決は、李石基議員を人質とした政治的アリバイ」であるとして、次のように話した。

完全に無罪と宣告するには、朴槿恵政権下の政治的な負担感があまりにも大きかったために、政治的外圧から逃れでる穴を作ったものだ。国家保安法の利敵表現物所持などの嫌疑が認められても、裁判所の最近の趨勢は執行猶予宣告が大部分である。自ら提示した論理にも合わず、有罪と見る根拠も貧弱な状態で、内乱扇動有罪と重刑を宣告したのは納得し難い判決だ。今回の判決は、李石基議員を人質とした一種の政治的アリバイだ。控訴審裁判部は内乱陰謀に無罪を宣告し、合意したり論議したりしたことはないと認めた。それなのに「どうしてこんな不埒な考えをするのか」と考えたようである。偏見による思考と思想に対する厳重な非難であった。思考と思想に対する非難は、民主国家では討論の主題になるものであって、罪として処断する問題ではない。今回の事件が政治的事件であるならば、大法院の上告審に行っても「常識外の」判決が出る可能性を排除できない。控訴審のように、内乱扇動を有罪として、裁判所が（政権の）顔色を窺うのか、さもなければ大法院が大法院らしく徹底的に法理に従って真実の側に立つのか、二つに一つである。私はまだ後者の可能性がはるかに高いと考えている。

金七俊弁護士は、最後まで大韓民国の司法府、特に大法院に対する期待を捨てず、努めて楽観的な展望をしていた。

二〇一四年八月一一日、内乱陰謀事件控訴審で裁判所が内乱陰謀に対して無罪と判決しながらも、内乱扇動と国家保安法違反嫌疑に対しては有罪を認め、重刑を宣告すると、一年間裁判を見守りながら気をもんでいた拘束者家族らは、大きな衝撃を受けた。

裁判が終わった後、ソウル高等法院で拘束者を乗せた護送車が出て行こうとすると、拘束者の夫人たちが護送車の前に立ちふさがって座り込んだ。

「内乱陰謀でないというなら、罪がないということよ。私の夫を返して。私を殺して行きなさい」

夫人たちはバスの前に体を投げだして、このように泣き叫んだ。何人かの人たちは護送車の窓を叩いて、地団太を踏んだ。裁判を見にきていた知人らが駆け寄って、夫人らをなだめた。夫らは鉄格子で遮られた護送車の中で、家族らとともに血の涙を流した。

李石基は控訴審裁判部の判決を聞きながら、「考え」と「言葉」を処罰する国で、これ以上民主主義を語ることができるのかとの疑いを抱いた。表現の自由と討論の自由を徹底的に抹殺する、このような判決は民主主義の法廷で絶対にあってはならないことである。李石基はこの事件と一括りになっている、統合進歩党解散審判に暗雲が立ち込めているのを直感した。懲役九年という自分の刑期よりも、さらに心配なことは党の運命であった。

20 「賊反荷杖」の歴史

これらの人間が国王、政治家、牧師、将軍としてのそれぞれの役割を演ずるやり方は、端麗優美すぎるくらいではあるが、彼らはただたがいに内輪同士に、まったく目的もなく、いつはてるとも見えないイタチごっこをしているにすぎず、彼らすべてはフランスという現実を忘れはてて、ただただ自分のことだけを考え、経歴と享楽を念頭においている。

——シュテファン・ツワイク『マリー・アントワネット』[i]の中から

朴槿恵当選二周年に合わせて、統合進歩党解散決定宣告

統合進歩党に対する政党解散請求案が国務会議を通過したのは、二〇一三年一一月四日であった。翌五日、大韓民国政府は憲法裁判所に、一五年間合法的な政党として活動してきた統合進歩党に対

〔訳注〕 i 日本語訳文は高橋禎二訳『マリー・アントワネット（上）』（岩波文庫、一九八〇年）

する解散審判を請求した。李石基が内乱陰謀嫌疑で拘束されて二ヵ月目のことだった。

第一八代大統領選挙に出馬し、TV討論で「朴槿恵候補を落とすために出馬した」と攻撃した李正姫統合進歩党代表に対する、朴槿恵の「報復」があるだろうとの噂が絶えず出回っていた。しかし多くの人が「まさか」政党解散まですると思っていた。しかしその「まさか」が、人を捕まえるどころか、政党まで捕まえた。二〇一三年八月末に「李石基内乱陰謀事件」が起き、その後をついで統合進歩党に対する解散審判が請求された。

李正姫は「民主社会のための弁護士会」(民弁)の金善洙弁護士に、事件を担当してくれるよう依頼した。金善洙は民弁会員に公示して、自発的に申し出た弁護士を中心に統合進歩党訴訟代理人団を組織した。李在華《イジェファ》弁護士が最初に参加意思を表明した。金善洙を団長に李在華、全永植、金珍、李光喆、李ハンボン、李在汀、高胤徳、尹泳太、申倫京、崔容根、金鍾甫、千洛鵬、沈載煥、河株姫、趙志訓、金洧廷の一七名の弁護士が訴訟代理人団に参加した。彼らは一年を超える間、統合進歩党に代わって政府側と闘った。李在華弁護士は、訴訟代理人団の責任者であると同時に、代弁人の役割を担当した。

統合進歩党解散審判と関連した以下の内容は、李在華弁護士が書いた『仕組まれた解散、意図された誤判』の内容を引用し、参照して作成した。李在華は、この本を書いた理由を「はじめに」で次のように述べた。

史上初の政党解散審判は最悪の裁判だった。裁判進行の面でも、結果の面でも、裁判をこのようにしてはならないという最悪の先例となるだろう。誰かが裁判過程における裁判官らの、民主化運動に対する没歴史的態度、反共主義に基づく思想的偏向、偏見に基づく低俗な発言、良心の自由を侵害する反憲法的思考、不公正な裁判進行などについて記録しなければ、だれも裁判官たちの歴史的過誤について知りえないだろう。裁判官らの過ちは些少なミスではなく、意図的なものだった。私は裁判官らのこうした行いと態度を、歴史に告発することを決心した。裁判官らがこの事件の裁判において、いかなる過ちを犯したのか、生々しくありのまま記録することにした。

李在華はこの事件に対する憲法裁判官らの全体主義的思考について、次のように指摘した。

雀を捕まえるのに大砲を撃つ(1)

政党解散は、例外的に最後の手段としてのみ発動されるよう考案された制度である。南京虫を捕まえるために家を焼いてはならず、雀を捕まえるために大砲を撃ってはならないという原則がある。国家権力の行使は目的達成に必要な最小限度に止めねばならず、国家権力の行使により侵害される利益よりも、達成される利益が大きい時にのみ許されるのである。これを比例原則という。憲法第三七条二項は、全ての公権力行使にはこの原則を遵守するよう規定している。ところが、政府は直ちに暴力革命が起きるわけでもないのに、他の努力もせずに、この事件の審判を請

〈原注〉1　李在華『仕組まれた解散、意図された誤判』(出版社・文と思考、二〇一五年)三六～三八頁。

求した。

政府は統合進歩党の前身である民主労働党が二〇〇〇年に創立された時から違憲政党だと主張しながらも、一五年間政党解散請求をしてこなかったのに、検察が李石基議員らに対する内乱陰謀事件を起訴するやいなや、この事件の請求をした。関連者には内乱の具体的な計画を立てたり、内乱を実質的に準備したりした痕跡は全くなかった。内乱は言葉でするものではない。国家情報院と検察による家宅捜索の結果、戦車と銃器どころか、竹槍一本発見されなかった。

二〇一三年五月一二日、ソウル麻浦区合井洞マリスタ教育修道士会で李石基議員らが発言した録音記録が事実上、証拠の全てだった。その発言が国家保安法に抵触したならば、関連者を刑事裁判に回付し、それに相応する刑事処罰を受けさせればよいのであり、そうした刑事処罰により民主的基本秩序を十分に守ることができた。民主的基本秩序を破壊する現実的危険があるという、いかなる証拠もないのに、政府はこの事件の審判を請求した。憲法とベニス委員会の基準に反する、解散審判権の乱用である。それにもかかわらず、憲法裁判所は政党解散審判権の乱用いかんについて、いかなる判断もしなかった。

安昌浩、趙龍鎬裁判官は多数意見に対する補充意見を通して「微を見て以て萌を知り、端を見て以て末を知る」[ii]との昔の聖賢の教えを援用しながら、統合進歩党解散決定の必要性を力説した。小さな家を焼いても南京虫を捕まえねばならず、大砲を撃っても雀を捕まえねばならないというのである。数十年間形成されてきた近代立憲主義と法治主義、比例原則を無視せんとする憲法裁判官らの全体主義的思考が、赤裸々に現れた部分である。

憲法裁判所は二〇一四年一二月一九日、裁判官八名（朴漢澈、李貞美、李鎮盛、金昌鍾、安昌浩、姜日源、徐基錫、趙龍鎬）の賛成により「統合進歩党を解散する。統合進歩党所属国会議員の金美希、金在姸、呉秉潤、李相奎、李石基は議員職を喪失する」と決定した。金二洙裁判官のみ違憲決定に反対する少数意見を出した。

憲法裁判所が統合進歩党解散決定を宣告した日は、朴槿恵の大統領当選二周年になる日だった。これについて、「あきれた当選プレゼントを用意した」と皮肉る人たちもいた。ところが、憲法裁判所がこのように日程を合わせてあたふたと判決を急いだのには、もっと重要な理由があった。統合進歩党解散審判に格好の口実を与えた「李石基内乱陰謀事件」の大法院判決が出る前に、解散を宣告するように急いだのである。

大法院「地下革命組織ROは存在しない」

大法院は、憲法裁判所の解散宣告が下されて一ヵ月余りが過ぎた二〇一五年一月二二日、宣告を下した。大法院は李石基らに対して、内乱陰謀は無罪、内乱扇動・国家保安法違反は有罪とそれぞれ判決したソウル高等法院の原審を確定した。

大法院は「地下革命組織ROは存在しない」と判断した。一方、憲法裁判所は「主導勢力」とい

〔訳注〕ii　聖人は微細なことを見て、それで事の兆しを知り、発端の起こりを見て、行く末の結果を知るの意（金谷治訳注『韓非子　第二冊』岩波文庫、一九九四年）

うあいまいな概念を掲げて、五・一二会合に出席した一三〇余名を地下革命組織員と判断し、この主導勢力が統合進歩党を掌握し、北朝鮮式社会主義を追求したと主張した。憲法裁判所は、大法院判決と符合しない事実を掲げて違憲決定を下すことが難しいと判断し、大法院判決宣告が出る前に、急いで解散決定をしてしまったのである。

一人で統合進歩党解散に反対する少数意見を出した金二洙《キムイス》裁判官の勇気と均衡ある視点は、せめてもの慰めを与えてくれる。金二洙は証人資格もない金栄煥らを証人として呼び出し、思想検証と心証だけで過去の前歴を問題にし、正体不明の「主導勢力」を作り出した憲法裁判所の行いに対して、少数意見を通して次のように批判した。

わが憲法秩序が予定する人間像は孤立した個人ではなく、共同体との絶え間ない相互連関性の中で均衡を保ち、自らの生活を決定し、形成して行く成熟した人格体である。ところが、過去の前歴が現在の思想を裁断する直接的な基準になりうると見るのは、こうした人間像を否認するだけでなく、過去の行為に対する法的責任とは別個に、特定人に対するわが社会の差別と排除を積極的に容認する結果をもたらしうる点で受け入れがたいものである。

「李石基内乱陰謀事件」は当初、大法院第一部に配されたが、主審である金昭英大法官が事案の重大性を考慮して、全員合議体に回付した。大法院全員合議体は、司法府で最高の権限と権威を付与された議決機関である。構成は大法院長を含む大法官一三名であり、議決方式は多数決である。大法院は控訴審判決を確定する判決を下した。

判決文では「内乱扇動有罪」とする多数意見に対して、大法官三名（李仁馥、李尚勲、金伸）は「内乱扇動無罪」という趣旨の反対意見を開陳した。

反対意見はまず、内乱扇動罪の成立要件について、扇動行為には「客観的に見て暴動行為の輪郭に関してある程度概略的にでも特定される扇動」がなければならず、「被扇動者が内乱に向かう実質的危険性」が認定されなければならないとした。従って多数意見の論理は内乱扇動罪の成立要件を緩和し、その処罰範囲を過度に拡張した点で誤りであると指摘した。

次に、多数意見が認める事実関係によっても、暴動行為に関する大まかにでも特定される内容がなく、これは結局、暴動を扇動しなかったものであるとして、内乱扇動は無罪と説明した。

最後に、検事の公訴事実によるとしても、暴動行為により国憲紊乱をもたらしうる直接性がないだけでなく、暴動行為それ自体の実質的危険性もないため、無罪とした。

反対意見は「内乱扇動有罪」の多数意見に対して、「憲法上保障された表現の自由」「罪刑法定主義」の原則を譲歩した先例を作ったものと批判した。

法曹界もまた、民主主義と人権が蹂躙されうる契機が作られた点を憂慮した。

「民主主義がその本質より嘲弄され、法治と人権がその核心から蹂躙されている」（韓尚熙・建国大学法学専門大学院教授、参与連帯運営委員長）

『ハンギョレ』は、大法院判決が出た翌日の二〇一五年一月二三日付社説を通して、憲裁の「政党解散」が大法院の「内乱陰謀無罪」と符合しないとして、次のように批判した。

大法院判決が多少失望させるものであるとしても、憲法裁判所の的外れの統合進歩党解散決定とは比べものにならない。大法院が、ＲＯの実体を認めないのと異なり、憲裁は正体も定かではない「主導勢力」の性向をもって、党全体が危険であると主張した。憲裁はまた「実質的危険性」を厳格に判断するどころか、主導勢力の「隠れた目的」を「推定」し、政党の強制解散を正当化した。大法院の今回の判決により、憲裁は一層、その正当性と存立根拠が揺らぐことになった。

「賊反荷杖」の歴史と政治

大韓民国の民主主義は後退し続けている。朴槿恵政権になってから、最も頻繁に聞かれる言葉は「賊反荷杖」（盗人猛々しい）である。現在、韓国の歴史と政治を示すのに、最も適切な言葉のようである。親日派を清算して、親日の歴史を正そうと要求すれば、その人に「アカ」という答えが返ってくる。独裁政治をせずに、民主主義原則をきちんと守れと要求すれば、やはり「お前、アカだろう?」という圧力が行使される。労働者の権利を求めようとする人々にも「アカ」の罪を被せる。財閥ばかりが満腹にならずに、富を公平に分配せよといえば「アカの論理」と頭ごなしにやり込められる。米国に対する屈辱的な関係を清算し、自主的な姿勢を持てと求めれば、やはり「アカ」と目をむかれる。北朝鮮の人権問題を心配する前に、韓国の人権侵害事例から解決せよと言えば「お前は従北だ!」と叫ぶ。北朝鮮を正しく知り、理解せよと言っても「従北は出ていけ!」と口を塞ぐ。なによりも南北関係を改善し、平和体制を構築し、統一を論議しようとすれば「従北がはびこっている」と大声を上げる。

「アカ」から「従北」にいたる悠久の「賊反荷杖」の歴史は、最近になって絶頂に達した。李承晩は親日反逆勢力であり、朝鮮戦争が起きると、国民を捨て、一人で逃げた大統領である。李承晩は金九と曺奉岩、崔能鎮をはじめ、数多くの愛国者を除去した反人倫的で、反道徳的な殺人者でもある。彼は独裁と不正腐敗を犯したが、結局、国民の憤怒により権力の座を放り出して退いた、恥ずかしい権力者である。そのような李承晩を「国父」と持ち上げて、彼の功績を見直さなければならないと公然とわめき散らす者たちで溢れているのが、今の現実だ。日本軍将校だった朴正熙を光復軍と美化した教科書を堂々と作り、国民の強い反対世論にもかかわらず、政府と与党は歴史教科書国定化を押しつけるなど、反歴史的な反動の機運が国じゅうを覆っている。

「賊反荷杖」の歴史と政治は、絶えず繰り返されている。三〇〇名を超える国民が、目の前で海の底に沈むのを見ているしかなかったセウォル号事件についても、真相究明をまともにせず、被害者である遺家族をむしろ迫害し、いじめる「賊反荷杖」が二年を超えて続いていても、手をこまねいて見ていなければならなかった。遺家族を助け、真相を明らかにしようとしたパク・レグン四・一六連帯常任運営委員を拘束して、監獄に閉じ込めたのもやはり、「賊反荷杖」の現実を示している。

曺奉岩事件をはじめ、韓国史の大部分の内乱事件は再審を通じて無罪が宣告された。例外があるとするならば、不義な方法で権力を奪取した者たち、権力者自身が起こした内乱事件であった。それらの事件は全て明白な証拠がある内乱であった。控訴審で専門家証人として出廷し、内乱事件の歴史について証言した韓洪九教授の言葉をもう一度思いだしてみよう。

韓国現代史では内乱事件がとても頻繁に起きました。実際、内乱といいうるのは麗順事件があります。その次に、朴正熙大統領が起こした五・一六軍事反乱と一〇・一七維新、これは親衛クーデタでしょう。それが内乱でした。その次に、（一九七九年）一二・一二から（一九八〇年）五・一七に至る、その過程が内乱でした。実際に兵力が動員されたレベルの内乱といえるのはその四つです。残りの大部分は政権を執った人たち、韓国史では政権を執った人たちは極めて不法な過程を通して政権を執りましたが、一種の内乱を通して政権を樹立した人たちが、自分の権力を維持するために無辜の市民、また民主化運動をする人々に内乱罪を被せる歴史が絶え間なく繰り返されてきました。

韓国現代史で頻繁に起きた内乱事件はまさに、「賊反荷杖の歴史」を示す決定版であったのである。今回の事件も同様である。不正選挙によって政権を樹立した勢力が、自分に向けられた国民の憤怒を全く違う方向に向けるために作りだした内乱事件である。

いわゆる「李石基内乱陰謀事件」と呼ばれるこの事件は、不法査察により不法収集された証拠をもって現職国会議員と政党の党職者・党員を拘束し、処罰した事件である。あまりにも証拠が足りず、犯罪の構成要件が同じ内乱陰謀と内乱扇動を判断するにあたり、陰謀は無罪、扇動は有罪という常識外れの判決を下した司法府の行為は、この国が法治国家であるのかを疑わせるものである。

統合進歩党の比例代表予備選不正事態が起こり、従北攻勢が燃え盛った時、『ハンギョレ』のパク・チャンシク論説委員はこうした事態が起きたことを憂いつつ、次のような文を書いた。

これらの従北世論攻勢は根拠がない、文字どおりの世論攻勢にすぎない。統合進歩党の旧党権派の人々はせいぜい左派民族主義者である。わが社会の核心問題を階級間不平等と見るのか、米国の覇権主義がもたらした民族矛盾と見るのかで、後者を選んだ人たちである。こうした観点は、第三世界社会運動を支える普遍的な情勢認識の一つである。旧党権派の中のごく一部が過去、公安事件で捜査されたことがあったが、彼らもその後、考えを変えたことを様々な機会に告白している。旧党権派の中に民主共和国を暴力で転覆しようとする人がいるならば、厳正に対処しなければならない。しかしそうした状況はどこにもない。(2)

彼は旧党権派の中に「民主共和国を暴力で転覆しようとする人がいるならば、厳正に対処しなければならない。しかしそうした状況はどこにもない」と書いた。国家保安法は三年間も彼らを付け回し、尾行し、盗聴して国策捜査をしたが、「国家を転覆しようとする」物的証拠や行為を捉えることはできなかった。それで結局、講演会で話した「言葉」を根拠に内乱事件を作りあげた。国家情報院と検察は成功した。李石基前議員を含む内乱陰謀事件は、従北作りの最終目標である反対勢力を突き刺し、大統領選挙でのネット書き込み事件で、守勢に回っていた局面を転換する「一石二鳥」の効果を挙げた。「陰謀」がない「内乱」は「扇動」だけでも厳罰を受けて当然であり、怪し

〈原注〉2　パク・チャンシク「朝の陽ざし―従北作り」(『ハンギョレ』二〇一二・六・二一)

からぬ発言をした人たちは全て国家保安法で処罰しなければならず、内乱陰謀をしたのであれ、しなかったのであれ、彼らが属した政党は解散しなければならないというのが、大法院と憲法裁判所の判断だった。

韓国社会を支配するのは憲法ではなく、国家保安法

二〇〇四年九月五日、MBC「時事マガジン二五八〇」に出演した故盧武鉉大統領は、次のように語った。

これまで国家保安法がわが国の歴史でいかなる影響を及ぼしたか、どんな機能をしたのかをご覧になれば、結局、大体は国家を脅かした人たちを処罰するのではなく、政権に反対する人たちを処罰するのに主として圧倒的に用いられて来ました。つまり、政権に反対する人を弾圧する法として多く用いられて来たのであり、その過程で夥しい人権弾圧があり、非人道的な行為が犯されました。従ってこれは韓国の恥ずかしい歴史の一部分であり、今は使うこともできない独裁時代にあった古い遺物です。…その遺物は廃棄するのがよいです。刀のさやに入れて、博物館に送るのが良くありませんか?

しかし「独裁時代の古い遺物」である国家保安法は博物館に行かなかった。まだ鋭い刃を閃かせ、人権弾圧と非人道的な行為を恣行するのに効果的に用いられている。林鍾仁前議員は「憲法が理想

と形式の根本規範であるならば、国家保安法は反共秩序を実現するという、より上位の国家目標を規律する実質的な根本規範である」と語った。一九四八年以後、韓国社会を支配したのは憲法的秩序ではなく、国家保安法であったことが、今回の事件を通じて再び明らかになった。今回の事件で問題になった五・一二講演の参加者が、「予備検束」の恐怖について話した部分をもって過剰だと考える国民が多い。しかし実際に国家保安法で捜査を受けたり、拘束されたりしたことのある人々なら、彼らが感じる恐怖が決して誇張でないことがわかる。数十年にわたる民主主義の暗黒期に、国家保安法は数多くの人々の人生を破壊した。今回の事件はその悪夢が決して終わっていないことを示している。

国家保安法を廃止したり、改正したりしようとする努力は、金大中政権と盧武鉉政権において行われたし、国際社会でもたえず関心を持たれてきた問題である[3]。北朝鮮を一つの国家体制と認定し、対話をしてこそ、統一問題に進展があるという進歩党の認識は、北朝鮮を利敵団体と規定した国家保安法と衝突する。この問題について盧武鉉前大統領は、国家保安法の時代錯誤的性格を正面から指摘しつつ「タブーを壊し、現実を語ろう」と述べた。

国家保安法を廃止できなかった民主政府一〇年

北朝鮮の政権を認めるとか、あちら側を肯定的に評価してはならない。北側の主張を受容する言葉を言ってもならない。(それらは)左傾容共になり、国家保安法違反で処罰を受けることもあります。事実であるとか、ないとか、そんなことは関係ありません。こうしたタブーは法的・

政治的当為を強調した結果です。しかし現実を語らずに、どうして相手と対話をし、合意に至ることができるのでしょうか。国民を説得し、国際社会を説得することができるのでしょうか。これは真摯で、責任をもって統一を求める姿勢ではないでしょう。タブーを壊さなければなりません。

盧武鉉前大統領の発言は、極めて常識的な発言である。しかし大統領でさえもこうした発言をしようとすれば、勇気が必要なのが、私たちの現実である。金大中前大統領は自らが国家保安法の被害者であり、大統領に就任してからは、北朝鮮との和解を追求した功労でノーベル平和賞まで受けたが、実際、国家保安法を廃止することはできなかった。たびたび国家保安法廃止の必要性を強調していた盧武鉉前大統領の参与政府においても、国家保安法はそのまま生き残った。民主政府一〇年間において国家保安法を廃止できなかったことは、心底反省が必要である。李明博政権と朴槿恵政権を経て、タブーを壊すどころか、国家保安法の足かせがいっそう強く私たちを締めつけている。

二〇一五年二月二五日、アムネスティ・インターナショナル(4)は『二〇一四～一五年人権報告書』を発表した。この報告書でアムネスティは、韓国の人権状況が後退傾向を見せていると指摘した。アムネスティ・インターナショナルは、李石基前統合進歩党議員と党員が国家保安法違反嫌疑などで拘束されたことと、政府が憲法裁判所に統合進歩党解散を請求し、憲裁が解散決定を下した事例を紹介し、国家保安法の恣意的な適用に対して憂慮を示した。アムネスティ・インターナショナルは報告書で「昨年八月まで三二名が国家保安法違反嫌疑で起訴された。韓国政府が国家保安法を適用して脅迫し、拘禁する事例が増え、表現の自由が次第に制限されつつある」と批判した。

二〇一五年一二月一〇日には世界人権の日を迎え、国内外人士四八八名が、社会統合と人権実現

〈原注〉3　国家保安法廃止推進日誌：一九九九年八月、金大中大統領は国家保安法改正に言及、アムネスティ・インターナショナルは国家保安法の改正または廃止を要求、一九九九年一一月、国連人権理事会では保安法の漸進的廃止を勧告、二〇〇四年初、国家保安法改正または廃止を支持する世論が活発に形成、二〇〇四年八月には大韓民国国家人権委員会が国家保安法廃止を勧告、二〇〇四年九月、盧武鉉大統領はMBC放送局のある番組に出演し、国家保安法廃止を主張、二〇〇八年五月には国連人権理事会会合で米国代表が国家保安法の乱用を防ぐための改正を勧告、二〇一一年六月、フランク・ラリュ国連意思・表現の自由に関する特別報告官は大韓民国の国家保安法廃止を勧告、二〇一二年大韓民国国家人権委員会二期では「国家保安法廃止」という従来の立場を覆す国家人権政策基本計画を政府に勧告、国家保安法廃止という表現を削除して、代わりに保安法の人権侵害的要素に対する立場を表明するレベルの文言を第二期NAP勧告案に盛り込むことにした。二〇一二年『ル・モンド』は韓国の右派政府が軍事独裁政権が利用して来た国家保安法を、左派に対し圧力を強化する手段としていると見、二〇一二年六月、フランスの有名日刊紙『リベラシオン』はパク・ジョングン事件を中心に大韓民国国家保安法問題を取り上げ、韓国政府が国家保安法を左翼人士と労働運動家、統一運動家、訪北人士を攻撃するのに利用しており、国家保安法が進歩左派攻撃に利用されていると主張した。

〈原注〉4　アムネスティ・インターナショナルは、国家権力により投獄された各国の良心囚救済を目的に、一九六一年に設立された世界最大の民間人権運動団体であり、韓国全般の人権状況について、「後退した」という表現を用いたのは今回が初めてである。

「李石基議員内乱陰謀事件」被害者国連自由権規約委員会提訴記者会見

を求める「李石基議員と関連拘束者全員を釈放せよ」との内容の国内外宣言を発表した。

米国務省『二〇一五～一六年人権報告書』は、李石基拘束は国際人権規約に違反した恣意的拘禁事例であると指摘し、二〇一六年アジア人権委員会は、韓国政府を批判する人は誰でも内乱扇動というおぞましい容疑を受けると批判した。

「李石基内乱陰謀事件」はまだ進行中

二〇一六年八月二八日「李石基内乱陰謀事件」が起きて、満三年が過ぎた。この事件で拘束され、実刑を宣告された人は全部で一〇名である。この人たちの罪名と刑期などを見よう。内乱陰謀事件で世の中を騒がせたが、実際には二名が内乱扇動罪、八名が反文明的な国家保安法の賛揚鼓舞罪で処罰されただけである。

李石基：懲役九年・内乱扇動罪、国家保安法第七条（賛揚・鼓舞）違反罪・第一九代統合進歩党国会議員

金洪烈：懲役五年・内乱扇動罪、国家保安法第七条（賛揚・鼓舞）違反罪・統合進歩党京畿道党委

員会委員長
李尚浩：懲役四年・国家保安法第七条（賛揚・鼓舞）違反罪・水原市社会的企業支援センター長
趙楊遠：懲役三年・国家保安法第七条（賛揚・鼓舞）違反罪・世論調査機関・社会動向研究所代表
金根来：懲役三年・国家保安法第七条（賛揚・鼓舞）違反罪・統合進歩党京畿道党委員会副委員長
洪珣碩：懲役三年・国家保安法第七条（賛揚・鼓舞）違反罪・統合進歩党京畿道党委員会副委員長
韓同謹：懲役二年・国家保安法第七条（賛揚・鼓舞）違反罪・水原医療福祉社会的協同組合理事長
朴玟貞：懲役三年・国家保安法第七条（賛揚・鼓舞）違反罪・統合進歩党青年委員会委員長
禹為栄：懲役二年六ヵ月・国家保安法第七条（賛揚・鼓舞）違反罪・統合進歩党前代弁人
李英春：懲役二年六ヵ月・国家保安法第七条（賛揚・鼓舞）違反罪・民主労総高陽・坡州支部長

李石基とともに拘束収監された人たちのうち、去る二〇一五年八月末に懲役二年を宣告された韓同謹が満期出所し、懲役三年を宣告された趙楊遠、金根来、洪珣碩は二〇一六年八月末と九月末に釈放された。しかし内乱事件はまだ終わっておらず、進行中である。裁判を通じて内乱陰謀無罪、地下革命組織ＲＯの実体がないことが明らかになったのに、国家情報院と検察は、二〇一三年五月一〇日と一二日の京畿道党委員会情勢講演会に出席していた朴玟貞、禹為栄、李英春三名を追加拘束し、六名を在宅起訴した。二〇一五年六月九日のことである。拘束された朴玟貞と禹為栄は、党行事で民衆歌謡「革命同志歌」を歌ったとの理由で、朴玟貞と李英春は住居地に『民衆歌謡集』など利敵表現物を所持していたとの理由で、一審で有罪宣告を受けた。そしてメディアでは相変わらず、ＲＯがあるかのように報道している。

水原地法刑事一五部は三日、ＲＯ会合に出席し、北朝鮮体制に同調する発言をするなどの容疑（国家保安法違反）で拘束起訴された禹為栄前統合進歩党代弁人と朴玟貞前統合進歩党青年委員長ら三名に、懲役二年六ヵ月〜三年を宣告した。

――『中央日報』二〇一五・一二・三

この記者は大法院の確定判決まで出た内乱陰謀事件で、地下革命組織ＲＯの実体が証明されなかったことを知らないのか。さもなければ、意図的に知らないふりをしているのか？　いずれにせよ、従北世論攻撃が終わっていないことは確かだ。控訴審裁判部は二〇一六年六月三日、禹為栄ら三名に対する控訴を棄却し、原審と同じく、最大三年刑を宣告した。それとともに在宅起訴された六名に対しては、二〇一六年五月二六日より一審裁判が進行中である。内乱事件で起訴された人々はまだ、世間で地下革命組織ＲＯのメンバーと認識されている。これらの人々に対する不当な判決や人権弾圧については、みな口を閉ざしている。

沈黙と忘却に閉じ込められた人々

満三年という時間が流れ、事件は次第に国民の記憶の中から消え去り、関心の外に追いやられた。セウォル号惨事、ＭＥＲＳ事態、国定教科書採択問題、日韓「慰安婦」合意、白南基《ペクナムギ》氏放水車死亡事件、開城工業団地閉鎖、韓相均《ハンサンギュン》民主労総委員長拘束、サード・ミサイル配備決定などの事件が相次いで起きた。一九歳非正規職労働者の悲しい死をはじめ、悔しい死の知らせが毎日のように入ってきて、国民の暮らしは疲弊している。サード配備をめぐり国民の反発は強まっているが、政府の立場に変化はない中で、南北関係は悪化している。一九八七年六月抗争で苦労して取り戻した民主主義は、三〇年後の今日、どうすることもできないほどに後退し、再び権威主義時代に戻ったようだと嘆く人々も多い。

一体、どの程度のことを扇動、宣伝というのか。国会議員が一席の政治演説をしたからといって扇動になるのか？　この曖昧な規定によって、国民の民意が侵害される憂慮があるから…これ（内乱扇動罪）を削除しよう。

右の記録は一九五三年六月二九日、国会本会議の速記録から抜粋したものである。当時、国会議員らが「内乱扇動罪」を審議する中での発言である。民主主義がどれほど後退したのか、実感が沸くのではないか。

韓国の民主主義が後退し、韓国社会全体が泥沼にはまったような困難に見舞われ、もがいているのは、三年前のあの事件と無関係ではない。これは政治的少数者に対する防御と連帯が弱まるや否や、社会経済的少数者に対する防御が崩れた結果として起きたものである。もし、李石基と内乱陰謀事件被害者を監獄に入れるようなことがなかったならば、韓相均民主労総委員長に有罪判決を下すこともできなかったであろう。

「考え」と「言葉」を処罰し、「意見」と「表現」が制限されるのを傍観することは、民主主義の基本を捨て去ることである。基本が崩れた時、どんなことが起きるのか、私たちはこの三年間、数限りなく目撃してきた。

政府は去る二〇一六年八月一五日の光復節七一周年を迎え、李在賢CJグループ会長ら経済人一四名を含む、総四八七六名に対する特別赦免を断行した。その中に良心囚は、ただの一人も含まれていなかった。良心囚の赦免を求める社会団体の叫びは、メディアによって黙殺されてしまった。しかし、彼らが忘却の監獄に閉じ込められていることに対して、注意を喚起し、関心を持とうと呼びかける少数の人がいる。朴露子《パクノジャ》（オスロ大学韓国学教授）は「李石基内乱陰謀事件」三周年を迎え、自分のブログ「朴露子の文筆部屋」（二〇一六・八・一）に掲載した『「李石基事件」の衝撃』を通して、この事件に対する韓国社会の無関心を叱咤した。

最近数年間、私にとって最も衝撃的だった事件の一つは、いわゆる「李石基事件」でした。……今、李石基前議員とその同僚の処罰事件について、世論が比較的静かで、無関心なことは実に驚くべきで、驚愕すべきことです。李石基とその同僚が監獄にいるということは、自由民主主義の基礎的原則の蹂躙であり、基本的人権の蹂躙です。彼らが監獄にいる以上、私たちは大韓民国を「自由民主主義国家」と呼ぶ権利はありません。

二〇一六年八月二四日、国会図書館小会議室では「内乱陰謀事件三年、韓国社会になにを残したか」という主題で討論会が開かれた。パク・レグン（人権財団サラム、常任理事）の司会で、韓尚熙（建国大学法学専門大学院教授）の発題と金東椿（聖公会大学社会科学部教授）、李昊重（西江大学法学専門大学院教授）、チェ・ウナ（人権運動サランバン、常任活動家）、金七俊（弁護士）らの討論が続いた。「内乱陰謀事件は、李石基議員と統合進歩党のみを狙ったものだったのか」「三年前、国家情報院が内乱陰謀事件を発表したあの日に戻るならば、今のような結果を防ぐことができるだろうか」「従北の烙印は、国家暴力としての支配イデオロギーになった」という内容の話が出た。

討論者は様々な側面から当時の事件と韓国社会の諸問題を分析し、口をそろえて解決の糸口が「連帯」にあることを強調した。

エピローグ　イカロスの監獄、憎悪の罵声を待ちながら

李石基は韓国現代史の内乱事件において、最長期囚として服役中である。新軍部により内乱陰謀事件で拘束収監された金大中前大統領は、二年六ヵ月間服役し、九五一日ぶりに刑執行停止で釈放された。全斗煥政権でさえ、内乱事件で捕まえ閉じ込めた政治家を、それ以上捕まえておく度胸がなかったのである。しかし、朴槿恵政権で李石基は拘束されて満三年を超え、〇・七五㎡の独房で毎日、内乱事件最長期囚の記録を更新している。全国民が猛暑に苦しみ寝苦しかった今夏も、彼は身じろぎもせずに、輻射熱をそのまま吸収する蒸し風呂のようなビル型拘置所の独房で過ごした。刑期をみな終えるとすれば、彼の出所予定日は、二〇二二年九月三日である。これまでに健康が悪化し、大学病院に外部診療を申請したとの知らせも入ってきている。

李石基が内乱陰謀事件と統合進歩党解散について、どのような所感を抱いているのか気になった。彼によく接見する弁護士に頼んで、次のような話を伝え聞いた。数回にわたり聞いた話を、彼の声で再構成したものである。李石基はギリシャ神話の「イカロス」(1)の運命を例に挙げて、統合進歩党の解散について話した。

私は解散された統合進歩党の運命が、ギリシャ神話のイカロスに似ていると思いました。民衆は解放以後、一度も太陽という権力に近づいたことがなかった。民衆が権力という「太陽」に最も近づいたのは二〇一二年だった。野党連帯を通した共同政府の樹立が目の前に見えた時、太陽は、はばかることなくイカロスを攻撃した。彼の翼は太陽の熱に耐えるにはまだ、あまりにも弱かった。

私は、進歩政党の歴史と運命について多く考えた。進歩政党運動は、歴史的観点から見なければならない。進歩政党は、一日にして一つの現実として根づくことはできない。一九八七年以前の労働者は、労働法を勉強しなかった。労働法を勉強しても活用するところがなかったためだ。労働組合自体が違法で容共とみなされていた時代に、現場に投身した活動家の結末は監獄行きと

〈原注〉1　イカロスの父ダイダロスは、ミノス王の命令で息子とクレタ島に閉じ込められていた。迷宮を設計したギリシャ最高の大工であるダイダロスは、クレタを脱出することを決心し、鳥の翼から羽毛を集め糸を編み、蜜蝋を塗って翼を作った。ダイダロスは息子イカロスにも翼を付けてやり、飛行練習をさせ、ともに脱出する計画をたてた。彼は息子に「あまりに高く飛べば太陽の熱により蜜蝋が溶けるから、あまり高く飛ぶなと、あまりに低く飛べば海の水分により翼が重くなるので、常に空と海の中間で飛べ」と厳しく注意を与えた。脱出する日、翼をつけたダイダロスとイカロスは空に舞い上がったが、イカロスは自由に飛べるようになると、あまりに高く飛んでしまった。そうすると、太陽の高い熱により羽を付けていた蜜蝋が溶け、イカロスは翼を失い、海に落ちて死んでしまった。

決まっていた。しかし、一九八七年以後は違った。なぜ現場に行くのか、と聞かれれば、「労働組合を作るため」と答えることができた。出版社・石塔から出版された『労働法解説』がベストセラーになったのも、一九八七年以後のことだった。数多くの犠牲の末に労働組合は市民権を獲得した。進歩政党も異なるところはない。私たちは純粋な心で「登り、また登り続ければ、いつかは登りきることができる」と思っていたが、いざとなると、その準備は十分ではなかった。私たちが現実権力の脅威となっており、標的になりうるという事実を遅まきながら知ることになった。統合進歩党が一九代総選挙で一つや三つの議席に止まっていれば、従北攻勢や内乱陰謀や政党解散はなかっただろう。私たちが近づけば近づくほど、彼らは自分の議席を差しださねばならず、当然に命をかけた戦闘をしかけてくることを、当時はわかっていなかった。予想はしていたが、奴らほど熾烈ではなかった。

私が歩いてきた道、同志たちが歩いてきた道、私たちが歩いてきた道の伝統は「投身」だ。「投身」とは全身をなげうつという意味だ。全身をなげうち、新しい道を探す。小さな部屋でなにかを研究し、それをもって世の中に登場するやり方は、私たちのやり方ではない。労働現場でそうであり、農村でそうであったように、最初は壊れて失敗しても、結局その中で学び、前進するのが私たちのやり方だ。汝矣島国会も同じだ。私たちは議会での闘争、汝矣島の文法を、まだ全て学びえないまま挫折した。しかし、政治を通して世の中を変えることが唯一の道であるならば、何度失敗しても、再び挑戦しなければならない。

太陽に近づけなかったイカロスの宿命を受け入れてはならない。民衆はそのような宿命など信じない。民衆の力を信じねばならない。民衆の力は、蜜蠟（イカロスの翼をつけた蠟）よりはるかに強い。民衆を信じ、民衆との連帯を再び回復する時、私たちは今日の試練を克服しうるであろう。

李石基ははたして民衆の支持を回復し、この試練を克服しうるだろうか？　それは私が判断することではない。私はただ、彼が健康な体で一日も早く監獄から出てくることを望むだけだ。彼が世の中に出てきて、再び政治活動をして、信念のままに発言し、批判されるべきところがあれば、正当に批判されることを望む。彼が自らの「言葉」や「考え」のために監獄に閉じ込められているのが、不当だと考えるからである。

私は本書を通してこの内乱陰謀事件が、自主・民主・統一を掲げる進歩政治勢力を、制度圏政治から追放するために仕組まれた事件であることを明らかにしようとした。内乱陰謀事件は無罪推定の原則が完全に無視されたまま、マスコミの無分別な歪曲報道と魔女狩りで、被疑者の人権を深刻に侵害した事件であることを知らせたかった。この事件は分断・人権・歴史という三つのキーワードで事件の背景と本質を理解することができ、この事件を口実になされた統合進歩党解散は不当であり、このことが韓国の民主主義を後退させたことを話そうとした。

私は九年前から、田舎に戻り暮らしている。政治問題や社会問題よりも、森の中で生きている生命体や地球環境により多くの関心を寄せている。にもかかわらず、政治というのは、私たちが生きている限り、いつも呼吸している空気のように、私の生と直結したものであるから、結局、こうした本を書くことになった。私が最初、この本を書くと言った時、家族や友人たちはともに否定的な反応を見せた。彼らは「従北」だろう？　なぜよりによってそんな本を書くのか？　そういう言葉

良心囚釈放運動に参加する青年たち「良心囚なき人権先進国に向かいましょう」

を多く聞いた。怖くないのかという言葉も聞いた。怖くないと言ったが、本を書き終えてから、実は私自身が怖がっていたことを知った。

本を終えるにあたり、アルベール・カミュの『異邦人』という小説の最後の文章を思い出した。

> すべてが終わって、私がより孤独でないことを感じるために、この私に残された望みといっては、私の処刑の日に大勢の見物人が集まり、憎悪の叫びをあげて、私を迎えることだけだった。i

死刑執行を前にした主人公メルソーの心境である。私はこの文章はすぐれて逆説的に言い表していると思う。忘却と無関心の監獄に閉じ込められている人々にはむしろ、憎悪の叫びがより嬉しいのかもしれない。私は悪口を言われるかと恐れ、非難されるかもしれないと怯えている。しかし実は、だれもこの本について関心をもたないことが、いちばん恐ろしい。

〔訳注〕 i　日本語訳文は窪田啓作訳『異邦人』（新潮文庫、一九六三年）

訳者あとがき

本書は文英心著『イカロスの監獄　「李石基内乱陰謀事件」の真実』（出版社・マル、二〇一六年）の日本語訳である。本書を通して読者は、二〇一三年八月二八日、韓国国家情報院による家宅捜索に始まる李石基議員内乱陰謀ねつ造事件と統合進歩党強制解散の全貌、韓国進歩政治の現状を知ることができるだろう。本書の翻訳出版をご快諾下さった文英心先生にまずお礼を申し上げます。

二〇一六年秋以降のキャンドル・デモにより、朴槿恵政権は倒れ、翌年、文在寅政権が発足した。しかし二〇一八年五月現在、良心囚に対する赦免は実施されておらず、李石基前議員と金洪烈前委員長はいまなお服役中である。四月一八日、韓国・四月革命会は「キャンドル革命で最も先駆的で重要な活動をした二人の良心囚が一日も早く釈放されることを願う」として、李石基前議員と韓相均民主労総前委員長に「四月革命賞」を授与した。

金大中前大統領に対する内乱陰謀事件から三三年ぶりに勃発した、現職国会議員による内乱陰謀事件、憲政史上初の政党強制解散という韓国現代史の重大事件であるにもかかわらず、日本ではマスコミ報道がほとんどなされなかった。国連やアムネスティ、海外韓国学者がこの事件を取り上げ、韓国の人権と民主主義の後退を憂慮する声明を発表するなかでも、日本では事件の存在さえ、よく知られていないのが実情であった。そのため、私は事件発生直後から、日々の統合進歩党の代弁人ブリーフィングを読むことから始めた。統合進歩党自身の主張や、被害者の声にまず耳を傾けようと思ったのである。

その後、釈放文化祭や、出所歓迎会などに参加して直接見聞するうちに「李石基議員内乱陰謀事件」被害者韓国救援委員会の署名集めなどを手伝うようになった。韓国での状況を想起しやすいように、日本語版には原書にはない、写真も掲載した。写真を提供して下さった「李石基議員内乱陰謀事件」被害者韓国救援委員会のイ・スンホンさんに深くお礼申し上げます。

また康宗憲先生にも心より感謝申し上げます。一九七〇年代、韓国留学中に国家保安法により死刑囚の苦しみを受けられ、近年にいたってようやく再審無罪判決を勝ち取られた、ねつ造事件の被害者であり、統合進歩党の党員でもある先生は、快く監修の労をお引き受けくださいました。

本書を通して、この事件が広く日本でも知られ、李石基議員をはじめとする良心囚の方々が一日も早く釈放され、前統合進歩党党員の方々の名誉が回復されることを心からお祈りします。なによりも、この困難な時期に前統合進歩党党員の方々が示された信念と勇気に深甚の敬意を表します。

現在、韓国では本事件を取り上げたドキュメンタリー映画「指鹿為馬」が制作中であると聞く。より多くの社会的関心が集まることを期待してやみません。

最後に、事件の重要性を深く認識し、出版をお引き受けくださった同時代社の高井隆さんと山本惠子さんの編集協力にも厚くお礼申し上げます。

二〇一八年四月二七日　板門店宣言の日に

田中研一

著者略歴
文英心（ムン・ヨンシム）
27年間テレビのドキュメンタリー番組の脚本を書く。数百編の放送原稿のうち、2006年から2011年まで放送された「水は命だ」（SBS）を代表作とする。1992年「ソウル新聞」新春文芸で小説『地下部屋』が当選して文壇デビュー。著書に『ドストエフスキーの石』（2010年）、『風のない天地に花が咲くか　金載圭評伝』（2013年）、『スパイの誕生　ソウル市公務員スパイねつ造事件の真実』（2014年）などがある。

監修者略歴
康宗憲（カン・ジョンホン）
在日2世。大阪府立天王寺高校卒業後、1975年、ソウル大学医学部在学中に国家保安法違反嫌疑で拘束され、77年、死刑判決を受ける。82年、無期懲役となり、88年に仮釈放。2015年、再審で無罪確定。現在、韓国問題研究所代表。大阪大学、同志社大学などで国際政治、平和学を講義している。著書に『死刑台から教壇へ　私が体験した韓国現代史』（2010年）などがある。

訳者略歴
田中研一（タナカ・ケンイチ）
「李石基議員内乱陰謀事件」被害者韓国救援委員会会員。

イカロスの監獄　「李石基内乱陰謀事件」の真実

2018年7月10日　　初版第1刷発行

著　者　　文英心
監　修　　康宗憲
訳　者　　田中研一
装　幀　　クリエイティブ・コンセプト
発行者　　川上　隆
発行所　　同時代社
〒101-0065　東京都千代田区西神田2-7-6
電話　03(3261)3149　FAX　03(3261)3237
組　版　　有限会社閏月社
印　刷　　中央精版印刷株式会社

ISBN978-4-88683-834-6